某

川上弘美

幻冬舎文庫

某

某　目次

お名前は、と聞かれたけれど、答えることができなかった。

年齢は。性別は。

どれも、わからない。

病院の受付の、水色の上衣を身につけた女性は、ほとんど空欄の問診票に鉛筆で書きこみを軽く加えながら、うなずいた。それでは、地下一階の2番診察室の前でお待ちください。彼女からの質問に答えあぐね続けていたわたしに向かって、不審な顔をするでもなく、てきぱきと指示する。

階段を下りると、薄黄色い光に照らされた廊下のずっと先に、「2」という番号が見えた。足もとが、いやにふわふわする。雲の上を歩いているみたい。という言葉がうかび、首をふる。「言葉の意味はわかるけれど、その言葉のあらわす「実感」というものが、まったくわからなかった。果たして今までにわたしは、雲の上を歩いたことはあったのだったか。

ほどなくして2番の扉が開き、手招きされた。

「ささ、入って入って」

立ち上がり、開いた扉の中へと踏み入った。白衣を着た男性が、にこやかな表情で立っている。問診票をざっと眺め、男性はおもむろに言う。

「名前も、性別も、年も、わからないんですね」

男性は、楽しげだ。名前と性別と年齢がわからないという事実は、人をほがらかにさせるものなのだろうか。

「痛みや熱は、ありますか？」

男性は、にこやかな顔のまま、訊ねた。

「いいえ」

そう答えると、男性は回転椅子に腰をおろした。

「でも、雲の上を歩いているみたいで」

わたしが続けると、男性はうなずいた。白衣の胸にとめられた名札に、「ＫＵＲＡ」とある。

「あの、わたし、今まで雲の上を歩いたことがあるんでしょうか」

男性に、聞いてみる。

「ないでしょうね、たぶん」

「ないんですか」

「ええ、人は、ふつう雲の上を歩くことはできませんから」

なんだ一般論かと、少しがっかりする。男性がわたしのことをよく知っていて、その結果わたしが雲の上を歩いたことがないと答えてくれたのかと、一瞬期待したからである。

「あなたは、クラさん、とおっしゃるのですか」

気を取り直し、男性にまた聞いてみる。

「はい、蔵です。蔵利彦といいます。医師です」

医師、という言葉の意味も、わかる。病気を治療する職業に従事している者のことだ。

「では、わたしは病気なんですね？」

「それはまだわかりません」

蔵利彦は、椅子に座ってわたしを見上げている。よかったらあなたも座ってください。続ける。わたしは蔵利彦のすぐ目の前にある小さな椅子にすとんと腰をおろした。

「なぜ病院に来たのかも、よくわからなくて」

「今までの記憶が、全然ない、と。いちばん古い記憶は、どんな記憶ですか」

蔵利彦は、問診票を覗きこみながら、聞いた。

「受付の水色の上着の女性に、問診票の内容についての確認をされたあと、地下一階、2番扉の前で待て、と言われた、それがいちばん古い記憶です」

わたしは、即座に答えた。ほんとうは、しばらく考えてから答えた方がいいような気もしたのだが、受付に来るより前の記憶は、実際のところまったくなかったのだ。

「それは、今からどのくらい前の記憶ですか」

「たぶん、十分くらい前だと思います」

蔵利彦は、満足そうなため息をついた。

「なるほど。たいへんに、明確ですね。それでは、しばらく入院して、検査をしましょう」

蔵利彦がそう言うなり、彼の背後の扉から、看護師が一人、ひらりとあらわれた。わたしの手を引き、立たせる。蔵利彦は、わたしに目くばせをした。

「ここの病院は、食事がおいしいんですよ。楽しんでくださいね、入院生活を」

1011号室。それが、わたしの病室となった。病院の最上階にある個室である。たしかに病院食はおいしかったけれど、入院一日目の夜、わたしはなかなか寝つかれなかった。

一週間の間に、さまざまな検査をおこなった。

「逆向性健忘の一種とも考えられはするのですがねえ」

蔵利彦は言った。

「逆向性健忘？」

聞くと、蔵利彦は軽くうなずいた。

「ある時以前の記憶を、すべてなくしてしまう症状のことです。あなたは、受付の女性に2番の診察室前に行けと言われる以前の記憶が、まったくないのですよね」

「はい」

「とはいえ、判断はなかなか難しい。ともかく、記憶のありかたが、あなたの場合かなり極端なので」

「極端」

ぼんやりと、わたしは蔵利彦の言葉を繰り返した。

「それは、どういうことなんですか？」

ぼんやりしたまま、聞いた。

「あなたはまるで、受付に来た時にはじめて、この世に存在しはじめたようにみえるのです」

「は？」

「それまでのあなたというものは、どこにも存在していなかったのではないかという意味です」

「それ、いったいどういうことなんですか」

「存在、と言っても、たとえば哲学的な意味での『存在』ではありません。そのままの意味です。あなたがこの世に生まれ出たのは、受付に来る直前だったのではないか、と。あなたの身体は、実際に存在していますし、これといった疾病もありません。あらゆる検査結果がそのことを証明しています。でも」

蔵利彦は言いながら、わたしの顔をじっと見た。

「あなたは、自分がどんな顔をしているのか、知っていますか？」

自分の顔。自分の顔のことなど、考えたこともなかった。病室にある鏡には、顔はうつるけれど、必要もないので、ちらりと見ることしかしていない。あらためて自分の造作がどんなだったか思いだそうとしても、できなかった。

「知らないですよね。では、今ご自分の顔を、よく見てみてください」

蔵利彦は、机の上に伏せてあった手鏡を、わたしに渡した。手に取り、じっと覗きこんでみる。

目が二つ。鼻は、高くもなく低くもない。くちびるには、ほとんど色がない。前髪がかかっているので、眉は隠れている。

「男女どちらかわからないような顔ですね」

言うと、蔵利彦はうなずいた。

「男女どちらだか判別できないんです。未分化なんですね。染色体も不安定ですし」

「は？」

「そういう者が時々いると、聞いたことがあります。医学界の都市伝説みたいなものだと、今までは思っていたのですが」

時々、いる。そんなふうに言われても、困る。性的に未分化で、染色体が不安定。いったいそんな存在が、この世にあるものなのだろうか。わたしはいったい、何なのか？　もしかして、人工知能搭載人型アンドロイド、とか？

「いやいや、あなたは人間、あるいは人間に限りなく近い生物、ですよ。実際にそういう存在に出会ってしまう確率はほぼないはずなのに、出会ってしまった。ぼくは、とても嬉しいですよ」

蔵利彦はそう言いながら、電子カルテに何かを打ちこんだ。

「さて、それでは、これから治療に入りましょう」

「治療」

わたしは、ぼんやりと聞き返す。

「そうです。治療して、あなたのアイデンティティーを確立しようではありませんか」

「アイデンティティー」

「自分が自分であるよりどころ、というほどの意味です」

「アイデンティティーの意味は、知ってました。なぜ知っているのか、よくわからないのですが」

「それはよかった。では、さっそく治療方針を説明しましょう」

そう言った蔵利彦が、続けて「説明」してくれた治療方針とやらは、ひどく奇妙なものだった。

ハルカ

丹羽ハルカ。その名前に決めたのは、わたし自身だ。

何回か、紙に書いてみる。丹羽ハルカ。丹羽ハルカ。

十六歳。女性。高校二年生。埼玉県出身。趣味は占い。

「ま、そのくらいでいいでしょう」

と、蔵利彦は言い、丹羽ハルカの特徴をそれ以上挙げようとするわたしを制止した。

「あんまりこまかく作りこむと、きゅうくつになりますからね」

「そういうものですか」

「そうそう、それより大事なのは、どんなふうな雰囲気の者なのか、ということです。出身地や趣味などよりも、丹羽ハルカのかもし出す感じを、最初に決めるべきですね。人は、そういうものから、自然にその人物の性格や背景を想像するものですからね」

せっかくわたしが「丹羽ハルカ」の出身地と趣味を決めたのに、蔵利彦は言う。少しだけ、がっかりする。

「今、しょんぼりした気分になりましたね。なるほど、丹羽ハルカは案外ものごとを気に病む。内向的なのかな」

「なんだか、誘導してます？」

「いやいや、それじゃあ治療にならない。決めつけすぎましたね、ぼくが」

蔵利彦が言うように、丹羽ハルカは内向的なのだろうか。じっと考えてみる。わからなかった。まっさらな紙に、何かの輪郭を少しだけ描きはじめたような気分である。けれど、ひと筆でも描いてみると、これから描こうとしているものの向かう先が、わずかではあるけれど感じとられてきそうな、そんな予感は確かにあるのだった。

「丹羽ハルカは、けっこう適当なタイプな気がします」

「適当。うん、なるほど。柔軟なんだね」

「よくいえば、まあ」

少し、楽しくなってくる。会ってからずっとにこやかで機嫌のいい蔵利彦には、ほんとうのところ時々むっとさせられていたのだけれど、適当、という丹羽ハルカの特質がはっきりしてきた今、わたしの機嫌もいくらか上向きになりつつあった。

「あなたは、転校生です。高校二年の一学期の途中から転校してきた女性。どうぞ、あなたの役を楽しんでください」

そうだ。わたしはこれから、役を演じるのだ。丹羽ハルカという役。役を演じることこそが、わたしの治療なのだそうだ。

病院を出ると、もうわたしは丹羽ハルカだった。蔵利彦と病室で喋っていた時には、丹羽ハルカという架空の存在のことなど、少ししか実感できていなかったのに、病院を出て歩いているうちに、わたしは次第に、「丹羽ハルカ」という者になりつつあった。

(これは、やっぱり、面白いかも)

丹羽ハルカは、電車を二つ乗り換えて学校に着いた。玄関を入ったところにある事務室で名前を告げると、すぐに担任がやってきた。

「丹羽さんですね。こっちへ」

担任は、男性である。予鈴が鳴り、わたしは担任と共に教室に向かった。

丹羽ハルカ、という文字を黒板に書いているうちに、ますます自分が丹羽ハルカという人物である実感が高まってゆく。肩がぶるっと震えた。

「武者震いですね」

と、その日帰ってから病院で一日の報告をした時、蔵利彦は言うのだが、それはまた後刻の話である。

一時間目が終わって休み時間になると、女の子が一人、寄ってきた。

「丹羽さん、どっから引っ越してきたの」

「埼玉」

ほら、出身地を決めておいてよかったじゃないかと、わたしは心の中で蔵利彦につぶやく。

「えー、埼玉って、この学校から近いよね。でも転校したんだー」

「あっ、それは」

わたしは、あわてた。なるほど、この学校は東京都にあるけれど、ここから埼玉までは電車で二十分もかからない。

「前にいたのは、すごく栃木寄りの埼玉で、今は東京のけっこう西の方に住んでる」

「ふーん。ね、ハルカって呼んでいい？」

「うん」

わたしは小さくうなずいた。それから、女の子の方を見やる。中肉中背よりも、ほんのわずかに痩せぎみ。髪は肩までくらいの長さ。くちびるがいやにつやつやしている。何か、くちびるを保護する類のものを塗っているのだろう。甘い匂いがただよってくる。目はぱっちりとしているが、目と目の間は平均的日本人よりも少し離れている。可愛い魚のようだ。

「お昼、一緒に食べない？」

女の子は聞いた。

「名前、なんていうの？」

「あ、ごめん。そうだよね。あたし、ユナ」

「ユナさん、なんだ」

「ユナって呼んで」

休み時間はすぐに終わり、やがて昼休みが来た。ユナ以外にわたしに寄ってくる生徒はいなかった。弁当の包みを持って、生徒たちはそれぞれの仲間のところに移動し、机を寄せ、てんでに食べ始めている。

放課後、ユナはわたしに声をかけずにそそくさと帰っていってしまった。ユナが去ってゆくと、わたしは一人ぼっちで、ぐるりと周囲三百六十度を見まわしてみたけれど、誰もわたしに注意を払っている生徒はいないのだった。

「そうですか。でも、それでいいんじゃないかな。丹羽ハルカは、積極的に友人をつくりに出てゆく感じの人物ではないみたいですしね」

蔵利彦は、夕刻の病室で、わたしに言った。

丹羽ハルカとして一日を過ごしてみた感想を、わたしは毎日日記につけることになっている。今日は初日なので、日記に記入すると同時に、蔵利彦の診察も受けているのである。

「美術の時間は速くたった、とあるね。何をしたの、美術の時間に」

「静物のスケッチです」

「絵を描くのは好き？」

「丹羽ハルカは、好きなようです」

病院でも、丹羽ハルカとして過ごすべきなのだろうかと、わたしは蔵利彦に質問した。

「どっちでも、いいよ。自然な方で」

「何が自然なのか、わかりません」

「ああ、そうだったね。じゃあ、しばらくは、病院でも丹羽ハルカとして過ごしてください」

その夜の病院食は、レンコンの挽肉ばさみをからりと揚げたものだった。おいしいな、と、わたしは思ってから、おいしいと感じているのは丹羽ハルカなのか、それともわたしなのか、考えてみた。

全然、わからなかった。

「由那」と書くのだと、ユナは教えてくれた。ノートの余白に書かれた「由那」という書き文字は、右上がりの、あまり達者ではないものだった。

ユナともう一人、長良（ながら）さんという女の子と、わたしは口をきくようになっていた。二人とも、昼休みに一緒にお弁当を食べる仲間がいないようで、月曜日と水曜日と金曜日は、ユナがわたしのところに来て、火曜日と木曜日には長良さんがやってくる。どうせなら三人一緒に食べようと提案したのだけれど、二人とも首をふって断った。

「あの子は、ちょっと苦手」

と言ったのはユナで、

「あの人は、あたしのことを嫌ってるから」

と言ったのは、長良さんである。

苦手にしあっているのに、二人ともがわたしに寄ってくるのは、不思議だ。

「弁当は一人で食べるより誰かと一緒に食べるほうがうまいからじゃないかな」

と、蔵利彦は言っていたけれど、ほんとうにそうなのだろうかと、わたしは疑っている。だって、わたしが転校してくるまでは、二人はそれぞれ好んで一人きりで昼食をとっていたようだし。

毎日は、均等な感じに過ぎてゆく。時間の流れも、均等だ。ただ、絵を描いている時だけは、わずかに時間が流れるのは速い。

「上手だね」

と、ユナはわたしの絵をほめる。

「うまいけど、なんとなく、何かがへん」

と言うのは、長良さん。

描きあげた絵を、蔵利彦に見せたら、蔵利彦は首をかしげた。

「長良さんの意見に、ぼくも賛成だけど、何がへんなのかは、よくわからないね」

「デッサンが、ほんの少しだけ狂っているんです」

わたしは教えてあげた。静物の、ほんの一部だけ、どうしてもわたしのデッサンは狂うのだ。デッサンが狂っていることを知っているのだから、なおせばいいのに、なぜだかなおすことができない。

「なおすと、写生している対象とそっくりになるのが、なんだか嫌で」

デッサンが狂う理由を蔵利彦に聞かれたので、わたしは、考え、考え、ようやく答えた。

「ふうん」

というのが、蔵利彦の答えだった。

その夜の病院食は、リンゴと豚肉のかさね煮だったので、わたしは自分の静物のデッサンの中にあるリンゴのことを連想した。

静物は、週に一度ある美術の時間を使い、一ヶ月かけて描きあげたのだ。その間に、リンゴは少しずつしぼんでいった。最後には、茶色いしみが点々とあらわれた。わたしの静物画の中のリンゴは、最初のつやつやしたリンゴのまま、みかんもきれいな橙色のままだったが、実際のリンゴやみかんは、着々と経時変化をとげていったというわけだ。その変化を静物画の画面に反映すべきかどうか、デッサンの狂いは、丹羽ハルカであるわたしは迷ったのだが、結局反映しないことに決めた。おそらく、デッサンの狂いは、そのことと関係ある。が、いったいどのように関係しているのかは、今のわたしには分析できない。

リンゴと豚肉のかさね煮は、やはりいつもの病院食と同じく、とてもおいしかった。

ユナから、日曜日に一緒に出かけようと誘われたのは、梅雨に入ったばかりの頃だった。

「次の週末、ひま？　だったら、あそぼう」

ユナは、気軽な調子で言った。うん、と、わたしはうなずいた。あそぶ、という言葉が、何を意味しているのかわからなかったので、映画とか？　と聞いてみたが、ユナは首をふった。

日曜日は曇ってどんよりした天気だった。ユナは、デニムのショートパンツに、茶色のオーバーニーソックスである。制服以外の、女子高校生らしい服を持っていなかったわたしは、看護師の水沢さん――最初に蔵利彦の診察を受けた時に、わたしを病室まで導いた看護師である――に頼んで、この年ごろの女の子が着そうな服一式を揃えてもらった。膝より少し短いスカート、ニットの半袖ブラウス、それにシンプルなスニーカー。

「これが、丹羽ハルカの私服なのか」

と、わたしがつぶやくと、水沢さんは首をかしげた。

「まだ丹羽ハルカの性格がはっきりしてないからね。丹羽ハルカとしていろいろ行動しているうちに、服ももっと個性的になると思う」

水沢さんは言ったのだが、いろいろ行動する、とは、いったいどんなことなのか、わたしにはわからない。というか、いろいろ行動する、という意志が、まだ丹羽ハルカにはないのだ、たぶん。

「そのニーハイ、かわいいね」

そう言うと、ユナはにっこりした。

「ハルカも、スニーカー、似合ってる」

原始的な儀礼のやりとりだと思いながらも、わたしもにこにこと笑ってみる。笑っているうちに、少しだけ、楽しくなる。スニーカーは、丹羽ハルカにきっと本当に似合っているのだ。

ユナが丹羽ハルカを連れていったのは、小さな銭湯だった。

「スパじゃなくて、銭湯」

ユナは言い、わたしの先に立って下駄箱の使いかたを教えてくれた。

かーん、という音が湯船と脱衣場をへだてる磨りガラスの向こうから聞こえてくる。おごり、と言って、ユナはわたしのぶんも入浴料とタオル代を払ってくれた。

ユナがどんどん服を脱いでゆくので、わたしも真似をして、スカートとニットのブラウスを脱いだ。

「下着、白いんだね」

ユナは言い、少し笑った。うん、今日は白いんだよ。わたしは答え、一緒に笑った。丹羽ハルカは、上に着るものが平凡でも、きっと下着は奇抜な色を選ぶ子なのだ、と、突然わかった。水沢さんに頼んで、予算があるのなら買ってもらおう。

銭湯はすいていた。女の人と三歳くらいの子どもの、親子らしき二人づれしか、女湯にはいなかった。かーん、という音は、子どもが半分お湯で満たされた洗い桶を持ち、あちらこちらに走っていっては置く音だった。

「何してるの」

ユナが聞くと、子どもは、

「仕事」

と、真面目な顔で答えた。

子どもはずっと湯船に入らずに、仕事をしつづけた。わたしとユナは、かるく身体を洗ったあと、のぼせるまで湯につかった。女の人は、大儀そうに湯船につかってはあがり、身体を少し洗い、またつかってはあがり、していた。壁に由緒正しい富士山の絵が描いてある。

「遠近法が使われてない」

わたしがつぶやくと、ユナは絵をじっと見た。

「お風呂の絵って、斬新なんだね」

「うん」

汗がどんどん出て、額をつたった。湯からあがり、そのまま脱衣場に行こうとしたら、ユナに注意された。ちゃんと身体をぬぐってから出ないと、だめだよ。固くしぼったタオルで、わたしもユナもていねいに身体をふいた。

コーヒー牛乳を、わたしはユナにおごった。自分には、牛乳。お腹がゆるい感じになった。丹羽ハルカは、乳糖不耐症ぎみ。その日の日記に、後刻わたしは書きこむ。どうして銭湯に行くことにしたの、とユナに聞いたら、好きだから、と答えた。でも、あんまり知らない相手と一緒に銭湯に行くのって、気まずくない？　と、続けて聞いたら、銭湯は、あんまり知らない人と一緒に行くのにいい場所なんだよ、とユナは言った。

長良さんがわたしを誘ったのは、次の次の週だった。

「あそびに行こう、週末に」

ユナと同じような誘いかたをする。わたしは承知した。ユナと出かけた時と同じ、スカートにニットの半袖ブラウス、スニーカー。でも、下着はちゃんと、水沢さんが買ってきてくれた今年の干支の柄のものにした。

長良さんは、足首くらいまであるぞろっと長いスカートをはき、上は透かし編みの極彩色のカーディガン。足もとは編み上げのブーツである。

「このブーツ、母親が若いころのなの」

ブーツはあせた緑色で、ところどころが破れていた。

「かっこいいでしょ」

うん、と、わたしは素直に答えた。教室ではどちらかといえば無視されている長良さんが、こんなに個性豊かな服装をしてくるとは、予想していなかった。丹羽ハルカ、想像力に少しばかり限界があるもよう、と、その日の日記にわたしは書きこむ。

「今日は、どこに行くの」

わたしは聞いた。

「べつに。適当にぶらぶらしよう」

そう言いながら、長良さんが向かったのは、神社だった。

「あのね、あたし、呪いをかけるのが趣味なの」

神社で呪いをかけることが可能だとは、知らなかった。

「人が死ぬほどの呪いは、やばいから、軽い呪い」

まずは、ユナを呪うのだと、長良さんは言うのだった。わたしは、一瞬ひいた。ひきながら、同時に興味しんしんでもあった。

「なんで呪うの」

「あたしがあの子に嫌われてるから」

「なんでユナは長良さんを嫌ってるの」

「あの子とあたしが似てるから」

「どこが」

「偏屈で、自分勝手。クラスで浮いてる」

「二人とも、イジメとか受けてるの？」

天真爛漫な口調で、わたしは聞いてみる。

「ううん、無視はされてるけど、それ以上のアレは、ない」

長良さんは、ぼやぼやしたくちぶりで答えた。クラス内カースト、とか、格差、とか、病院のベッドでネットや新聞を読んで得ていたいくつかの知識とは、少し違う感じである。

「どうして長良さんは、毎日ちゃんと学校に行ってるの？」

ふたたび、わたしは天真爛漫なくちぶりで聞く。

「理由は、ないよね」

ないのか。長良さんのきっぱりした言いかたに、わたしは感心する。ユナと長良さんは、なぜ友だちにならないのだろうかと、いぶかしくも思う。変わり者どうし、気が合うのではないだろうか。

「こないだ、ユナと銭湯に行ったよ」

「ああ、ユナは自分のからだに自信があるから」

「長良さんは、ないの？」

「ないよ」

結局長良さんは、神社で三つの呪いをかけたらしい。ユナと、担任と、あとは世界全体に対して、だそうだ。

「誰かに教えちゃうと、呪いって、無効になるんじゃないの？」

そう聞くと、長良さんは、うなずいた。それから、つけ加えた。

「無効にならないと、怖いじゃない」

長良さんは少しうつむき、あせた緑色の編み上げのブーツで神社の砂利を蹴った。

期末試験が終わり、夏休みが近くなった頃、はじめてユナと長良さんと三人で出かけた。看護師の水沢さんが、美術展の切符を三枚くれたのである。

「三人は、いや」

と、ユナは言った。

「いやだ、三人は」

と言ったのは、長良さん。そっけなさも、即座に答えたことも、やはりよく似ている。いやだと言ったわりには、少し押したら簡単に意志をひるがえしたところも、同じだった。

待ちあわせた駅の改札口から、美術館までのみちみち、ユナも長良さんも黙りこくっていた。わたしも、面倒だから、黙っていた。美術館の中でも、三人は黙っていた。美術館だから、黙っていても気まずくはなかった。一時間半くらいかけて絵を見た。それだけ時間をかけたのはわたしだけで、ユナと長良さんは、入り口近くの腰かけに、所在なさそうに座って、二人して足をぶらぶらさせていた。

「どの絵が好きだった？」

聞くと、「おじさんが椅子に座ってる絵」とユナが言い、同時に長良さんも、「椅子におじさんが座ってる絵」と答えた。

まるで二重唱のように二人の声が響くと、すぐさま二人はそっぽをむきあった。

サンドイッチを買って公園のベンチで食べている間も、その後ぶらぶら歩いている間も、ユナと長良さんは、別々にわたしに話しかけつづけた。二人の間に、直接の会話は、決して交わされなかった。

たしか、聖徳太子は、十人もの人から同時に話しかけられても、全員の言葉をちゃんと聞き取り言葉を返したのだった。でも、わたしは聖徳太子ではないので、ユナと長良さんの、たった二人が相手でも、別々の話題で話し続けるのはひどく困難なことだった。

疲れきって病院に戻った。水沢さんとすれちがったので、切符のお礼を言った。水沢さんは、どうだった？　と聞いた。うーん、微妙。そう答えると、水沢さんは、にっこりと笑った。

夕飯のあと、日記を読んでいた蔵利彦が、「あっ」という声をたてた。

「丹羽ハルカと、少し重なったね」

え、どういう意味ですか。わたしは疲れたまま、ぼんやりと聞き返した。

「丹羽ハルカのことを、『丹羽ハルカ』ではなくて、『わたし』と表現している箇所が出てきたんだよ」

日記を、わたしは見返してみる。

丹羽ハルカ、ユナと長良さんと駅で待ち合わせ

という部分の少し後に、

わたしは聖徳太子ではないのである

と書いてある。

なるほど、わたしは着々と丹羽ハルカと同期しつつあるようだ。

「治療は、じゃあ、うまくいってるんですね」

蔵利彦に聞くと、蔵利彦は肩をすくめた。

「まあ、ぼくにもよくわからないんだけどね。でも、性染色体は今のところＸＸに固定され

ているよ」

夏休みが始まり、ユナと長良さんと会う時間は少なくなったが、メールのやりとりはひんぱんにしていたので、丹羽ハルカとしての自意識がとぎれてしまうことはなかった。八月の終わりごろには、ユナや長良さんとメールをしたり実際に会っている時でなくとも、病院の中で一人でいる時でも、わたしが自分のことを丹羽ハルカだと実感する時間は、増えてゆきつつあった。


二学期になった。わたしはふたたび、ユナと長良さんのいる教室に通うようになった。

不思議なことに、夏休み中病室でユナや長良さんとメールのやりとりをしていた時よりも、教室で直接顔をあわせている時の方が、二人を遠く感じる。

「ひさしぶり」

と、顔をあわせた時に言ったのは、ユナである。たしかに会うのは久しぶりだが、毎日のように画面上で言葉をかわしていたのだから、わたしからすると久しぶりだという印象は薄い。

「どうも、おひさしぶりです」

と言ったのは、長良さん。夏休みの間に、ていねいな言葉に戻ってしまっている。

こうして生身で対面するのと、メールで対するのとは、どうやら違うことのようなのだった。

日記に書くことは、あまり増えなかった。学校に行く。授業を受ける。ユナとお昼を食べる。または、長良さんとお昼を食べる。また授業を受ける。病院に帰る。土曜日か日曜日は、たまにユナ、たまに長良さん、ごくまれにユナと長良さんと共に、ふらふらと過ごす。

「ねえ、毎日、楽しい？」

一度だけ、ユナに聞いてみたことがある。ユナは何も答えなかった。聞こえなかったのかと思い、もう一度聞くと、ユナはまっすぐにわたしの顔を見て、

「ハルカは、楽しいの？」

と聞き返した。しごく不機嫌な表情で。何かが、よくなかったらしい。念のため、長良さんにも同じ質問をしてみたが、こちらはごくそっけなく、

「質問の意味がわかりません」

と答え、すぐにそっぽを向いた。

単調な毎日だったけれど、日記にその単調さを書きとめることは、さほど退屈なことではなかった。朝に聞いた鳥の鳴き声。授業でわからなかったこと。長良さんのお弁当に入っていた山椒の実を食べさせてもらったら、ひりひりと辛かったこと。わたしのお弁当のなかみ

が、いやに体によさそうだとユナが言ったこと——病院の厨房で患者用に作っているお昼を弁当にしてもらうので、なるほど、体によさそうなのは当然である。美術の先生が、時おりひどく暗い顔をすること。けれど、たぶん生徒たちは誰もそのことに気がついていないこと。ユナがこのごろ銭湯に行きたがらなくなったこと。長良さんは、あいかわらず私服が奇抜なこと。この前は、自分で編んだのだという、写実的な総理大臣（二代前の）の顔が編み込みになっている半袖のセーターを着てきたこと。

「このデザイン、どう思う？」

と聞かれ、

「少し、こわい」

と答えたら、長良さんは笑い、

「あたしもそう思う。でも、せっかく編んだから、ちょっと意地で着てみた。ユナには絶対に言わないように」

と頼んできたこと。

花壇に植えられた小さな花が咲き、また散ってゆくような、日々のそのようなたわいのない営みを記した日記を、蔵利彦は、読み飛ばさずいちいちていねいに読んでいった。

九月が過ぎ、十月も半ばになった。久しぶりに長良さんとユナと三人で博物館に行ってきた土曜日の夜のことだった。

「そろそろ、失踪しましょう」

蔵利彦が言った。え？　と、わたしは聞き返した。失踪する。言葉の意味は、わかる。けれど、どんな状況が「失踪」の後に出来するのかが、わからない。わたしが、記憶のない人間だからわからないのではなく、生まれた時からの記憶をきちんと持っている人間にだって、わからないだろう。

「丹羽ハルカの日記は、停滞しています。つまり、次の段階に治療を進める時が来たというわけです」

というわけです。わたしはまた、蔵利彦の言葉を頭の中で繰り返す。

「へえ、もう次に、うつるんだ」

いつの間にかやってきていた看護師の水沢さんが、からかうようなくちぶりで言った。

「丹羽ハルカは、もうおしまいなのね。次は、どんな者になるの？」

水沢さんはそう続け、わたしの顔をのぞきこんだ。水沢さんの、薄い色の黒目に、わたしがうつっている。電灯の光を反射して、水沢さんの瞳は、とてもきれいだった。

次は、男がいいですかね。ええ、男がいいような気がしますね。蔵利彦と、水沢さんが言いあっている。丹羽ハルカは、それでは、そろそろおしまいなのだ。わたしはぼんやりと思う。丹羽ハルカという人間でいることにさほどの執着はなかったが、首のつけねのあたりが、ほんの少しだけ、心細いような心地だった。

その名前は、どうかなあ。蔵利彦は言ったが、ぼくは譲らなかった。春に、眠い、と書いて、はるみ。

「ハっていう響きが好きなの？　ハルカに、はるみ」

水沢看護師は笑った。そうか、同じハで始まる名前なのだなと、その時はじめて気がついた。

次になるのは、野田春眠。丹羽ハルカと同じ、高校二年生。やはり転校生として、丹羽ハルカの行っていた学校に通うことになっている。

「同じ学校の、同じ学年に転入って、丹羽ハルカと野田春眠が同一人物だって、ばれちゃいませんか？」

心配になって、蔵利彦に聞いたのだが、蔵利彦はにこやかに首を横にふった。

「ほら、見てごらん」

言いながら、ぼくを病室の洗面台のところに連れてゆく。鏡の中に、見たことのない男の子がいた。

「おおっ、これは」

思わず、声がもれた。

「ほら、声もちゃんと低くなってる。適応性が高いね、さすがだ」

鏡の中の男の子は、丹羽ハルカとはずいぶん違う顔をしていた。輪郭だけは、似ていないこともなかったが、第二次性徴を経て男性性を増した造作が、その顔の中にはおさまっていた。眉はひいでて太いし、鼻の下にうっすらと髭らしき黒ずみもある。のどぼとけがあらわれ、あごも角張っている。

「背も、高くなってるわね」

と感心しているのは、水沢看護師だ。

「けっこう、好みのタイプかも」

「ぼくは、水沢さんのことは、別にタイプじゃありません」

答えると、水沢看護師は、ふん、と鼻をならした。

「最初から、生意気ね。それに、最初から、しっかり性格づけができてるようね。で、丹羽ハルカの記憶は、あるの？」

「あら、じゃあ、混乱しないようにね。ボロとか、出さないでよ。長良さんやユナの前で」

険悪な雰囲気になりかけたところを、蔵利彦が制止した。

「やめなさい。患者の心を騒がせてどうするの」

注意されていい気味だったので、ぼくは水沢看護師に向かって舌を出してみせた。

「ガキ」

というのが、水沢看護師からの反応だった。

野田春眠として高校に転入するのは、丹羽ハルカとして転入するのよりも、ずっとたやすかった。ユナと長良さんの隣のクラスであるこの教室には、最初から「友愛」のような気分が満ちていた。あるいは、ぼく自身に「友愛」の気分が濃かったのだろうか。休み時間はにぎやかで、ホームルームの時間も活発だった。最初にぼくが言葉をかわしたのは、黒田という男子生徒である。

黒田は休み時間になるとすぐ、転校生として紹介されたぼくに、さりげなく話しかけてきた。

「ありますよ」

「喉、かわかない？」

へ？　と、ぼくはまぬけな声をだしてしまった。丹羽ハルカだった時とはちがって、すぐさま話しかけられたことがまず意外だったし、ごくありふれたことを言っているにもかかわらず、黒田の言葉にもなんだか意表をつかれたからだ。

「うん、まあ」

十月にしては、少し暑い日だった。

「じゃあ、ちゃーでもしばかん？」

「関西出身なの？」

「いいや」

「それに、男が男に向かってナンパ用の発話をするのって、普通なの？」

「いや、ちゃー飲むのは、べつにナンパの時だけとは限らんし、そもそも理屈っぽいな、おまえ」

黒田は笑い、机の中から二リットル入りのコーラのペットボトルを取りだした。半分くらいに減っている。続いて茶色い紙コップも取りだし、ボトルのふたをあけて、こぽこぽと二つの紙コップについだ。

「ほらよ」

黒田は言い、自分に近い方の紙コップを手に取り、いっぺんに飲み干した。そして、むせた。ぼくも、もう片方のコップを取り、ちびちびとコーラを飲んだ。

「ぬるい。それに、ちゃーじゃないよね、これ」

「教室に冷蔵庫はない。それから、やっぱりおまえ、理屈っぽい」

黒田は、冷静に答えた。

じきに予鈴が鳴り、授業が始まった。四時間目が終わったあとで、生徒たちの動きを観察したが、このクラスでは、机の近い者どうしが適当に集まって適当に弁当を食べることになっているようだった。ぼくは黒田たちと一緒に飯を食った。


弁当を誰と食べるかということについて、丹羽ハルカが実は少なからぬプレッシャーを感じていたことを、ぼくは今日知った。プレッシャーを感じなくなった今日になってそのことに初めて気がついたのだった。

その日帰ってから、ぼくは日記にそう書く。蔵利彦は、じっと日記を読んでいた。そうか、現代の高校生は、なかなか大変なんだな。昔は、そういうのは、中学くらいで終わったような気がするんだが。蔵利彦は、つぶやいた。黒田は、クラスでは人望があるようだった。ぼくは黒田のそばにいたおかげからか、いちにちを平穏に過ごし、その日だけでクラスの男子のうちの十二人、女子は三人と、会話をかわしたのであった。

黒田には、恋人がいる。

長良頼子（よりこ）。バスケット部所属。性格・明朗。

長良って、もしかして、丹羽ハルカだった時の、ただ二人の友だちのうちの一人、あの長良さんと関係があるのだろうかと、ぼくはじっと長良頼子を観察した。

顔が、よく似ている。でも、背丈は長良頼子の方が高いし、長良頼子の方が、顔だちがぜんたいに整っている。

　とはいえ、ぼくは、長良頼子より長良さんの顔の方が、好き

と、後に日記に書くことになるのだが、それはともかく、長良頼子は悪い感じの女子ではなかった。

「きょうだいとか、いるの？」

長良頼子に、聞いてみた。

「いるよ。お姉ちゃんが、同じ学年に」

「同じ学年に、お姉さん？」

「うん、双子なの」

黒田は、ぼくと長良頼子との会話を、黙って聞いていた。長良さんと長良頼子が双子だったとはと、ぼくは内心で驚いていた。

「どのクラス？」

長良さんのことを知っていることをさとられると困るので、何も知らないふうをよそおって、訊ねてみる。

「隣のクラス」

そういえば、長良さんの名前は、何というのだろう。知る前に、丹羽ハルカでいることをやめてしまった。

「そのお姉さんと、きみは、似てる？」

というぼくの質問に、長良頼子は、

「似てない」と答え、ほぼ同時に黒田が、

「似てる」と答えた。長良頼子は、嫌そうな顔をした。

学校の怪談が話題になったのは、二学期の期末テストが始まる少し前だった。

「学校の怪談って、なんか、古典的だなあ」

黒田は笑ったが、ほかの奴らは、けっこう真剣だった。

「まず、隣のクラスの担任の、芦中の謎」

隣のクラスの担任、すなわち丹羽ハルカだったころの担任の名前が「芦中」だったことも、ぼくは知らなかった。長良さんの名前を知らないのと同様に。一学期の間在籍していたのに、芦中のことはほとんど覚えていなかった。なんてことだろう。

芦中は、男で、たぶん三十代のはじめで、たしか英語の教師だということくらいしか認識していなかった、丹羽ハルカ。長良さんの名前さえ知らなかった、丹羽ハルカ。丹羽ハルカという人間は、かなり他者に対する関心が希薄だったということになる。野田春眠は、そうではない。だいいちに、野田春眠は、女性に対する関心が非常に高い。この年齢の男性であるから、当然性的関心が中核となってはいるが、男性に対する関心だって、丹羽ハルカよりは遥かに高い。

「芦中の謎って、なによ」

黒田が聞く。

「毎月、乗る車が変わる」

「金持ちなの?」

「いや、どれもたいがいしょぼい車」

「しょぼくても、毎月車を買い替えるのって、お金がかかるんじゃない？」

「レンタカーかも」

「レンタカーを毎日借りるのって、もっと金がかからねえか？」

「廃車になったような車なのかも」

「いや、それよりは、もうちょっと普通の今の車っぽい」

「去年の七月なんて、紺色のアウディに乗ってたよ」

「アウディって、外車？」

「うん。でも、ちょっと古い型みたいだったけど」

生徒たちは、くちぐちに芦中の自家用車について言いあっている。それのどこが怪談なのか、ぼくにはよくわからなかった。

「謎と怪談は、違うよね」

そうぼくが言うと、一瞬場がしんとする。すぐに長良頼子が、

「そうそう、怪談っていえば、芦中の車のことなんかよりも、行方不明の生徒、だよね」

と、取りなすように言った。

行方不明、という言葉を聞いて、ぼくは少しだけ顔をあげる。もしかして、丹羽ハルカの

「失踪」は、その「怪談」に関係しているのだろうか？

「行方不明の生徒が今年出たから、期末試験の難度がすごくあがるっていう、あの話。ほんとなのかな」

長良頼子は続けた。

行方不明って、不登校や退学とはちがう、正真正銘の行方不明のことなんだよ、と、長良頼子は説明した。

「行方不明？　物騒すぎ」

黒田が驚いている。

「それに試験が難しくなるって、なにそれ。だいいち、実際に生徒が行方不明になったら、新聞ざたじゃないか。そんな話聞いてないぞ」

「ううん、うちのお姉ちゃんのクラスで、ついこの前、行方不明者が出たんだって」

長良頼子が言うと、え、まさか、ほんと？　やばい、マジ？　いくつもの声が重なった。

「誰が行方不明になったの？」

「それが、行方不明になった子のことを、誰もはっきりとは覚えてないんだって」

「なにそれ。ＳＦ？」

「怪談じゃん、まさに」

ろには、すでに話は下火になっていた。

「芦中は、ちゃんとそのこと把握してるの？」

「車の謎関係で手いっぱいで、だめなんじゃない」

昼休みが終わるまでは、行方不明の話でもちきりだったが、午後の授業がしまいになるころには、すでに話は下火になっていた。

高校生とは、飽きやすきもの

と、その日の日記にぼくは書きこむ。きみも高校生なんだよ、と、水沢看護師には笑われたけれど。

丹羽ハルカは、行方不明者として処理されたみたいですよ、と言い返すと、水沢看護師は、首を横にふった。

「ちがうでしょ。みんなの記憶には残ってないんだから、行方不明もなにも、ないでしょ」

ほんとうに、誰かを記憶に残らなくさせることなんて、できるんですか。ぼくは訊ねた。

「できないわよ、普通は。でも、きみはそういう特別な存在みたいよ」

そうなのだろうか。ぼくは、そんなにも特別な者なのだろうか。それでは、世界を支配したい、だのと願ったなら、かなうのだろうか。

「むり。それ、きみの手に余るわよ」

しばらくの間、世界の帝王になった自分について、静かに考えてみた。なるほど、たしかにそれは、ぼくの手に余りそうである。


女の子とセックスをしたい。

という欲望は、かなり強いものだった。ぼくは、セックスできる相手を、真剣に探すことにした。

「せっかく高校生なんだから、セックスにばっかり興味を持つんじゃなく、哲学的思索にふけったり、世界のなりたちを疑ってみたり、勉学にはげんだり、部活にいそしんだりしたら？　そういうことがゆっくりできる時期って、あんがい短いんだよ」

蔵利彦が、珍しく意見を述べた。いつも黙って日記に読みふけるか、あるいは、唐突に治療方針を告げるかしかしない蔵利彦にしては、珍しい。

「だって、どうせ野田春眠でいられる時間も、限られてて、じきに次の者にならなきゃいけないんでしょ。それだったら、野田春眠がいちばん興味をもっていることを、のびのび追求させてやりたいじゃん」

ぼくが言い返すと、蔵利彦は肩をすくめた。

「そんなことないよ。もしずっと野田春眠でいたければ、それでもいいんだよ」

「でも、日記が停滞したら、どうするの。そしたら、すぐに次、じゃないの？」

「いやいや、あれは君が丹羽ハルカだったから、だよ。丹羽ハルカって、あの先がもうなさそうだったじゃない。そうそう山あり谷ありな人生なんてないわけだから、日記は普通は停滞する。そのたびにいちいち違う者になってたら、身が持たないし」

蔵利彦のその言葉に、ぼくは少しばかりむっとした。丹羽ハルカの先がなさそうとは、どういう根拠による判断なのだろう。

「じゃあためしに、毎日停滞しきった日記、書いてみますよ」

「なるほど、そうなったら、やっぱり次の者になれって、言いたくなるかもな」

蔵利彦は、にやりとした。ふん、とぼくは思う。今のところぼくは野田春眠を終了する気などまったくなかった。高校生活は、ぼくにとって日々活気に満ちているのだ。セックスのできる相手を念入りに探すことは、興味深いことだったし、そのために相手をよく観察するのも、面白かった。

「セックスのできそうな相手だということは、どうやって判断するのかね」

蔵利彦は、聞く。

「セックスできるかどうか、先生には、わからないんですか？」

反対に聞き返したら、水沢看護師に、

「質問に質問で答えるのは、ずるいよ」

と、叱られた。蔵利彦は、水沢看護師の言葉にかまわず、少し考えてから、答えた。

「わかる時と、わからない時があるけれど、わからない確率の方が、ずっと高い」

ふうん、とぼくはつぶやき、蔵利彦をじっと見た。ぼくのようなわけのわからない難しい患者の治療をしようという者なのに、たかがセックスできる相手についての判断ができないなんて、医者として、だめなんじゃないだろうか。

「そうかもなあ」

蔵利彦は、つぶやいた。

セックスできるかどうかを判断するのは、簡単だ。

(セックス、する？)と、頭の中で強く念じてみて、

(する！)

という反応がくるかどうかを確かめればいいだけだ。

「する、っていう反応は、どのくらいの頻度で来るの？」

水沢看護師が聞いた。

「ほとんど、来ない」

「でも、その後、ずっと何回もおりにふれて念じつづければ、半数以上の女たちは、する、っていう反応に変わる」

「ほんと？　ただの勘違いなんじゃないの？」

ひどくうさんくさそうな口調で言い、水沢看護師はぼくをじろじろ見る。

「で、実際に君は、その、する、って反応した女の人たちと、セックスしてるの？」

蔵利彦が聞いた。

「しない時もあるけど、可能な時には、します」

「日記に、書いてないじゃない」

「いやあ、ぼく、恥ずかしがりなんで」

「このくそガキ」

と毒づいたのは、水沢看護師。

そうだ。ぼくは今、セックスが楽しくてならない。野田春眠は、高校に転入してから、五人の女たちとセックスをおこなった。

女たちは、柔らかい。それは、丹羽ハルカとして生きていた時には、知らなかったことだった。自分自身が柔らかくともたいして気持ちよくはないが、ふれあう相手が柔らかいのは、たいへんに心地よいことである。

ぼくがセックスをした相手のうちわけは、以下のとおりだ。

高校の近くに住んでいる三十代の女性。バイトをしているファストフードの店の副店長、二十代。道を歩いていたら声をかけてきた二歳年上の女性。クラスの女子二人。

このうち、一回だけでは終わらず、継続的にセックスをおこなっているのは、クラスの女子たち二人だ。

「それ、ものすごくまずいよ」

水沢看護師は言う。

「おまけに、ついこの前男になったばかりのくせして、いやに女に好かれるのが、なんか不条理で腹が立つ」

「ついこの前からだったとしても、今はれっきとしたXY染色体の持ち主だっていう検査結果も出てるし、それに、何もしないで女に好かれてるんじゃなくて、必死に信号を送りつづけ、女性一般の気に障ることは極力せず、清潔を心がけ、誠心誠意会話をおこない、相手の興味の対象にぼくも興味を抱き、してほしいことをしてほしいタイミングでおこなうよう勘を研ぎ澄まし、それでも失敗を繰り返し、その失敗をフィードバックし、新たな手腕を身につけ、毎日努力をかかさず、ようやく数名の女たちとセックスをおこなうことができているのです」

「さいざんすか」

水沢看護師は、ため息をついた。

ため息をつかれてもつかれなくても、なんでもいい。ぼく、野田春眠の体は、セックスをおこなうことを欲している。それはたとえて言うなら、目の前に常に「セックス」という極彩色の文字が、びかびかと灯りつづけているような、感じなのである。

「さすが若人だな」

というのは、蔵利彦の言葉である。ぼくの中の「セックス」の文字は、極彩色じゃなくて、あれだな、なんだか砂っぽい色だなあ。そう続ける。

そういえば、丹羽ハルカは、どうだったのだろう。ぼくは、思い返してみる。丹羽ハルカだった時には、野田春眠の体が感じているような性欲は、そうだ、もっていなかった。けれどそれでは、丹羽ハルカに欲望がまったくなかったのかというと、違うような気がする。かたちにはなっていなかったもの。でも、たしかにそこにわだかまっていたもの。そんな、言葉では表現できないような、曖昧だけれど、熱いエネルギーが、丹羽ハルカの体の奥底には、存在していたような気がする。

病院での日常と、病院外での日常の乖離に、ぼくはときどき驚く。病院でのぼくは、野田春眠とは、少し違う者になるようだ。なんといおうか、病院外では確固としていた「野田春眠」が、病院の中ではゆるやかにほどけ、まだ彫りが浅い、つくりはじめたばかりの彫刻の原型のようなものに戻る、という感じだろうか。

原型に戻った野田春眠は、丹羽ハルカになる前の、「記憶をもたない不明な存在」に、少し近くなっている。それゆえに、性欲はいくらか減退し、感情の起伏も平坦になり、病院外の野田春眠にくらべると、会話もはずみにくい。それでも、丹羽ハルカにくらべれば水沢看護師とも蔵利彦ともよく喋っている。ただでさえぼくのことを「ばか」だの「くそガキ」だのと呼ばわる水沢看護師が、病院外でのさらに活発なぼくを見たら、いったい何と言うことだろう。

野田春眠でいることを、ぼくはけっこう気に入っている。今週も、同じクラスの二人のどちらかと、できれば二人両方と、セックスをしたいものだと、ぼんやり思いながらぼくは眠りについた。

けれど、ものごとはそううまくは運ばない。

というのは、水沢看護師が言った言葉である。ぼくは、べつに「うまく」事を運んでいたつもりもないので、そのような表現は思いつかない。

継続的にセックスをしている相手のうち、堀内という女子が、もう一人の女子、三枝を呼び出し、ひどい喧嘩になった。二人は、体育館の裏で喧嘩をしたのだ。なぜそんな安易な場所で喧嘩をするのだろう。

「昔ながらな呼び出しの場所だなあ。高校生には、居場所が少ないってことだな。不自由で、かわいそうだ」

「かわいそうなのは、その二人の女の子たちで、こいつはかわいそうでもなんでもないわよ。全然、不自由そうじゃないし」

蔵利彦と水沢看護師は言いあっている。

喧嘩をした堀内と三枝は、その身体に、数ヶ所の打撲、ねんざ、裂傷を生じ、騒ぎを好奇心まんまんで見物していた同級生らに喧嘩の原因と経過を言いふらされ、その内容は教師にまで伝わった。結果として女子たちは訓告、ぼくは停学処分になった。

「でもなぜ、野田春眠だけが停学になって、女子たちはならないんだろう」

ぼくは、ぼやいた。

「手当たり次第な男は、痛いめにあうの」

「複数の異性とのセックスが、法律に反するっていうわけでもあるまいし」

「法律の問題じゃないでしょ」

「で、野田春眠は、愛とか恋とかいうものには、興味がないのか？　複数の女たちとセックスをおこなっても、野田春眠の心には、少しのさざなみも立たないのかね？」

という質問をしたのは、蔵利彦である。停学になったぼくは、久しぶりに病院の部屋でのんびりしているのだ。バイトも休み――停学中で蟄居(ちっきょ)していなければならないと、副店長に報告したら、副店長はしばらく黙っていた。蟄居、という言葉がわからなかったらしい。ちなみに、副店長とは、一回セックスした後は、何もしていない。していないにもかかわらず、副店長はこのごろなんだか不機嫌で、少しぼくは困っていたのだ――ベッドの上で寝そべっているか、病院の中庭を散歩するかしていると、野田春眠の野田春眠性は急速に薄れていって、どんどん原型がえりしてゆく心地なのが、面白かった。

「興味がないのでもないようですが、愛や恋といった感情よりも、性欲が圧倒的に勝ってしまっているので、それらの感情があらわれる余地がありません。おまけに、性欲を恋情だと思いこんで自分や周囲にある種の言い訳をする、という必要を感じていないようなので、ますます情愛は二の次三の次になっていますね」

他人ごとのように、ぼくは答えた。いや、こうして病院で原型にかえってみると、野田春眠は、丹羽ハルカなどよりも、ぼくにとってはよほど「他者」である、という感じがするのだ。丹羽ハルカのような、性格や執着する対象が希薄な者のほうに、より同調しやすい、というのは、不思議である。けれど、ある時期以前の記憶をもたない者である自分には、むしろ希薄な者のほうが近しく感じられるのかもしれない。

「丹羽ハルカって、ぼくにとってはけっこう自然な存在だったんだけど、野田春眠は、そうじゃないような気がする。なら、野田春眠の性格や感情は、いったいどこからきているのかな」

ぼくは、蔵利彦に聞いた。

「それは、大切な問いだなあ。君は、どう思うの？」

しばらくの間、考えてみた。最初に野田春眠になった時のこと。高校に行ってからのこと。バイトを始めた時のこと。黒田や長良頼子と一緒に過ごしている時のこと。病院に帰ってきてからの、少しだけ、からっぽな感じのこと。

「外界からの刺激で、どんどんその場で、野田春眠は、できあがってきたのかなあ」

ゆっくりと、ぼくは答えた。正確な答えではなかったが、今のぼくの能力では、これ以上の言葉を思いつかない。

ふうん、と、蔵利彦は言った。蔵利彦の表情が、少し、不穏だ。

もしかすると、また失踪することになるのかな。ぼくは思い、どきりとした。今はまだ、野田春眠でいさせてほしかった。

結局ぼくが野田春眠だったのは、高校二年生の終わり、もっと正確に言うなら、高校二年生の三月十五日までだった。それまでの話を、かいつまんでしてみようか。

まず、秋の終わりに停学になったぼくは、ふたたび高校に通いはじめてからすぐに、堀内と三枝から呼び出しをくらった。場所は、体育館の裏だった。よくよく体育館の裏の好きなやつらだと感心しながら出むいてゆくと、二人は並んでぼくを待ちかまえていた。

「どういうつもりなの」

堀内がまず口火をきった。

「適当なことばっかりしてないで、ちゃんと決めて」

と言ったのは、三枝。

決めて、というのは、おそらく、どちらがよりぼくにとって欲望をそそる相手なのだか決定し、告げてほしい、ということだと解釈したぼくは、

「どっちも、とっても好きなんだよ」

と、おとなしく答えた。

とたんに、堀内がぼくの頬をたたいた。

「暴力は、だめなんじゃない？」

と、さらにおとなしく言ったのだが、今度は三枝がぼくを蹴った。

「ようするに、どっちも好きじゃないってことだよね」

「予想はしてたけど、やっぱり、ね」

堀内と三枝は、うなずきながら言いあった。

ぼくをめぐってついこの前大立ち回りを演じていたはずなのに、どうやらいつの間にか共闘していたらしい。

「もう二度と、あたしたちにかかわらないで」

「顔、見たくないし」

と、冷たいこと、このうえない。

「好きなんだけどなあ」

もう一度言うと、二人はひややかにぼくをねめつけた。

言われたとおり、二度と彼女たちにはかかわらなかったし、ぼくの顔を見ないですむように、極力それからはこそこそ過ごすようになった。黒田と長良頼子だけは、前と変わらずぼくに対していたが、黒田のおかげで知りあえたクラスのほかのやつらとは、なんとなく疎遠になった。

学校の女子とはつきあえなくなったので、バイト先の副店長とふたたび関係をつくろうとしてみた。けれど、こちらも、はなはだしく冷淡だった。

「野田くんって、なんか、女のこと、ばかにしてるんだよね」

などと言う。

「ばかになんか、してないことは、あなたが知っているでしょう」

じっと副店長の顔を見ながら言ったが、副店長はすぐに顔をそむけてしまった。

「そういう顔をすれば、女はみんな自分の言うことを聞くと思ってることは、知ってるよ」

そういう顔、が、どんな顔なのだかぼくにはわからなかったし、ぼくの表情ひとつで言うことを聞いてくれる女がいるなどという甘いことを思ったことなど一度もなかったので、ぼくは首を力なく振った。けれど副店長は、三往復めの首振りのあたりで、さっさとどこかへ行ってしまった。

それ以後、副店長はぼくを無視するようになった。仕事はとてもやりにくくなり、引きとめられもしなかったので、その店のバイトはやめた。女性たちとつきあわなくなったので、金もさほど必要ではなくなったところだったし。

年が暮れるころには、ぼくとセックスをしてくれる女性は、一人もいなくなっていた。

正月は、静かだった。家に帰ることのできる入院患者たちは病院から姿を消し、スタッフの数も少なかった。退屈だったので、ぼくは日記をだらだらと書いた。暮れから、水沢看護師と蔵利彦の姿も見ていなかった。ほとんど一日じゅう誰とも喋らない日が、三日ほど続いていた。こういう時、ぼくは退屈をまぎらわせるものをほとんど持っていない。病室には、ゲームもパソコンも本も何もなかったし、趣味というもののない野田春眠は、女性とつきあう時以外には消費活動をほとんどおこなっていなかったので、雑多なものも部屋にはなかった。きれいに整理された清潔な空気が部屋を満たしていた。ベッドにうつぶせになって、野田春眠は日記を書きつづけた。

突然、水沢看護師が入ってきた。

「しばらくぶり」

水沢看護師は、無表情に言った。

「何か用ですか」

「日記を読んでおくようにって、蔵先生が」

書きかけの日記をぼくは差し出した。水沢看護師は、ぱらぱらとめくってゆく。それから、ごく最近の記述のところで、めくる手を止めた。斜め読みではなく、きちんと読みはじめる。

「これ、今日書いたんだよね？」

そう言って、水沢看護師は開いた日記の中の一行を指でたどってみせた。

　セックスがしたい、という欲望は、いったいどこから湧いてくるのだろうか

という文章だった。

「はい。実際のところ、ぼくの性欲ってどこから湧いてくるのか、知りたいと思ったんです」

　ぼくが言うと、水沢看護師はしばらく考えていた。それから、

「たぶん、精巣」

　と、つぶやいた。

「そういう答えではなく、もっと文学的な感じの」

　水沢看護師を、ぼくは軽くにらんだ。

「野田春眠って、文学的なことを考えるようなタイプだっけ」

　というのが、水沢看護師のそっけない答えだった。

「不遇は、若人を文学的にするんですよ」

「不遇って、どんな不遇」

「性欲がまったく満たされないという不遇」

「同情に値しない不遇ね」

「ですかね？」

水沢看護師にとりつくしまがないので、それ以上「不遇」について述べることはしなかったけれど、自分の性欲がどこから湧いてくるのか、ぼくは真実、知りたかったのだ。なぜなら、丹羽ハルカから野田春眠に変化したとたんに、性欲は突然、ふんだんに惜しみなく湧いてきはじめたのだから。野田春眠は、性欲に支配されている。考えるほぼすべてのことが、性欲に結びついているこの感じは、研究に価するのではないかと、正月の静かな病院で、ぼくはつらつらと考えたりしたのだが。

「もし性欲について研究したいのなら、ほかの年代の男性になってみたら」

というのが、蔵利彦の意見だった。

それはちがう、ほかの男性になってしまったなら、野田春眠の性欲については、もうわからなくなってしまう。ぼくは、今のぼくのことを、ぼく自身として、知りたいのだ。ほかの誰かになって、「なるほど、あの時野田春眠は、あのようなしくみで動いていたのだな」などと、もっともらしく分析したいのではないのだ。

「野田春眠って、同じ年ごろの男子にくらべて、性欲が強いほうなんでしょうかね」

ぼくは、蔵利彦に聞いてみた。

「うん、ことに、このごろの男の子たちって、昔の思春期の子たちよりも、ずっと落ち着いてる感じがするしね」

「落ち着いている」

「そう。性欲だけじゃなく、ほかにもいろいろすることや関心事があるみたいだし、そもそも性欲って、せきとめられるとあふれようとするけど、今の子たちは、あんまり性欲をせきとめられてないんじゃないのかな」

「なんですか、その、せきとめる、って」

横から水沢看護師が口をだした。

「整然とした豊かな情報が流通しているせいで、想像が行き止まることがなくて、欲望もさらさら流れていっちゃう、んじゃないかって感じることがある」

「は？」

水沢看護師は、肩をすくめた。ぼくにも、蔵利彦の言うことは、よくわからなかった。

「整然とした情報って、何ですか」

聞いてみた。

「うーん、なんかさ、昔、って言っても、三十年くらいしか前じゃないんだけど、ぼくらが若かったころって、空気の中に、なんだか猥雑な成分が含まれてた感じがするんだ」

「猥雑な成分」

「そう、成分。それはたとえば、セクハラがセクハラっていう名前をまだはっきりと冠されていなかったがゆえに、セクハラっていう行為がセクハラという言葉のもとに統合されていなかった、だから、セクハラ的な行為が輪郭をもたずに、常にどこかから空気の中へと溶け出していた、とか、手軽に手に入る性的な刺激をもたらす情報は、ほぼ印刷物かフィルムの中だけにしかなくて、時間や空間を限られた中でそれらの情報を得なければならなかったがゆえに、刺激の結果あらわれる性的興奮が、その時間なり空間なりの中で濃縮されて、それらがまた常にどこかから空気の中へと溶け出していった、その結果存在した、猥雑な成分のことを言ってるつもりなんだが」

「長いですよ、先生」

水沢看護師が、冷たく言い放った。

蔵利彦はつまり、なんだかもやもやした、性的興奮を刺激するようなものが、まるでラーメン屋からチャーシューを煮る匂いがもれただよってくるように、昔はどこかからただよってきていたのだ、ということを言っているらしかったが、それならば、そのような猥雑な何かはもうただよってこないらしい現代のこの都市生活なのに、なぜぼくの性欲は強く保たれているのだろう。

ぼくが記憶を持たない、ついこの前までは「この世に存在していなかった者」だったからだろうか。

「性欲が強いって、きみにとって、いいことなの、悪いことなの」

水沢看護師が聞いた。

「べつに、いいことでも悪いことでも、ありませんから」

「あ、そ」

性欲は、人間の欲の中で、ごく基本的な欲だ。生物として、ぼくは凡庸なはずだ。では、都市生活をおこなう現代の人間としては？

三学期、ぼくは教室の中で少し孤独だった。教室の空気の中に、蔵利彦の言っていた「猥雑な成分」があるのかどうか、毎日ぼくは感じようとしてみた。

あるようにも思えたし、ほとんどないようにも思えた。

バイトを再開し、ためた金で風俗の店にも行ってみたが、そこで得られる性欲の解放感は、必死に女たちに取り入って個人的につきあってセックスをして得られる性欲の解放とは、だいぶん違っていた。

つきあった女とするセックスの方が面白いのは、なぜだろう

という、ぼくの日記の中の言葉を、水沢看護師はまたぼくの目の前で、指でたどってみせた。

「なぜだと、きみは思うの？」

「うーん、よくわからないです。恋ごころとか、少しは、あるのかな」

「あるの？」

「ないような気がします」

「堀内や三枝のこと、少しは好きだった？」

「好きだけど、黒田や長良頼子に対するよりも、好きの度合いは、少なかったような」

「じゃ、ユナや長良さんとくらべたら？」

「でも、ユナや長良さんに対する気持ちは、ぼくが丹羽ハルカだったころの、丹羽ハルカの気持ちでしょ。野田春眠の気持ちじゃないよ」

「あら、丹羽ハルカと野田春眠は、まったくつながってないの？」

なるほど。丹羽ハルカの記憶はぼくにはしっかりとあるのだから、つながっているのかも

しれない。

「ぼくって、いったい何?」

そうつぶやいていると、蔵利彦が病室に入ってきた。

昔、そういうような題名の小説があったよ。蔵利彦は、言った。その小説の中で、「ぼく」は、いったい何だったんですか。聞くと、蔵利彦は、残念、読んでいないから知らない、と答えた。三学期が終わろうというころ、ぼくは次の人間になることを勧められ、断りたくもあったけれど、これ以上野田春眠でいることの意味も見つけることができず、曖昧な気持ちのまま、うなずいたのだった。

文夫

山中文夫。これが、次に演じる者の名前である。

演じる、という言葉は、自分のこの状況にはそぐわない言葉かもしれない。最初のうち、丹羽ハルカのころは、たしかに「演じる」だったのだが。丹羽ハルカは、少し、遠い。でも、ときどき、とても近く思いだす。野田春眠は、近い。でも、自分には彼のことは理解しかねる部分が多い。演じる、ではなく、なる、がより正確。でも、なりきる、ということは、まだできない。

はじめて山中文夫になった日の日記に書いた文章である。今までの二人よりも、山中文夫は日記を書くことが好きだ。

「学校は、どんな？」

水沢さんは、聞いた。

「まだ勤務初日なので、わかりません」

自分は答えた。

「事務の仕事は、パソコンを使うでしょう。大丈夫？」

「はい、病院で訓練しましたから」

三月の後半、自分はパソコンの基本的な使い方を教えてもらった。丹羽ハルカと野田春眠の通っていた高校の事務員の一人が、年度末に突然退職願を出したと聞き、その後任として就職してみないかと問われたからである。

その時にはすでに山中文夫になっていた自分は、すぐさま承知した。

パソコンは、自分にとても向いていた。丹羽ハルカも野田春眠も、電子機器類にはあまり関心をもっていなかった。けれど自分は、ネットワークの中をさまよい歩くことや、アプリを見つけだし利用することが、かなり好きなのである。

「生徒たちって、事務の仕事をしてる人から見ると、どんな感じ？」

水沢さんは、うぶ毛がきれいだなと、自分は思った。

「今のところ、回遊水槽の中を泳いでいる大きな魚や小さな魚のような印象です」

水沢さんは、笑った。笑い顔も、きれいだ。

学校で生徒たちと接触する機会は、あまりない。教師たちとは、かなりよく接触するのだが。

事務室は職員室よりもずっと整理整頓が行き届いている。教師たちは、自分の机の上を散らかしておくことが好きなようだ。学校という場所は、たくさんの紙類が流通しているところだ。試験用紙や答案用紙、レポート類、個人調査票、資料のさまざま。一方の事務室では、おおかたの資料はパソコンの中におさめられているので、散らかる機会も少ないというわけだ。とはいえ、昔からの資料は紙の形で残されており、それらの占める場所はばかにならない。新米の事務員である自分の主な仕事は、それら昔の資料をパソコン上に文書化することだった。

「この学校は、古いんですね」

「そうよ、何年か前に、創立百周年を迎えたのよ」

と教えてくれたのは、如月さんだ。彼女は、自分よりも二年早くこの事務室に勤務しはじめた女性事務員である。

「建物は、ずっと同じですか」

「ううん、戦争で焼けて、一回建て直したみたい。そろそろまた建て直さなきゃならなくて、この十年はずっと寄付をつのっているところ」

丹羽ハルカだったころも、野田春眠だったころも、自分はこの高校がそんなに古くからある学校だとは、知らなかった。校舎は洋風のつくりで、教室はセントラルヒーティング、クーラーも昭和時代にすでに設置されており、学費はかなり高い。よくもまあ、丹羽ハルカも野田春眠も、気軽にこの高校に通っていたものだ。

もしかすると、自分の入院している病院とこの高校は、何か関係があるのではないかと思い、早速調べてみると、なんのことはない、それぞれの経営母体が、同じ財閥系の企業グループと深いつながりをもっているのだった。

今年度この高校に新しく勤めはじめたのは、自分ともう一人、社会科の女性教師である。

自分たちの歓迎会は、職員室に付属する会議室でおこなわれた。出前の弁当に、ビールとジュース、乾きものは大皿に盛られていた。教師たちも事務員たちも、物慣れた様子でてきぱきとテーブルを寄せ、椅子を並べ、紙皿や紙コップを用意し、準備は十五分ほどで終わった。

「事務職がこんなふうに職員室の先生たちと一緒にいろいろする学校って、ちょっと珍しいのよ」

如月さんは言っていた。一般に、教師たちと事務職の人間たちは、あまり接触の機会をもたないのだそうだ。

「今度、新任の先生と、あと芦中先生もさそって、四人で飲み会、しようよ」

如月さんはさらに、そう耳打ちした。丹羽ハルカの担任だった芦中先生か。彼が勤続九年、年齢は三十一、独身であることを、自分は少し前に如月さんに教えてもらっていた。

歓迎会は一時間半ほどでさっぱりと終わり、先生たちはふたたび仕事に戻っていった。もう七時半だというのに、半数以上の教師たちが残っている。

事務の者たちはふだん、五時半の定時がくると、みなそそくさと帰ってゆく。だから歓迎会の後も、事務職の自分たちは、片づけが終わるとすぐさま学校を出た。如月さんに、もう一軒行かないかと誘われたので、承知した。

行ったのは、電車で二駅乗った繁華街にある居酒屋だった。事務室の者たちがよく使う店だそうだ。

「先生たちとあたしたちがよく交流するっていっても、やっぱりどうも、ペースが違うのよね」

とりあえず、生でいい？　と聞いてから、如月さんは言った。

「ペース」

「うんそう、ペース。先生たちって、ちょっと変わった人たちが多いのよ」

その中で、芦中先生は、けっこう普通の人なのだと、如月さんは言う。

「どんなふうに、先生たちは変わってるんですか」

「何かのコレクターだったり、ものすごくしつこかったり、喋りだすと止まらなかったり、アフリカを三年間放浪したことがあったり」

「どれも、面白いじゃないですか」

「そう？」

如月さんは、少し怪しむように自分を見た。ビールが来たので、乾杯した。

「ね、山中くんは、今つきあってる人、いる？」

「いません」

「今、二十二歳だよね」

「はい、そうです」

「大学時代、恋人は、いた？」

「うーん」

大学時代の設定は、ほんの少しだけ考えてあった。法学部法学科。自宅生。サークルは、ラクロス。練習は週二回。二年生でラクロスのサークルをやめた後は、サークルには属さず。そのような外郭的なことは考えていたのだが、自分に恋人がいたのか、友人とはどのようにつきあっていたのか、というような人間関係については、あまり考えていなかった。

「いいよ、答えなくて。真剣に聞き出そうとしてるんじゃないから安心して」

迷っている間に、如月さんはそう言ってくれた。如月さんのような人を、おそらく「普通の人」というにちがいない。病院には、「普通の人」はいない。蔵医師も、水沢さんも、「普通の人」ではない。ような気がする。そして、自分と丹羽ハルカと野田春眠が「普通の人」なのかそれとも「変わった人」なのかを判断するには、全員の人間性に、まだ深みがなさすぎる。

「如月さんは、変わった人よりも普通の人が好きなんですか？」

そう聞くと、如月さんは困った顔になった。

「普通の人が好きだけど、うーん、それって、こうやって口にしてみると、なんだかつまらないね」

「いや、普通の人が、自分も好きです」

「山中くんて、自分のこと、自分、って言うんだね」

「そうです、自分は、生まれた時から、自分でした」

「赤ちゃんの時から？　やだ、おかしー」

しまった、と思ったが、如月さんが笑ってくれたので、ほっとした。ビールをもう一杯飲んで、その日はおひらきになった。


芦中先生が毎月違う車に乗ってくるのは、芦中先生の家が車のディーラーだから。車を調整し、一ヶ月ほど馴らし運転をすることで、よりよい整備ができる。というのは言い訳で、ようするにいろんな車に乗りたい、というのが本当の理由。どら息子ですよ、ぼくは。と、芦中先生は言っていた。

「どら息子」という言葉は、現代では死語（如月さん）。


蔵医師に日記を読まれると、なぜだか少し恥ずかしい。水沢さんになら、そんなことはないのは、不思議だ。

「で、山中文夫さん、君の性欲は、どんなですか」

蔵医師は、のんびりと聞いてきた。のんびりした口調と、質問の内容が、ちぐはぐである。

「性欲」

その直截な言葉に、自分は少しひるんだ。野田春眠が性欲に支配されていたことは、うすぼんやりと覚えているが、山中文夫はそうではない。むろん性欲はある。必要な時には、発動されるだろう。けれど、不必要な時には、きちんとあるべき場所に自分の性欲は収まっている。

「この前の二人の高校生活のことは、覚えているの？」

「覚えていますが、なんだか他人の書いた文章を記憶しているように思えて、自分のこととして実感はできません」

先日、事務室に長良さんが来た。双子の長良姉妹の姉の方、長良信子である。妹は長良頼子。姉妹の名前の字をあわせると、「信頼」になる。親はいったい、何を考えてこんな名前をつけたのか。「子」のつく女子生徒は、一学年に数名しかいない。丹羽ハルカだったころ、長良信子に対してどんな感情を抱いていたのか、自分はその時思いだそうとしてみたが、うまくゆかなかった。一緒に神社に行き、彼女が呪いをかけるのを見ていたはずなのだが、その姿もうすぼんやりとしている。やはりこの生徒も、水槽の中の魚のようにしか感じられない。

長良信子は、学生証をなくしたのだった。再発行料は三千円です、と、如月さんが言うと、長良信子は、

「たかっ」

　と、小さな声で抗議した。如月さんは涼しい顔で、無視した。長良信子が行ってしまうと、如月さんは言い訳のように言った。

「いいのよ、ここの生徒の親は、たいがいお金持ちなんだから。内需拡大、内需拡大」

「内需拡大に、この場合、なるんでしょうか」

　自分が言うと、如月さんは笑った。如月さんの笑い顔よりも、自分は水沢さんの笑い顔のほうが好きだ。如月さんの笑い顔は、底の方に、苦しそうなものがまじっているように感じられる。

　芦中先生に、自分はこのごろ注目している。如月さんは、芦中先生が「普通の人」だと言っていたが、自分にはあまりそうは思えない。

「あんなにたくさんの女が目の前にいるのに、どの女とも関係を持っちゃいけないっていうのは、一種の地獄だよなあ」

　この前二人でお酒を飲んでいた時に、芦中先生は言っていた。それでは、芦中先生の性欲は、野田春眠と同じくらい活発に発動されているのだろうか。

「女、好きなんですか？」

　自分は聞いてみた。

「え、山中くんは、男の方が好きなの？」

「いや、そういう意味ではなく、女とセックスすることが、たいへんに好きなのか、という意味で」

「そりゃ、好きだよ。みんなそうでしょ」

「いや、普通よりも過剰に好きなのか、という意味で聞いたのです」

「過剰？　そうかもね。でもおれ、その過剰さをちゃんと自分で抑えてるから。えらいわ、おれ」

そんなやりとりの後、芦中先生は、大学時代の失恋の話をした。芦中先生が最初つきあったのは、フィンランド人の女の子だったそうだ。留学生で、日本の染色を学んでいた。次につきあったのは、フィジーからの留学生で、日本のアニメが大好きな子。次はナイロビ生まれ日本育ちの女の子で、この子はいちばんつきあいが長かった。けれど芦中先生が勤めはじめてから四年めに、同棲を解消したいと言われ、それからは誰ともつきあっていない……。

「外国のかたばかりなんですね」

「うん、なぜかね。日本人の女の子にも興味あるんだけど、なんか、縁がなくて」

芦中先生は、何か根源的な悩みって、ありますか。そう聞くと、芦中先生は、少しびっくりしたような顔になった。

「山中くんて、なんかこう、ずいずい来るね」

「そうでしょうか」

「そういうこと急に聞いて、友だちとかから引かれたりしない？」

「いや、友だちは、いないので」

芦中先生は、笑った。芦中先生の笑いの底には、苦しそうなものはない。かわりに、どうやってつかもうとしてもすべり落ちてしまうもののような感じがある。

芦中先生は、日本酒の冷やのおかわりを頼んだ。しばらくして、酔っ払ってきたのだろうか、少しためらいながら、うちあけた。

「おれ、自分の家族が、あんまり好きじゃないんだ」

「家族のことって、みんな、好きなのでしょうか」

「たいがい、好きなんじゃないの？」

「でも、親の中には、親という業務に非常に不適格な人たちもいます」

「業務……、いや、でも、おれのところの両親や兄弟たちは、ぜんぜん不適格じゃないし」

「いいご家族なのに、好きではない、と」

「ねえ山中くん、きみって、やっぱりちょっと、友だちから、引かれない？」

「友だちは、いないので」

芦中先生は、自分の家族と自分の血がつながっているようには、とても思えないのだそうだ。

「心が通じたことがない、っていうのかな」

「心が通じる、とは？」

「話し合ったりしていなかったのに、同じことを思っていたり、本能的に好きなものが一緒だったり、何かに対する意見が同じだったり、もし違っていたとしても、わかるわかる、って感じだったり」

そのような感じを、丹羽ハルカが誰かに対して感じたことは、ほぼなかった。野田春眠は、ともかく性欲中心だったので、共感、というもののことまで意識する余裕がなかった。山中文夫である自分は、どうなのだろう。

共感は、どうやら人間にとっては、重要な感情であるらしい。

共感について、芦中先生は、「なんかこう、きもちいいよ、共感って」と言った。

自分は、共感というものを味わったことは、正確には、まだない。

蔵医師は、自分の顔をのぞきこんだ。診察をするのかと思って、自分は蔵医師の方に顔をさしだした。

「いやいや、診察じゃなくて、君の顔を見てみたくなっただけ」

蔵医師は、じっと自分の顔を見た。

「野田くんと、全然似てないね」

「そうでしょうか」

「毎日は、楽しい？」

しばらく考えてから、

「楽しいです」

と、自分は答えた。


その女は、と、日記に書こうとした。それから、日記には、何も書くまいと、思いなおした。


山中文夫、二十二歳。生まれてはじめて、女に関心をもった。

その女は、芦中先生が連れていってくれた店にいた。ガールズバー、と芦中先生は言っていたが、ガールズバー、という言葉から想起される世間的な印象にくらべ、つつましい店である。カウンターの中に立っているのは、たしかに女の子ばかりだが、彼女らはバーテンダーの制服を着ており、会話もごく普通のバーテンダーのものである。飲みものも食べものもさして高価ではない。話をしたくない客は、ほうっておいてくれる。チャージも安い。

女は、最初所在なさそうに、入り口からいちばん遠い壁際に立っていた。メニューを見て注文を決め、店の中を見まわすと、女と目が合った。

「あれ、新しい子？」

芦中先生は、女に声をかけた。

「はい、先週入りました」

女の顔に、見覚えがあった。

ハイボールと唐揚げを注文し、芦中先生の車の話にふんふんうなずきながら、女のほうをうかがった。いつか自分に家族の話をしてから、芦中先生は、ときおり家族の話をするようになったけれど、飲んでいる時の話題は、たいがいは車の話に終始する。女は、車の話は聞いてくれないんだよ。だから、山中くんに聞いてもらうの。芦中先生は言う。

女は、ゆっくりとハイボールをつくった。

「なんか、薄いよ、これ」

芦中先生が女に言った。女は、ぼんやりした顔で、首をかしげた。

「おいしいです」

自分は言った。

女は、芦中先生と自分の前に立った。カナちゃんはいないの、と芦中先生が言うと、女は、先週やめました、と答えた。がっくりだなあ。芦中先生は嘆いた。女は、あまり済まなさそうな顔でもなく、ぺこりと頭を下げた。その時、思いだした。女は、丹羽ハルカそっくりの顔をしているのだった。

「もう帰ろう」と、たしか、芦中先生は三回言った。カナちゃんもいないし、この子、なんか面白くないし。芦中先生は、こっそり自分に耳打ちしたけれど、自分は丹羽ハルカにそっくりな女から、どうしても目が離せないのだった。

芦中先生が先に帰ってから、店がしまいになるまで、自分はガールズバーにいた。支払いの時になって、驚いた。いつの間に、そんなに飲んでいたのだろうか。酔いは感じていなかった。丹羽ハルカにそっくりな女の名は、リカだった。源氏名かもしれないし、本名かもしれない。

リカは、たしかに面白みのない女だった。みずから何かを喋る、ということがない。自分が名前を聞けば、「リカ」と答えたし、休みの日には何をしているのかと聞けば、「部屋にいる」と、そっけなく答えた。まるで丹羽ハルカだ、これは。そう思ったとたんに、不思議な気持ちになったのだ。

リカに、自分を見てほしい。

突然、そう思ったのである。

リカのことを、何も知らないのに。リカが素晴らしい女だとも、感じられないのに。リカと自分の共通点について、何も、思い当たらないのに。

性欲のようなものを感じたのかもしれない

という文章だけは、日記に書いた。性欲、という言葉は、野田春眠によって、ごく平凡でてらいのない言葉となっていたから。蔵医師も水沢さんも、この文章を素通りした。あるいは、素通りするふりをしていただけかもしれないが。

どちらでもいい。自分は今や、リカに夢中なのである。

それからの自分は、常軌を逸した。

毎日、リカのいる店に通った。金がなくなると、蔵医師に借りた。水沢さんからも、借りた。果たして自分が金を借りることが可能なのかと、最初は危ぶんでいたが、蔵医師も水沢さんも、五万円ずつを、こころよく貸してくれた。

「でも、これ以上は、無理」

と、二人とも言った。おそらく、自分に貸し出すことのできる金額は、最初から決められているのだろう。

当然、自分が常軌を逸した状態にあることを、蔵医師も水沢さんも推測できていたはずだが、二人は何も言わなかった。日記がおざなりであることにも、一切ふれなかった。

「このごろ、帰りが遅いのね」

水沢さんは、ときどき言った。水沢さんは、あいかわらず美しかった。リカよりもずっと魅力的である。

それなのに、自分はリカに執着してしまうのだ。

リカと店外で会うことは、まだできていない。でも、店に出る前のリカと、二人きりで会うことはできる。それをして「同伴」と言うのだと、芦中先生は笑う。

「いや、一種のデートでしょう」

自分が言い返すと、芦中先生は、さらに笑う。

「山中くんのような純情な青年に、悪いことを教えちゃったな」

と、嬉しそうに、また少しばかり自慢そうに言う。給料日前には、リカの店をおごってくれたりもする。

「自分は、ストーカー化しているでしょうか」

ときおり、芦中先生に聞いてみる。

「リカのプライベートとか、調べたりしてないよね？」

「はい、店で会うか、店に出る前に約束をしてデートするかしか、していません」

「だからそれ、同伴だから」

「同伴だと譲歩してもいいですが、ともかく、リカちゃんの身辺をかぎまわったり、あとをつけたり、といった行為は、おこなっていません」

「じゃ、大丈夫なんじゃない？」

自分のことが不安で、一週間に一度は、同じことを芦中先生に訊ねた。そのたびに、芦中先生は、自分はストーカーではないと保証してくれた。

恋だと、自分には、わかっていた。けれど、誰にもこの恋のことを説明することは、できなかった。日記に書こうとしても、嘘くさくなるばかりなのである。

この恋の不思議なところは、リカを抱きたいと、ほとんど思わないことなのだった。野田春眠だった時の性欲のありかたを、自分は今も、遠いこだまのようにではあるが、覚えている。

性欲ではなく、執着なのである。リカに、自分を認めてほしい。リカが何かを見て美しいと思った時に、必ず自分のことを思いだし、自分とその美しいものをわかちあいたいと感じてほしい。リカが何かを伝えたいと思った時に、まず最初に自分に言いたいと思ってほしい。

「好きだって、言ってみたの？」

芦中先生は、聞いた。

「いえ、言ってません」

「言ってみたら。店の外で会うようになってくれるかもよ」

「こんなに通っているのだから、好きだということは、知ってるでしょう」

「いやいや、言葉で言わないと、通じないから」

そうなのだろうか。言葉でないと、相手には通じないのだろうか。それは違うような気がする。と言い返してもよかったのだが、この世界での経験値は、芦中先生の方が圧倒的に高い。リカはあいかわらず、うすぼんやりした感じでしか自分に対してくれない。それで、

「好きなんだ」

と、ある日、言ってみた。

まるで小学生のようだと、自分を嗤う気分だったが、実際には小学生よりも世間というものを知らないのが、自分なのだ。

「ふうん、そうなんだ」

リカは、答えた。

翌日また店に行くと、リカが意外なことを提案した。

「あのね、今度お昼にデートしない？」

そう言われたのだ。

「どうして、そんなこと？」

聞くと、リカは笑った。

「いやなの？」

「いやじゃない。嬉しい」

「子どもみたい、山中さんて」

そのとおり。自分は、子どもなのだ。丹羽ハルカを演じる以前の記憶のない時、もしかすると何者かとして生きていたかもしれないとしても、その時の記憶はないのだから、自分がはじめてこの世に誕生したのは、丹羽ハルカとして生きはじめた時だったのだ。丹羽ハルカも、野田春眠も、そのことのほんとうの意味に気がついていたのだろうか。

リカは、可憐だった。日曜日の昼に待ち合わせ、遊園地に行った。観覧車に乗り、ジェットコースターに乗り、ソフトクリームを食べ、エアホッケーをした。リカと自分が、いつかどこかで見たようなことをしていると、ずっと自分の中で鳴りつづける警報のようなものはあったが、無視した。リカは腕をからませてきた。汗がでた。どぎまぎした。

「山中さんて、かわいい」

リカは言い、嬉しそうに自分の腕にぶらさがった。嬉しかった。けれど、なにやら、妙な気分でもあった。リカが自分と共に行動していることを喜んでくれているらしきことは嬉しかったが、リカとこうして遊園地などという場所に来ていることに関しては、空疎な気分にしかならないのだった。

リカは、その後もどんどん自分に近づいてきた。

自分は、どうしていいかわからなかった。お金が続かないから、店にはもう来なくていい。リカが言った時には、ますます困ってしまった。リカとは、日曜ごとに会うようになっていた。

恋愛とは、なんぞや

水沢さんは、自分が日記に書いたその言葉を、じいっと眺めている。

「恋愛、してるの？」

直截に、水沢さんは聞いてきた。

「しているのだと思います」

「そのこと、日記に、ちゃんと書いてないじゃない」

「恋愛している最中は、日記など、どうでもよくなるんです」

「そりゃ、そうだよね」

水沢さんは笑った。自分も、一緒に笑った。蔵医師がやってきて、笑いに同調した。

「なぜ先生まで笑うんですか」

「だって、君たちが楽しそうに笑ってるからさ。ぼくだって、君たちと気持ちを通わせる権利くらいあるだろう」

「気持ちを通わせる」

自分は、蔵医師の言葉を繰り返した。

「そのことが、自分には、よくわからないのです」

「恋愛してる相手と、気持ちは通ってないの？」

水沢さんが聞いた。

「気持ちが通うって、何ですか」

「うーん、ほんとはぼくも、よくわかってないね。そういうのって、何かの錯覚かもしれないしね」

蔵医師が、首をかしげながら、言った。

リカと、今週の日曜日には、美術館に行くことになっている。いつか、丹羽ハルカと長良さんとユナと、三人で行った美術館である。日曜日にデートする場所は、いつもリカが決める。遊園地。ショッピングモール。映画館。新しくできたレストラン。統計的に中庸な場所ばかり、リカは選ぶ。

リカの匂いが、自分は好きだ。それはおそらく、リカ自身の匂いと、リカの使っている化粧品や洗剤、シャンプーの匂いなどがいりまじった匂いである。香水を、リカは使わない。だから、その日によって、匂いは安定しない。それでも、リカのそばに寄って、リカの手をつないだ時、リカの匂いは常に、ここちよく、淡く、自分の中に流れこんでくる。

「美術館に行くの、はじめてだね」

リカは言い、手をそっとにぎり返した。

「いつも、はじめての場所に行くね、そういえば」

「うん。同じ場所に行くのって、意味がないじゃない」

そうなのか、と、自分は少し首をかしげる。同じ場所だったとしても、違う時間に行けば、それは違う場所なのではないだろうか。同じリカだったとしても、その匂いはいつも違うように。

「いつか、行く場所がなくなってしまわないかな」

自分が言うと、リカは首をかしげた。

「なくなっちゃったら、もう、行かなければいい」

「それって、もう会わないっていうこと？」

「大丈夫、行く場所は、永遠になくならないから」

リカは笑った。リカは、ほとんど笑わない。ほほえむことはあっても。リカがいとおしくてしかたなくなる。リカを、自分はだきしめた。

「きもちいいね、だきしめられるのって」

リカは、小さな声で言った。

毎週リカと会っているのに、いまだに自分はリカとくちづけもしていない。

この身体は、性欲を発露できない身体なのかもしれない

と、日記に書いてみる。リカと会いはじめのころは、日記どころではなかったのだが、このごろはリカと会った日曜日のこまごまとしたことを、自分はまた日記に書きとめるように

なっていた。

美術館でリカがいいと言った絵は、丹羽ハルカがいいと思った絵と、同じだった。

リカと丹羽ハルカは、かなり似ているように自分には感じられる。

あるいは、丹羽ハルカは、リカという原型がどこかにあるのを知っていた自分が、リカに似せて演じていたもの？

といった文章を、水沢さんは、面白そうに読んだ。

「ふうん、きみたちが演じる者には、原型があるんだ」

水沢さんが言うので、自分は驚いた。

「あるんですか？」

「知らないわよ」

水沢さんは、そっけない。おまけに、「知らない」とは、無責任ではないのか。

「だってあたしは医者じゃないもの」

それならと、蔵医師に聞いてみた。

「わからないなあ」

「そんな。あの、先生は自分の症例について、どのくらいの情報と知識を持っているんですか」

「ほとんど、何もないよ。君の症例は、前にも言ったけれど、たいへんに稀で珍しいものだからね」

「学会や医学雑誌で情報を得たりはできないんですか」

「そうだなあ、そもそも、君の症例には、名前すらついてないんだよねえ」

いったい自分は、この病院にいる意味があるのだろうかと、疑いの心がきざしてきてしまう。けれど、病院に住まわせてもらっていることは、ありがたい。入院期間が長くなりすぎたので、もう出ていってください。ある日突然、そんなふうに言われる可能性だって、大いにあるのだから。

リカと、くちづけをおこなった。

くちびるというものは柔らかいと知ってはいたが、予想していたよりももっと、リカのくちびるは柔らかかった。それなのに、もっと深くくちづけてゆくうちに、リカのくちびるはもう柔らかいだの柔らかくないだのという感覚を失ってゆき、くちびるより強い何かに変わっていってしまうのだった。

「おいしい」

リカは、言った。

「さっき、コーヒーを飲んだからかな」

「ううん、山中さんが、おいしいの」

どぎまぎした。と同時に、リカからセックスをおこなうことを期待されていると感じた。セックスを、自分は、このごに及んでも、リカとはしたくないのだった。

「本能的に近親相姦を回避するしくみが、自分の中にはあるのでしょうか」

蔵医師に相談してみる。

「リカちゃんは、近親なの？」

「そもそも自分には親族というものは最初からないと考えるのが自然だと思いますから、違うでしょう。でも、なんだかとても近いものではあるのです。もしかすると自分と同種の者なのかもしれません」

「同種だとしたら、すごい確率だよ。ほんとうに、そうだと思う？」

考えてみる。わからなかった。

「蔵先生は、結婚しているんですか」

「してるよ」

「奥さんとは、セックスをおこないますか？」

「あんまりしないね」

「する時も、あるのですか」

「ときどきはね」

「その時、とてもセックスをしたくて、するのですか」

「うーん、そうでもないなあ。なんだかこう、保証のような気持ち、かなあ」

「保証」

その昔、蔵医師がその妻と恋人どうしだったころ、蔵医師はさかんに将来妻となるその女性とセックスをおこなったものだった。セックスは、今とれたばかりの海の生きもののように新鮮でぴちぴちと元気に跳ねるがごとくのものだった。毎日のように自分たちは海へゆき、さまざまな海の生物を漁った。結婚し、子どもが生まれ、十年二十年と時がたち、やがて蔵医師とその妻のセックスは間遠になった。そもそも相手とセックスをしたいという欲望が、ほとんどなくなりつつあった。相手は大切である。愛してもいる。尊重もしている。そして性欲は減退しつづける。

「家族になったから、とか、よく言うだろう」

「ああ、そんなふうに、言いますね。それでは家族に対しては、性欲は発動されないのでしょうか」

「なんだかね、自分の一部とセックスするようで、めんどくさいような、照れるような、どうでもいいような」

「でも、する時も、あるのですね」

「うん、セックスすることによって、妻の何かをまだ自分が望んでいるって、自分に対しても、妻に対しても、確かめるっていうか、証明するっていうか、そんな感じで。記念日を祝う、というのと、少し似ているかもしれないね。セックスを望むことができた、セックスすることができた、という確認をおこなうことによって、双方の安心を得る。だんだん年をくうと、互いの健康に対する承認にもなる。そう考えると、セックスっていうものはけっこう汎用性の高いものだね」

「先生、説明が、長いです」

と、水沢さん。

「どうして自分は、リカちゃんとセックスしたいという気持ちにならないのでしょう」

聞くと、蔵医師と水沢さんは、少しの間、腕組みしていた。

「まだきみがセックスをしたことがないから、する習慣がついてないっていうだけのことじゃないの？」

と答えたのは、水沢さんだ。

「いえ、野田春眠の時には、自分はさかんにセックスをしていました」

「今も、野田だったころの自分のことが、実感できてるの？」

「いいえ、あまり。でも、セックスがどんなものなのだかは、知っています」

蔵医師の方は、結局何も答えてくれなかった。

「だって、わからないもの。科学者は、わからないことはわからないままにしておくんだよ」

「仮説くらいは、たててくださいよ」

「データが少なすぎて、無理」

リカは、かわいい。リカが、いとおしい。リカが、恋しい。このような気持ちを、性欲なしに感じることは、奇妙なことなのだろうか。野田春眠だったころにはもてあまし気味だった性欲が、山中文夫となった今は、足りなくて困っている。うまくゆかないものだ。

「ねえ、温泉とか、泊まりに行こうか」

ある日リカが言った。

日帰り温泉には行ったことがあったが、宿泊を伴うデートは、まだしたことがなかった。

「ど、どこに行く？」

「そんなにまだ、考えてないけど」

「箱根とか、かな」

「ロマンスカーって、いいよね」

「踊り子号も、いいかもしれない」

「それだと、伊豆になるのかな？」

リカの髪が日の光に透けて、美しい。思わず自分は、その髪にふれた。

リカは、軽いくちづけを返してきた。

「ねえ、ほしいの」

リカは、ささやいた。自分の性器が充血しつつあることに、驚く。

「箱根で？」

「または、伊豆でね」

「ねえ、リカちゃんって、どこから来たの？」

唐突に、自分は聞いた。リカが、体を離す。

「どういう意味」

「どういうって……」

リカはじっと自分の顔を見つめた。それから、薄く笑った。

「知りたい？　でもきっとあなた、もう知っている」

もう知っている？　いったいそれはどういう意味なのだろう。自分はリカのことは、まだほとんど知らない。どこの生まれでどんな家族の中で育ってどんな過去をすごしてきたのか、何も知らない。会ってからのリカの、それも全部ではなく一部しか、知らないはずなのに。

でも、と自分の中でささやくものがあった。でも、もしかすると。

「箱根で、わたしのことを、ほしいと思ってくれるよね？」

自分は、答えられなかった。答えなければいけないとあせればあせるほど、言葉が出てこない。性器はこのように着実に充血してきているというのに。

「または、伊豆で、ね」

リカは、落ち着きはらって続けた。

宿を決めて、また連絡する。ようやくのことで言い、その日はそれで別れた。性器の充血は、なかなかおさまらなかったけれど、病院に帰ってからこっそりと自分でおこなうことすら、自分にはできかねるのだった。

はだか、という言葉は、きれいな言葉だと思う。

リカのはだかは、なんと美しかったことだろう。自分は、リカの乳房に、ことに惹かれた。勇気をふるって、ふれてみた。乳首が、薄い茶色である。コーヒーを、ミルクでたくさん薄めた色。くちびるを寄せたくなって、ふくんでみた。リカは、ぶるっとふるえた。かすかなみぶるいだった。頬が、上気していた。

自分もはだかになってみた。海というものに、まだ自分は浸かったことがないのだが、水着をつけて海に入るよりも、おそらく水着を着ない、すはだかの姿で海に入る方が、心地よいのではないか。自分もリカと同じようにはだかになってみた時の感想である。

人のくちびるが柔らかいことはすでに確かめていたが、人の体がこのように熱いものだとは、まだ知らなかった。自分の体が熱いのか、リカの体が熱いのかも、よくわからなかった。

リカの乳房に顔をうずめ、じっとしていた。リカも、じっとしていた。

「ねえ」

リカが、言った。そのあと、どのように事を進めてゆけばいいのかは、知っていた。少なくとも、野田春眠のやりかたは、知っていた。野田式を、しばらく試みた。ところがいけない、性器の充血が、引いてゆくではないか。

「ねえ」

もう一度、リカが言った。自分は、途方にくれた。

「ごめん」

自分は、ぼそぼそとつぶやいた。自分の体は、もう熱くなかった。リカの体だけが、熱かった。リカの喉が白かった。こんなに美しい体を、どうして自分は求めることができないのだろう。

「ほんとうの名前を、教えて」

リカに、頼んでみた。

「呪いを打ち破るために？」

リカは、冗談めかしたくちぶりで聞き返した。

「そうかもしれない」

「でも、教えたら、わたしの命は尽きちゃうかもしれないよ」

「そんなことは、ないと思う」

「でも、昔ばなしでは、名前を知られると、大変なことになる」

「教えて」

「……ハルカ」

リカは、小さな声で答えた。

そうか、と思った。それでは、リカはやはり、丹羽ハルカなのだ。

リカが生まれ出てきた時のことを、今自分はようやく、思い出した。山中文夫となってから数ヶ月目、リカと出会う少し前に、リカは静かに自分の中からあらわれたのだ。それが幻の自分の一部なのか、あるいは酵母菌から小さな出芽があらわれ分裂するように自分の一部が実際に自分を離れてリカとなっていったのかはわからないが、リカは結局、自分からわかれ出てきた自分そのものなのだった。

「呪いは、打ち破られた？」

自分の胸に顔をあずけ、リカは聞いた。

「たぶん」

不思議なことに、リカのほんとうの名前を聞いたとたんに、性器はふたたび充血しはじめた。なんだ、というのが、率直な感情だった。なんだ、自分は、自分を愛していただけだったのだ。

わかってしまえば、それだけのことだった。自分は率直に、事をおこなった。

あ、今この瞬間に、溶けあわさった。

そう感じたとたんに、丹羽ハルカ、野田春眠、山中文夫、そしてリカ、という複数の存在だった自分が、一つになった。終わったあと、リカの横で、自分はねむりにおちた。性欲は、最後までやはり感じることができなかった。それでも、セックスはできたのだった。起きてみると、リカはいなくなっていた。リカの名残のような気配だけが、部屋の中にかすかにただよっていた。翌朝、旅館を出る時の会計は、一人ぶんしか請求されなかった。

「お湯は、いかがでしたか」

と聞かれ、一瞬だけ、悲しくなった。リカが恋しかった。

「とても、よかったです」

「またのお越しをお待ちしております」

軽くうなずきながら、もう一度だけ、リカの姿をさがした。むろん、リカはどこにもいなかった。

芦中先生に、リカのことを聞いてみた。

「うーん、名前に聞き覚えはあるような気はするけど。カナちゃんがやめたのと同じころにやめちゃった子だっけ？」

ガールズバーで、自分と芦中先生は飲んでいるのだ。リカは、もういない。ガールズバーの女の子たちは、それぞれに魅力的で、自分の性器を少しだけ充血させてくれる。でも、それ以上のことはない。

自己愛の次の段階に、進んでみたい

と、日記には書いた。水沢さんは、笑った。

「この世の中で、自己愛以上の愛についてわかっている人間って、そんなにいないような気もするわよね。たいへんなところをめざしてるのね」

水沢さんの笑いかたが、今も自分は好きだ。

学校で、自分は以前よりも生徒たちのことを近しく感じるようになった。長良信子は、このごろときおり事務室に遊びにくる。長良信子がなくした学生証を、如月さんはこっそりただで新しくしてやったのだ。

「貧乏だから、助かります」

長良信子は言っていた。

「貧乏な子は、この学校には通えないでしょう」

如月さんが言い返すと、長良信子はうなずいた。

「家は貧乏じゃないんですけど、親がお金をくれないんです。バイトは禁止だし」

「バイトは、してないの？」

「ほんとは、してます」

「どこで」

「スーパー銭湯です」

「へえ」

「時間に融通がきくんです」

丹羽ハルカと、野田春眠と、山中文夫がきれいに溶けあった今の自分の状態は、いったいどんな感じなのかと、蔵医師はしばしば聞く。

「こう、ジグソーパズルが全部はまって絵があらわれたような感じ、とか？」

「ちがいます」

「じゃ、どんなの」

「でこぼこが、少し平らになったような感じ、かな」

「そういえば、山中文夫特有の、機械っぽい喋りかたじゃなくなってるよね、最近」

と指摘したのは、水沢さん。

「じゃあ、今の自分は、前の自分にあらず、なのかな」

「だとすると、名前、変えてみる？」

と、蔵医師。

「でも、外見は変わってません」

「じゃあ、そろそろ違う者になってみたら？」

「いえ、まだしばらくは、山中文夫で」

今までの全部の自分がきちんと統合された体の目で見る世界は、ほんの少し、以前の山中文夫だけだった世界よりも、にごっている。そのにごりが、自分には面白い。学校という場所は、怖い場所だ。さまざまな恐怖心や、敵愾心や、自意識や、思いがけないくらい大きなエネルギーが、そこらじゅうに満ちている。にごった景色の中で、うずまいている。

「如月さんは、好きな人とか、いるんですか」

ある日聞いてみたら、如月さんは、じっと自分の顔を見た。

「なあに、あたしのことが、好きになったの？」

「いいえ」

「なんだ」

「で、いるんですか」

「いない。あたし、ほんとは男が嫌いなの」

「じゃあ、女で好きな人がいるんですか」

「女も、あんまり好きじゃない」

「なるほど」

なるほど、じゃないわよ。如月さんはつぶやき、ふん、という顔をした。人間が好きじゃないから、如月さんは苦しそうな笑いかたをするのか、と、納得しかけたが、それも違うような気がした。

「でも、芦中先生は、けっこう好き」

「恋愛ですか」

「ちがう。あの人、なんか、人のことあんまり見てないから、楽なの」

「教師としては、それは欠点ではないでしょうか」

「そうかもね」

山中文夫が次の者に変化するのは、翌年の三月である。年度の変わり目だから、今がちょうど都合いいんじゃないの。蔵医師が言うので、そんなものかと軽く思い、山中文夫の次の者になることにしたのだ。今までだって簡単だったのだから、次も簡単なのだと、その時は高をくっていた。とんでもないことだった。

マリ

眠いなあ。

さっき、水沢がやってきて起こされたような気がするけれど、夢かもしれない。あたしは眠りがものすごく深いって、蔵は言う。そうなのかな。そうなんだろうな。どっちでもいいけれど。

病室って、なんていごこちが悪いんだろう。もっと普通の部屋に住みたいって、この前、蔵に頼んだ。まあ、断られるとは思ったけれど、やっぱり断られちゃった。

お金がほしいよ。

山中とかいう男の後釜として学校で働けって、水沢と蔵は口をそろえて言う。

むり。あたし、パソコンの画面上の数字や文字を見ていると、頭が痛くなってくるんだもの。

そろそろ、起きるか。今日は雨っぽい。まだ降ってないけれど、きっと午後からは本格的な雨になる。わかるのだ。こういうのを活かせる仕事って、ないのかな。

気象予報士とか、どう。水沢は言ってたけれど、ふざけないでほしい。そういうのになる試験とかいろいろがめんどうなタイプだから、学校で働けないって言ってるのに。

ちっとも日記を書かないって、さっき水沢に叱られた。

だから、そういうの、できないんだってば。

しないんじゃなくて、しようとしてもできないっていうことを、蔵も水沢も全然わかってくれない。生まれつき勉強とかそういうものが好きな者もいるけど、そうじゃない者もたくさん存在するんだっていうことを、あいつら、頭がいいんだろうから、わかってもよさそうなものなのに。

あなたの前の三人は、数字や文字がけっこう好きだったみたいなのにね。水沢は言っていた。あなたの前の三人？　それがどうしたって？　ああ、むかつく。この場合の、むかつく、っていうのは、気持ちがむかつくのと、もう一つ、胃のあたりもむかつくっていうこともふくまれている。

前の三人のことを考えはじめると、必ずおこる、このむかつき。どうにかしてほしい。

何回か、ほんとうに吐いたこともある。

あたしは、あたしなのに。あたしは、あたしでしかないのに。それなのに、あたしの中には、なにか違うものがいる。

今日は何をしようかな。お金がないから、この近くをうろつくことしかできないんだけれど。

知らない人について行っちゃいけません。水沢にこの前叱られた。

知らない人じゃないもん。そう口答えをしたら、また叱られた。

でも、ほんとに、知らない人じゃなかった。何回か、しゃべったことがあったし、缶コーヒーをおごってもらったこともある。

コーヒーをおごってもらった時、あたしはおごってくれたことに少し驚いて、その人のことをじっと見つめた。そうしたら、すぐに目をそらされて、あっちを向かれてしまったから、あたしはなんだかつまらなくなった。

じゃ。そう言って帰ろうとしたら、その人はあわてた。

帰っちゃうの。

うん。だって、コーヒー飲んじゃったし。

もう一本、飲む？

お腹、いっぱい。

また会える？

わかんない。

その時はそれで終わったけど、またその人とあたしは出会った。うち、来る？　そう言われたので、断った。すぐに目をそらすような人の家になんか、行きたくない。そのかわりに、土手に座って一緒に夕焼けを見た。

夕焼けはきれいだった。

お腹、すかない？　そう聞かれたので、うん、と答えた。

ねえ、年いくつ？

二十三歳。水沢と蔵が適当に決めた年齢を言う。え、もっと若く見えた。高校生かと思ってた。

経験値が少ないから、若く見えるのかも。水沢がいつもあたしをからかって言う言葉を借りて、答えた。

近くのファミレスで、その人はまたおごってくれた。でも、金、そんなにないから、千円以内のものにして。じゃ、生ハムピザ。

生ハムピザは、おいしかった。翌日、水沢に叱られたのである。子どもじゃないんだから、そんなふうに叱らないでよ。そう言ってみたけれど、水沢はとりあわなかった。突然、水沢のことをきれいだと思っていた記憶が頭の中にうかんだ。吐きそうになった。なんであたしは、こんな女のことをきれいだと思っていたんだ？

水沢さんて、何歳？　聞いてみた。

三十五歳。

ふうん。

おばさんだって、思ったでしょ。

うん、思った。

水沢は、肩をすくめた。あたしのことを、あわれんでいる表情で。あたしはここを出る決意を、たぶんこの時にしたのだ。こんなところ、絶対にいたくない。

ところで、あたしはきれいだ。丹羽ハルカよりも、野田春眠よりも、山中文夫よりも、きれい。べつに、自慢してるんじゃない。でも、きれいっていうことは、ある時には役に立つ。まったく役に立たない時もあるけれど。

あたしは荷物をまとめた。両手でさげられるくらいの少ない荷物しかなかった。この病院、いったいどうなってるの？　山中文夫は、ちゃんと給料をもらっていて、いくらリカにみつぐためにガールズバーに通っていたからって、少しは通帳に残高があるんだから、そのお金はあたしが使ってもいいと思うんだけれど、蔵も水沢も、山中の通帳を絶対にあたしに渡そうとしない。

あたしは、水沢が選んだ、あたしはちっとも好きじゃない服と下着と最小限の身の回りの品だけで生きてきた。

これって、ひどくない？　いつも、あたしは思っていた。

真夜中、あたしは病院を後にした。病院の門を出る時、ものすごく吐き気がした。どうにかしてくれ、この吐き気。山中だったころ、あたしはたしか、次の者になるのはいともたやすいことなんだと思っていた。前の三人の記憶はあんまりないんだけれど、そのことは、なぜだかはっきり覚えている。

とんでもなかった。吐き気はするわ、今までできたことが全然できなくなってるわ、水沢と蔵は大嫌いだわ、それに何より、あたしはなぜあたしが生きなきゃならないのか、さっぱりわからないのだ。死んじゃいたい、とは思わない（死ぬのは痛そうだし）。けれど、生きていることの面白さが、全然わからない。丹羽ハルカも、野田春眠も、山中文夫も、生きていることそれ自体については、まったく悩んでいなかったみたいなのに。

ともかく、あたしはここにいちゃだめだ。そのことだけは、わかった。

その夜、あたしは川原で眠った。夜は暗くて、少しこわかった。寒くてあまりよく眠れなかったけれど、病院にいるよりも、ずっと気持ちがおちついた。

その人とまた会ったので、今度はためらわずその人の家についていった。

二階建ての、よくある感じのアパートで、二階のつきあたりの部屋だった。

名前、なんていうの。

マリ。そっちは？

山田。

うそくさい名前だなあと思ったけど、まあ、どっちでもいい。山田は、チャーハンをつくってくれた。二人で食べた。おいしかった。

あたしはシャワーを使った。山田は洗いざらしたジャージと長袖のTシャツを出してきた。ぶかぶかだったけれど、あたしは喜んで着た。

夜が更けてきた。あたしは、大きなあくびをした。

眠る？　山田は聞いた。

うん、眠る。

あたしはすとんと寝入った。あたしの眠りは深い。眠っている間に、山田はいなくなっていた。バイトに行きます。まくらもとに、メモがあった。盗むほどのものは、ないんだなと思った。着替えて、山田の部屋を後にした。どこに行くかは、ちゃんと決めていた。

面接は、簡単だった。あたしはすぐに採用された。時給は、体験入店の間は四千円。二ヶ月勤めている間にトラブルがなければその後本採用になり、時給はその時に上がる。どのくらい上がるかは、勤務の様子をみて決めるとのこと。あたしが勤めることになったキャバクラは、「ドンナ」という名前だった。イタリア語で、「女」という意味なのだと、店長は教えてくれた。

山田の部屋に、あたしは帰った。

あれ、戻ってきたんだ。あれ、と言ったけれど、山田は、あんまり驚いていないみたいだった。

うん。あたし、お金がないから、しばらくの間、泊めてくれない？

山田は、バイトをいくつもかけもちしていた。忙しくて、ほとんど部屋にいない。そのくせ、近所をうろうろ散歩するのが好きで、散歩先で見つけてきたいろいろな生きものを、しょっちゅう部屋に連れ帰ってきた。コガネムシ。羽をいためた小鳥。クモ。がまがえる。どれもしばらくすると、山田の部屋を出ていってしまう。あたしが追い出したわけではない。

開け放してある窓から、玄関扉につくりつけてある郵便受けの口から、ベランダへの掃きだし窓から、かれらは去ってゆく。

マリだけが、行っちゃわないなあ。山田は、なんだかしんみりした口調で言った。

あたしは、山田の部屋にいつく気まんまんだった。店へは、山田のところに来た翌日の夜から、早速勤めはじめた。携帯電話を持っていないと店長に言うと、驚かれた。しょうがない、しばらくは貸しておくから。店長は言い、細長くて小さくて少し古い形の携帯を、あたしに手渡した。携帯は、大切な営業の道具なのだ。

店は、まんなかへんがきらきらと明るくて、隅の方は暗かった。ほんとうに明るかったり暗かったりするのではなく、なんとなく、そういう感じがしたのだ。明るくて暗い中で、女の子たちが立ったり座ったり笑ったり陰でしかめっ面をしたりずっと無表情でいたり、していた。

お客をじっと見るのが、あたしの癖らしかった。最初に山田をじっと見た時と同じだ。

そんなに見ないでよ。こわいから。

お客たちは、よくそう言った。あたしは、じっと見ているつもりはないのだけれど、気がつくと、まじまじとお客の顔を見つめているのだった。

顔って、へんだ。鼻が、まずへんだ。目も、へん。くちびるは、もっとへん。毛が、みっしりではなく、眉や髭の部分ばかりに濃くはえているのも、へんだ。

一ヶ月で、三十万円ためた。携帯電話を買った。店に借りていたお金を返した。服を少し買い足した。あたしは、キャバクラの女の子として、けっこう使えるみたいだった。病院にいたころはなんにもできないと思われていたのに、意外だった。

キャバクラは、あたしにとって、面白い場所だ。

あたしを指名するお客は、そんなに多くない。あたしにじっと見られるのが好きなお客しか、あたしを指名してくれないからだ。まだ指名する女の子を決めていないお客がきた時に、あたしはたいがい最初にそのお客につく。お客がお店にいる時間の最低単位は、六十分。その間に、女の子たちは、何回か入れ替わる。十五分くらいたつと、次の女の子たちに替わり、さらに時間がたったら、次の子に替わる、という感じ。

はっきり言って、最初にお客につくのは、きれいな女の子だ。あたしはきれいだから（前にも言ったけれど、自慢じゃなくて、ただの事実として）、最初に席につくことが多い。でも、あたしははじめてのお客が少し苦手だ。水沢の言うとおり、あたしは人生の経験値が少ないから、お客が何か言ったり聞いたりしてきた時に、どんな反応をすればいいのか、わからないのだ。

ええ。まあ。はい。いいえ。

そんなふうにしか答えられないあたしを、女の子たちは、ひややかに見ている。ほとんどのお客も、困ったような顔になってしまう。

ノリが悪いよ。

最初のうち、よく注意された。それで、あたしは少し工夫をしたのだ。うまく答えられない時には、ゆっくりとほほえんで、それから、んー、と、甘えた声をだす。そのうちに話題がかわってゆく。お客たちが自分の話をどんどんしはじめた時には、お客をじっと見つめながら（この場合は、じっと見つめても、あんまりこわがられない）、すごーい、まさか！　そうなんだー、うそ、しんじられなーい、などなどのあいづちを、小さな声でうつ。

やがてあたしは、ノリの悪い子、ではなくなっていった。やっぱり指名はそんなにつかなかったけれど、二ヶ月の体験入店の期間が過ぎた時に、店長はあたしを本採用にした。時給は、千円上がった。

山田が、謎だ。

名前はなんていうの。そう聞いてみたことがある。

えっと、なんだっけ。山田は首をかしげた。

自分の名前、忘れる？

いや、思いだした。もとあき。

山田もとあき。ちゃんとした名前だね。ちょっと、古い人の名前みたい。

そうかな。山田は、少し不安そうな顔になった。

あたしは、自分のことを思い返していた。名前は、なに。そう聞かれると、あたしは、神谷マリ、といつもすぐに答えはするのだけれど、このごろ昔の記憶が自分の底の方からたびたび浮かびあがるようになってきたので、ときどきは、自分が丹羽ハルカなのか、野田春眠なのか、山中文夫なのか、いりまじってしまうことがある。

三人が自分にいりまじりはじめてからは、吐き気は前よりも少なくなった。でも、生きていることは、やっぱり少しつらい。

もしかしたら、山田もあたしと同じ種類の人間なんじゃないかと、あたしはときどき思ってしまうのだ。

山田は、とにかく忙しくしている。あたしが店から帰ってきても、部屋にいないことが多い。いつも汗くさくなって帰ってくる。シャワーを浴びると、あたしがもぐっているふとんにすべりこんでくる。あたしの顔をしばらく眺め、まだいるのかあ、とつぶやき、それからじきに寝入る。このごろは暑くなってきたので、あたしはTシャツ一枚で寝ているのだけれない。

ど、山田はあたしのむきだしのふとももや、たまにめくれて見えるパンツを見ても、反応しない。

あたしって、そそらない？

一度、山田に聞いてみたことがある。山田は、首をふるふると横にふった。

だって、悪いし。

悪くないよ。お世話になってるんだもん。

お礼のセックスなら、いらないよ、おれ。

山田はあたしに背を向けてしまった。二回だけ、山田はあたしを抱いた。女としておこなうセックスは、男としておこなうセックスとは、ずいぶんちがっていた。そのことに、少しだけ、驚いた。野田春眠が感じていたきもちよさと、あたしが感じるきもちよさは、似ているような、またはまったくちがうものであるような——たとえば、乾電池とホイップクリームくらいに——あたしは野田春眠が感じていたことはまだよく思いだせないので、こんなちぐはぐな言いかたになるのだけれど——つまり、あたしは混乱しているのだ。他人とこんなふうに近く寄ってしまうのは、なんだか怖い。

山田の体は、しっかりしていた。きっと肉体労働をいっぱいしているのだ。あたしは、山田の骨の太そうな感じが好きだ。山田は、このごろあたしをじっと見るようになった。あんなに、あたしにじっと見られたら困っていたくせに。

山田に見られると、あたしは体の中のどこかが、急に柔らかくなるような気がする。お腹のあたりか、それとも、背骨のまわりかもしれない。きっとあたしは、山田が少し好きなのだ。好きっていう気持ちについては、よくわからないのだけれど。

偶然に、山田の仕事を知ってしまった。

その日はアフターがあった。深夜までやっている居酒屋に行くことになって、あたしは少し遅れて店を出た。でも、居酒屋に着いたら、臨時休業の札がさがっていた。お客にメールしたけれど、返事がなかった。先にお客と一緒に行っているはずの女の子にも連絡しようとしたけれど、その子の携帯番号を知らないことに気がついた。歩きまわって、開いている店をかたっぱしからさがしていった。何軒か覗いたけれど、見つからなかった。だんだん店が少なくなってゆき、やがて住宅街に入っていった。

低いエンジンの音がした。大きなバンが、少し向こうにあるマンションの前に、ゆっくりと停車しようとしていた。エンジンの音がとぎれ、ライトが消えた。中から、二人の人影が出てきた。

あたしは、電柱の陰にうずくまった。マンションのインターフォンを、人影のうちの一人が押した。じきにマンションのエントランスから男女があらわれた。女のほうは、子どもを抱いている。子どもは、はんぶん眠っていた。

女は子どもごとバンの座席にすべりこんだ。その間に、二人の人影はマンションから出てきた男と共に、ふたたびマンションの中へ入っていった。

しばらく待っていると、人影二人と男は、荷物をかかえて出てきた。その荷物を、バンの後部に積んでゆく。三人は、何往復もして、家財道具らしきものやいくつものダンボール箱を、手際よく運びだした。

小一時間ほどもたったろうか。荷物はぎっしりとバンの後部につめこまれた。男が女と子どもの隣に乗りこみ、人影二人は前の座席に座った。バンはふたたび、ゆっくりと動きだした。

人影のうち、一人が山田だということには、最初から気がついていた。山田は汗びっしょりになりながら、荷物を効率よく運びだしていた。うすぐらい電灯のもとで照らされている山田の顔が好きだと、あたしは思った。でも、顔のことは、やっぱりよくわからない。目が二つあって、鼻がまんなかにあって、口が下の方についている、そういうへんなものの、どこが、あたしは好きなんだろうか。

山田は身が軽かった。バンが見えなくなってしまってから、あたしはお客に電話した。さわがしい音が、電話越しに聞こえてきた。お客のいるお店の場所を教えてもらい、あたしはそこに向かった。お客は、ずいぶん遅れたあたしに、文句を言った。ごめんなさい。あたしは謝った。次に店に来た時、お客は、あたしに絶対に話しかけようとしなかった。かわりに、お客と一緒にアフターにちゃんとついていった女の子にやたらべたべたした。女の子は、ちょっと困っていた。

山田は、夜逃げ屋だった。

もちろん、夜逃げ屋のほかにも、いろんなバイトを掛け持ちしている。でも、いちばん収入の多いのは夜逃げ屋なのだという。

どうやって、夜逃げする人たちをみつけるの？

昔は、新聞に三行広告を出してたみたい。今は、ネット。

山田がネットに書くの？

ううん、親方がいるんだ。

親方。

うん、昔おれも、親方に夜逃げさせてもらった。

山田は、大学生のころ、友だちの借金の保証人になったのだけれど、その友だちがどこかに逃げてしまって、毎日その筋の怖いお兄さんたちがアパートに押しかけるようになったのだという。

大学にまで押しかけてくる借金取りに疲れはてていたころに、たまたま親方と知りあった。

親方って、どんな人？

んー、田中角栄に似てる。

なにその人。知らない。

知らないの？　マリって何歳だっけ。

山田は、何歳なの？

たしか、三十三くらい。

たしか？

誕生日とか、すぐに忘れるし、この仕事は、年齢とかどうでもいいからなあ。

山田の本名は山田ではないそうだ。でも、夜逃げをして名前を変えた。戸籍までは変えていないけれど、通り名は、山田もとあき、にしている。大学は中退し、就職はせず、故郷とも縁をきった。

悪いことしたわけじゃないんだから、そんなに逃げなくてもいいのに。

なんか、一回逃げたら、すっごく気持ちよかったんだ。

山田のその言葉に、あたしは自分が病院を逃げだした夜のことを思いだした。真夜中、病院を出て寒い川原で寝たときの、あの解放された感じ。

でも、家族に会いたくなったりしないの？

うん、時々は。でも、ほんとに時々だよ。山田は、肩をすくめた。

小麦粉の山をのぼっているみたいな感じ。

ずっと考えたすえに、そう思いついた。

あたしは、突然この世にあらわれた。そこは病院だった。あたしはいくつかの記憶をもっていた（最初は、ほとんどもっていなかった）。記憶が少しずつ戻ってくるたびに、あたしは吐かなくなっていった。

病院では、あたしは何もすることがなかった。だからきっとあたしは、病院を逃げだしたのだ。キャバクラでは、あたしはすることがある。自分で選んだ服を着る。化粧をする。座ってしゃべる。お客にお酒をつくる。お客がいやな気持ちにならないよう、気をつける。自分がどう思われているんだか、いつもさぐる気持ちでいる。レミ（あたしの源氏名だ）って、どんな女の子なんだか、考えてみる。レミっていう子を、かたちづくってみる。あんまりつくれないけど、でも、つくってみる。

そういうことをしていても、やっぱりあたしはいつも小麦粉の山をのぼっているみたいに感じる。小麦粉は、のぼるそばから崩れてゆく。山をのぼることは、とても難しいし、疲れる。でも、病院で、何もしていなかったころにくらべれば、ずっといい。

休みの日、あたしはふと思いついて、掃除をしてみることにした。山田の部屋は、散らかっている。そのへんに放り投げてある山田の服をまとめ、洗濯にかかった。自分の下着やジャージは、いつも手洗いでちょこちょこ洗濯していたので、山田の洗濯機を使うのははじめてだった。山田の洗濯機は、古い二槽式だ。洗濯機をまわすのは、面白かった。どすんどすん音がする。洗濯槽がゆれる。脱水槽に服をうつそうとしたら、服がねじれてかたまってしまい、とても重かった。脱水をはじめたけれど、へんな音がするばかりで、うまくまわっていないようだった。いったん止めてふたを開けると、脱水槽の中で服がものすごく片寄っていた。

ようやく全部の服を干し終わったのは、洗濯をはじめてから二時間後だった。掃除を、あたしは続けた。汗がでてきた。ふとんも、干した。山田のアパートの狭いベランダが、洗濯ものとふとんとで、ぎっしりになった。

夕方、あたしはカップラーメンをすすった。いつもよりも、ずっとおいしかった。これが労働のあとの飯のうまさなのかと思った。何日か前に、はじめて来たお客が、「労働のあとった。
その夜、あたしはいつにもまして深く眠った。山田が帰ってきたことにも、気がつかなかった。

塗り絵を塗りつぶすように、あたしは、生活、ということをはじめた。

起きる。ふとんの中で、自分と山田のまじった匂いをかぐ。山田の顔を、じっと眺める。まつげがけっこう長い。起きだして、気が向くと、山田のためにパンをトーストする。目玉焼きもつくる。レタスをちぎって、ドレッシングをかける。バナナも、食卓にのせてみる。

インスタントコーヒーをお湯で溶く。山田は、ていねいに、礼儀正しく、あたしの朝食を食べる。子どもがつくったおままごとのご飯を、大人が食べてやるように。

山田がすでに出かけている時には、ふとんを出て、顔をあらう。ふとんをたたみ、冷蔵庫からヨーグルトをだす。または、プリンを。ヨーグルトにもプリンにも、「マリ」とマジックで書いてある。シェアハウスでは、冷蔵庫の中のものに持ち主の名前を書くと、この前テレビで見たので。

シェアしてないでしょ。山田は言うけれど。

じゃ、家賃はらう。

山田は笑った。うん。お金もらえるのは、助かる。でも、このごろマリ、いっぱい家事してくれるから、そんなにたくさん払わなくていい。

起きるのは昼ごろだから、まだ日は高い。ふとんを、干す。それから掃除をする。ほとんど毎日掃除しているので、山田の部屋はすっかりきれいになっている。洗濯機も、まわす。キャバクラで着る服だけは、手洗いする。キャバクラで着る服は、薄くて面積が少なくて、破れやすい。手洗いでないと、縮んでしまうものも多い。昨日洗濯したキャバクラの服に、アイロンをかける。

夕方になる少し前に、ご飯を作って食べる。簡単なものばかりだ。チャーハン。ラーメン。もやしいため。豚キムチ。なんだかこってりした料理が多いのは、肉体労働者である山田の料理の見よう見まねで作っているからだろう。

合間に、お客にメールをうつ。営業だ。このごろ、また少し指名が増えた。

お店に行くころには、暗くなっている。少し前まで暑かったのに、秋の虫が鳴くようになり、今はもう秋の虫も鳴いていない。暗くなりはじめると、あたしはさみしくなる。何かが足りないのだ。こんなふうに、「生活」をしてみても、やっぱり、何かが足りない。誰かが、足りない。キャバクラに行けば、たくさんの人がいる。でも、その人たちは、あたしの前をただ過ぎてゆく人たちだ。

子どもって、どんな感じなのかなあ。あたしはときどき、思う。あたし、子どもを産むことって、できるのかなあ。

ねえ。

なに。

今日は、何拾ってきたの。

そうだなあ、このごろ、あんまり生きものが拾えないから、石拾ってきた。

山田は、かばんから三つ、大きな石をだした。白いのが一つ、黒いのが二つ。

きたないなあ。明日、捨てるよ。

やめて、捨てないで。

だって、掃除のじゃまだもん。

このところの、山田のいちばんめぼしい拾いものは、一ヶ月前に拾ってきた猫だ。茶色い、やせた猫である。珍しく、猫はずっと山田の部屋に居ついている。去ってゆかない。

ね、どうしてこの猫に、名前をつけないの？

しばらく考えてから、山田は答えた。つけると、情が移って夜逃げできなくなる。

また夜逃げするの？

しないけど。理由もないし。

いつまでたっても山田がぐずぐずと猫に名前をつけようとしないので、あたしは勝手に名前を決めた。レミ。あたしの源氏名と同じ名前だ。

最初、山田はいくらあたしが猫に「レミ」と呼びかけても、かたくなに「猫」とだけ言っていた。でもある時、たぶんまちがって、「レミ」と言ってしまった。それからは、あきらめたように、「レミ」と呼ぶようになった。

レミを抱いていると、夕方でもさみしくない。レミは、山田が拾ってきた石が気に入っている。じゃれかかり、かみつき、まわりをぐるぐる駆ける。レミとよく遊んだ日は、お客の相手が楽に感じられる。前は、キャバクラから部屋に帰るのが少しおっくうだったのだけれど、レミに会えるので、いそいで帰るようになった。アフターのつきあいが悪いと、店長に注意された。あたしの店での順位は、少しずつ上がっていた。同伴も増えた。お客の席に着く順番も、最初じゃなくて、単位時間の最後へと変わっていった。少し酔っ払って歩く真夜中の道を、あたしは好ましく感じるようになった。

気がつくと、もう吐き気を感じることはほとんどなくなっていた。それでも、あたしはいまだに、いつもさみしかった。ときどき、とてつもなく、山田に抱いてほしくなった。そういう時は、山田には何も言わず、レミを抱きしめた。

真夜中、ぽっかりと目が覚めてしまった時、あたしは山田の寝顔をじっと見る。すると、なぜだかいつも山田は目を覚ます。眠りが浅いんだ、おれ。山田は、小さく言う。ねえ山田、山田は、あたしのことを、好き？　心の中で念じながら、あたしは山田の目をじっと見つめる。山田も、見つめかえす。そういう時、あたしの中から、あたしの体のまんなかへんから、好き、という気持ちがわきだしてくる。それなのに、あたしには、好き、ということの本当がわからない。あたしは、山田にしがみつく。ふとんの中で、山田の背中にぎゅっと腕をまわす。山田も、あたしをぎゅっとしてくれる。ねえ、さみしいの。すごく、さみしいの。言いながら、あたしは、久しぶりに吐きそうになる。でも我慢する。そうすると、涙がでてくる。山田は、あたしの髪を撫でる。涙は、堰をきったように流れでる。吐き気はおさまっている。かわりに、とめどなく涙があふれでる。その姿勢のまま、あたしたちは、ふたたび静かに寝入る。

ねえ、と、店でモナから声をかけられたのは、十月だった。山田のところに住みはじめてから、半年が過ぎていた。部屋を借りるだけのお金は、貯まっていた。でもあたしは、山田の部屋を出たくなかった。レミもいるし。

モナは、新しく入った子だった。目の力が強くて、笑い声のきれいな子だ。

「レミって、昼間は、働いてないの？」

そう聞かれ、うん、とうなずいた。

「バイト、しない？」

「どんなバイト」

「今度、ためしに行ってみる？」

「だから、どんなバイト？」

「まあ、ともかく行ってみようよ」

「なぜあたしを誘うの」

モナは笑った。きれいな声で。

「なんか、レミって、一人のレミじゃないように感じるの。そういう人に向いたバイトだよ」

モナのその言葉に、あたしはちょっと驚いた。

何日か後、モナに連れられて、あたしは古いビルの二階への階段をのぼった。廊下の両側にドアがたくさんあり、それぞれ「四柱推命（しちゅうすいめい）」「タロット」「西洋占星術」などの看板がかけてある。つきあたりに近い、看板のない部屋のドアを、モナは迷わず開けた。

「こんにちは」

モナは声をかけた。すっきりとした、ふつうの部屋だった。大きなデスクのまわりに、座りごこちのよさそうなキャスターつきの椅子が何脚か置いてある。窓からは光がさしこみ、壁は白い。キャビネットと棚がいくつかあり、書類や本が並んでいる。デスクの上には、パソコンも数台。

「いらっしゃい」

そう言いながら奥から出てきたのは、中肉中背で、パンチパーマをかけた、五十歳くらいの女だった。

統計処理は大事だけれど、もっと大事なのは勘なのだと、亀山さんは言うのだった。

最初は、この階にあるたくさんの占いの話なのかと思っていた。でも、ちがった。まごつくあたしを、モナは興味深そうに見ていた。亀山さんは、自分の着ているブラウスの袖口をいじりながら、あたしの顔をじっとのぞきこんでいる。のぞかれると、落ち着かない気持ちになる。あたしのお客たちは、あたしにじっと見つめられて、こんな気持ちになるのかと、初めてわかった。

あのね、あんたは、人の話を聞くのが、好き？

亀山さんは聞いた。

えと、好きとか、嫌いとか、考えたことはなかったけど……。

あたしが言いよどんでいると、モナが助け船をだしてくれた。お店では、レミはすごくよく人の話を聞いてるよ。

そうなのだろうか。あたしは、自分がうまく話せないから、人の話を聞いているだけなのだ。べつに、その話を楽しんでいるわけではない。

じゃあ、あんたは、語る人じゃなくて、聞く人なんだね。

そう言って、亀山さんは、うなずいた。

なるほど、あたしが自分のことを語らないのは、たしかだ。さして語ることがないように感じられても、自分のことを語りたがるお客は、けっこう多い。何回か、生まれ変わってるんです。という、あたしの話は、もしもあたしが語りたがる人間ならば、格好の「お話」として語ることも、できるにちがいない。でも、あたしは自分の話を語りたいと思ったことなんて、一度もない。

ほら、見てごらん。

そう言いながら、亀山さんは、机の上にある数台のモニターを指さした。最初は、画面が暗くてよく見えなかった。次第に目が慣れてくると、どのモニターの中でも、二人の人間が向かいあっていることがわかった。たとえば、一台のモニターの中では、髪の長い女と、五十代くらいの男が真剣なおももちで、なにやら話しあっている。別のモニターでは、着物を着た男が、白い髭をたくわえた老人と対面し、筮竹(ぜいちく)のようなものを手にしている。また別のモニターの中では、若い女が二人、気軽におしゃべりしているようにみえる。

これ、この階のいろんな部屋の様子。

亀山さんは、無表情に言った。

もしかして、盗撮なんですか。あたしは聞いた。

ううん、情報公開をせまられた時のための録画。

え、情報公開?

あたしはびっくりして、聞き返した。それでは、このモニターの中の人たちは、公の機関か何かの取り調べを受けているんだろうか。

冗談だから。

亀山さんはまた無表情に言い、エプロンのはしっこをもてあそんだ。

資料にするために撮ってるんだよ、これは。

そう言うと、亀山さんは、モナに向かって、コーヒー、いれてよ、と言った。モナは迷わず、部屋の隅に置いてあるコーヒーメーカーの方へと歩いていった。

亀山さんは、物語を売る人なのだという。

このビルの占いの部屋にくる人たちは、必ず物語を持っている。悲しい物語。こわい物語。妙な物語。おかしな物語。ひどい物語。怒りをおぼえずにはいられない物語。そして、それら「物語」として有用な物語には満たない、ごく中途半端な物語。

亀山さんは、それらの物語を聞き、もしも使えそうなものがあったなら、文章にまとめる。占いの部屋は複数あり、毎日誰かしらがどこかしらの部屋に相談にやってくる。最初のうちは、同時に複数の部屋のモニターを亀山さんが見て、全部を要約していた。そのうちに占いの部屋が増え、追いつかなくなって録画をするようになった。録画を見るのは、時間がかかる。亀山さん一人では追いつかず、やがてバイトを雇うようになった。

あたしは、一年前からこのバイトを始めたんだ。このバイト、けっこう、面白いよ。

モナは言った。

なるほど、人の物語を聞くのは、面白いことかもしれない。それも、占いに頼りたくなるくらい大変な人生の物語なのだ。

いいや、ここに来る人たちの、たいがいは、そんなに大変な人生なんて送ってないよ。

亀山さんは、そっけなく否定した。

でも、占いって、人生の分かれ道とか、そういう時にしてもらうもんなんじゃないのかなあ。

あたしがつぶやくと、亀山さんは首をふった。

だからさあ、人生の岐路なんて、どの人間のものも、そんなたいしたもんじゃないんだよ。分かれ道、とかいうと、すごいものに思えるけど、そもそもの人生が、たいしたもんじゃないことがほとんどだからね。人間って、自分だけが大変だって思いこんでる、大げさな生きものなんだよね。

なんか、ひどくないですか、その言いかた。そういうのを見て、自分の役に立ててるのに。

モナが笑った。

亀山さんは、さまざまな人たちに物語を売る。企業コンサルタント。ソーシャルワーカー。詩人。アロマテラピスト。税理士。科学者。パティシエ。人形使い。宗教家。政治家も、よく来るという。

政治家が、物語をどう使うんですか。びっくりして、聞いた。

いやあ、物語って、政治とけっこう相性がいいんだよ。

亀山さんは、またそっけなく言い、それからにやりとした。亀山さんの笑い顔は、なんだかちょっとこわかった。

多くの録画の中から、使える物語を抽出すること。それが、バイトたちの仕事なのであった。

あたしは、週に三回、亀山さんのところでバイトをすることになった。バイトは、あたしを入れて全部で十人いる。すべて、亀山さんが面接をして雇うかどうかを決めているという。だって、人の秘密を見聞きするんだから、人選はしっかりしなくちゃね。

亀山さんは、言っていた。

要約した物語を、あたしたちはまず亀山さんに見せる。もしも亀山さんがゴーサインを出したら、もっとくわしく肉づけした物語を完成させる。

なんだか、へたくそな小説を書いてるような気分。

あたしが言うと、モナは首をかしげた。

小説を書く、っていうほど一から作ってないから、どちらかっていえば、翻訳者になったような気分、なんじゃないかな。

モナのその言葉を、あたしはなるほどと思った。たしかに、あたしは誰かの物語を、亀山さんが使いやすいように、翻訳して、少し削って、少し足して、そして形をととのえているのだ。

あたしが扱う物語は、ほかのバイトたちの扱うものとは、少し異なっている。あたしは、物語としての形をうまくとれない物語を、要約しているのだ。

物語としての形をとれない物語。それは、たとえば、破綻した物語なのかというと、ちょっとちがう。では、たとえばつまらない物語なのかというと、それもちょっとちがう。

レミのは、けっこう、難しそうだね。

モナは言う。ちなみに、モナは「ひどい物語」を、おもに扱っている。

そのとおり、あたしが亀山さんのところにもっていって、ゴーサインを出してもらえる物語は、一ヶ月に二つくらいだ。ずいぶん、少ない。モナの場合は、一週間に一つくらい。二日に一つくらい採用されているバイトもいる。

物語にうまくなっていない物語を要約し、肉づけするのは、けっこう大変だ。でも、それがうまくいくと、なんともいえない嬉しさがこみあげてくる。

今まで自分が要約した物語の中で、どれがいちばん好き?

この前、山田に聞かれた。

それはね、こんなの。

あたしは、山田に教えてあげた。

ある女が、さびしい山の中腹に住んでいました。女は朝になると家を出て働きに行き、夜遅くに戻ってくる生活を送っていました。ある日、女の家の戸を叩く者がありました。夜もすっかり更けていたので、女は応えませんでした。次の日も、その次の日も、同じ時刻に戸は叩かれました。そうやって、一ヶ月間、ずっと戸は叩かれつづけたのです。

女はついに、戸を開けることにしました。

戸の外にいたのは、一人の老女でした。王子様とか、王子様が化けた野獣とか、魔法使いとかが待っているのではないかと、内心で期待していた女は、少しだけがっかりしましたが、顔には出しませんでした。

老女は、女の家に住みつきました。老女は、女の遠い親戚で、身よりをなくし、女のもとへとやってきたのでした。老女はたくさんお金を持っていたので、女にとっては、都合もよかったのです。一年がたち、また一年がたちました。老女と女は、さして仲良くでもなく、暮らしつづけました。

ある日、老女が老人を連れてきました。用心のために、この人を雇うことにしたの。老女は言いました。老人は、アメフラシみたいな顔つきをしていました。女はどうしても老人が好きになれなかったのですが、老女の持っているお金を使う生活をやめることができなくて、老人を住まわせることにしてしまいました。

老人と老女は、ようするにカップルだったのです。遠慮会釈なく目の前でべたべたされるので、女は腹がたちました。女は、恋愛というものをしたことがなかったので、二人がべたべたする様子が、気持ち悪くもありました。

結局、女は老女と老人に出ていってくれと言ってしまいました。すると、老女と老人は、手に手を取って、さっさと出ていったのです。女は、せいせいしました。いや、せいせいしたような気分に、最初だけはなったのです。ところが案の定、少したつと、女はさみしくなってきました。女は悩みました。悩んだあげく、女は老女と老人を呼び戻しました。

山の中腹の家で、女は老女と老人と、また三人で暮らしはじめました。腹のたつことは多いのですが、我慢しています。女は、老女と老人との暮らしによって、人生というものを知ったと、今では感じています。老女と老人は、何人かの王子様を女に紹介してくれました。どの王子様も、女のタイプではないので、まだ女は恋愛をしていません。今の生活に、満足しているような気もするけれど、一方でどうしても満足しきれないところがあるようにも思えます。この先、女はどうやって生きていったらいいのでしょう。

山田は、しばらくぽかんとしていた。

なに、その話。

面白くない？

ぜんぜん。

そうかなあ。

オチもないし、ひねりもないし、すっきりもしない。

でも、なんかあたし、この話が好きなの。

どこが？

老人が、アメフラシに似てるところ。

そこ？

うん、そこ。

もっと、わくわくする話とか、こわい話とか、ないの。

でも、あたしは物語にならない物語の係だから、そういうのは、ないよ。でもまあ、これならどう？　と言って、あたしはちがう話を山田に教えてあげた。

あるところに、男がいました。妻を憎んでいたので、毒殺することにしました。でも、うまく実行できません。どんな方法でおこなっても、ばれてしまいそうだからです。しまいには、毒殺はあきらめて、妻から逃げることにしました。ところが、妻は恐ろしい勢いで魔法の馬に変身して、男をつかまえにきました。男はすぐにつかまってしまい、また妻と暮らすようになりました。ちかごろは、毒殺ではない方法を、男はいろいろ図書館などで調べています。

なに、その話。

また山田が言った。

面白くない?

ぜんぜん。

そうかなあ。

オチもないし、ひねりもないし、すっきりもしない。

物語にならない物語って、そういうものだよ。

ちがうよ、そもそも「物語」っていうものは、何かのエッセンスなんだから、いくら物語未満だったとしても、あたしの扱ってる物語には、けっこうお客がつくんだって、亀山さんは言うよ。

でも、あたしの扱ってる物語には、そういうごちゃごちゃした話じゃ、だめだと思う。

じゃあ、お客のつかない物語って、たとえば、どんなの?

あたしはまた、ちがう話を山田に教えた。

あるところに、とても美しい少女がいました。少女は心も美しかったので、たくさんの王子様が少女のもとへとやってきて求婚しました。けれど少女は、王子様たちがどうしても好きになれませんでした。少女は持っているお金をすべて貧しい人たちにあげて、自分は尼さんになりました。それでも王子様たちが尼さんになった少女を求めてやってくるので、その修道院は蒸留酒を作りはじめ、王子様たちのおつきの人たちに売り出しました。修道院は蒸留酒の売り上げで大もうけしたので、そのお金を全部貧しい人たちにあげました。

山田は、ため息をついた。

今までの話とのちがいがわからないよ。

ちがうじゃない、ぜんぜん。

どうちがうの。

いい話でしょ、今のは。

いい話には、お客はつかないの？

うん、誰もいい話なんて、ほしくないんだよ。

そうなのかなあ、おれ、いい話は、好きだけど。それに、その話、ちっともいい話じゃないよ。

あたしは、黙った。山田の言うことが、あたしにはよくわからない。あたしが今まで生きてきた短い人生の中では、「物語」などというものは、ぜんぜん学んでこなかったし、「物語」を必要としたこともなかった。「物語」を楽しんだり売ったり買ったりする人たちのことについても、見当がつかない。

ただ一つ言えるのは、亀山さんのところであたしが扱う「物語にならない物語」は、あたしにとっては、けっこうリアルだ、ということだ。みんな、なんだか筋が通っていなくて、つじつまもほとんどあっていなくて、あんまり面白くもないけれど、モニターの中で語っている人たちは、真剣だった。

物語っていうのは、そういうものなんだって、いつも亀山さんは言うよ。

そういうものって？

いい話なんて、ないんだって。

山田は、またため息をついた。

山田は、何か物語をもってる？

それって、おれの物語、っていう意味？

うん。

そんなの、ない。

でも、人はみんな物語をもってるって、亀山さんは言うよ。それが、面白い物語であることは少ないけど、って。

じゃあ、マリはもってるの？

あたしは、なんにもないの。からっぽじゃないけど、たぶん、あたしのなかみって、あたしっていう容れ物の、十分の一くらいまでしか、ないの。あとの十分の九は、からっぽ。

山田は、あたしの顔を、じっと見た。それから、あたしを抱きしめた。そのあとで、久しぶりに、あたしたちはセックスをおこなった。セックスは、これで三回目。あたしは、心の中でかぞえた。


ある日モニターを見ていたら、水沢がいた。

なんで、水沢。

あたしは声をたててしまった。

知ってる人？

ちょうどすぐそばにいた亀山さんが、聞いてきた。

うん。なんていうか、身内みたいな人。

親戚？

んー、義理のお姉さん、みたいな。

他の子に、まわそうか？

ううん、大丈夫。でも、あたしが途中で助けて、って言った時には、お願いします。

亀山さんは、ちらりとあたしを見やった。それから、そっけない様子で向こうの部屋へと行ってしまった。水沢は、笠竹の男と向かいあっている。いつものはきはきしたしゃべりかたではなく、途切れがちなくちぶりで、うつむいてしゃべっている。

水沢は、あたしを捜していた。

笹竹の男の部屋にやってきて、物語を語る客は、比較的少ない。単純に結果だけを求める客がほとんどだからだ。水沢も、物語はまったく語らなかった。けれど、その語らなさぶりは、ほかの客にくらべても、はなはだしかった。

尋ね人ですか。それは、どんな人なんですか。

笹竹の男は、水沢に聞いていた。

それがわからないと、占えないんですか。

いや、そんなことはないですけれど、わかっていることが多いほうが、占いやすいんですよ。

たぶん、女。

憮然としながら、水沢はつぶやいた。

たぶん。

そう。たぶん。

年は？

たぶん、二十代。

また、たぶん、ですか。

占ってくれるの、くれないの？

会ったことのない人なんですか。

会ったことはあるけど、今はその人がその人のままか、わからないの。

あ、と、あたしは思った。なるほど、あたしは、今のあたしのままではなく、ちがう者になることも、できるのだ。病院を出ていったあたしが、あたしのままでいる可能性は低い、と水沢が考えるのは、自然なことだ。

でも、と、あたしは思った。べつに、監獄から逃げだしたわけじゃないんだから、姿を変える必要はまったく感じなかった。追ってくる人間がいるとも、あんまり思っていなかったし。水沢と蔵は、しばらくはあたしを捜していそうだったけれど、それもそんなに長い間じゃないっていう気がしていた。

亀山さんが、あたしの様子を見に、奥の部屋から出てきた。

大丈夫そう？

はい、たぶん。

そりゃあ、よかった。

たいしてよさそうでもなく、亀山さんは言い、コーヒーの入った紙コップを渡してくれた。

笹竹の男が占ったあたしの行方は、「東の方角」だった。山田の部屋は、病院から見ると、南の方にある。大はずれ。次に笹竹の男の占いに出たあたしの今の様子は、「安定した生活」だった。全然あたしの生活は安定していない。でも、不安定な中に妙な安定があると言えないこともないから、これは、少しだけ当たりだ。最後に笹竹が出したのは、「あたしがやがて水沢のところに帰る」という卦だった。これは、当たりか当たりでないか、まだわからない。

水沢は、少し痩せていた。あたしがいなくなってしまったせいだろうか。ちょっと、可哀想な気がした。でも、水沢のことは好きじゃなかったから、ほんのちょっとだけだ。

水沢は、帰っていった。いつ録画されたものなのだか確かめると、一週間前のものだった。

水沢が来た時以降の笹竹の男の部屋の録画を、あたしはていねいに見ていった。あった。また、水沢が来ていた。二日前である。

この前の占い、当たらなかったですよ。

のっけから、水沢は文句を言っていた。

何が当たらなかったんですか。

ちっとも、帰ってこない。

出ていった人は、そうすぐには帰らないですよ。

東の方向、っていうのも、当たってない。

なるほど、東の方向には、いませんでしたか。

東の方向全域は調べられないから、もちろん確かじゃないけど、なんだかいないような気がするの。

水沢が文句を言っても、笠竹の男は、落ち着き払っていた。

もう少し、その人についての話をしてくださいよ。

だから、年齢も性別もよくわからないの。

なぜわからないか、教えてくれませんか。

水沢は、腕を組んだ。しばらく、考えている。じっと、考えている。五分ほども考えていただろうか。水沢はふたたび口を開いた。

あのね、わたしが捜してるのは、誰でもない者なの。

笠竹の男の動きが、止まった。

誰でもない者、ですか。

そう。誰でもない者。

水沢は、繰り返した。あたしは、目をみひらく。それではあたしは、「誰でもない者」だったのだ。そんなこと、水沢も蔵も、一言も今まで言わなかったではないか。なんだ、そのあやしい感じは。

あなたは、誰でもない者に、会ったことがあるんですね。

笠竹の男は、身を乗り出すようにして言った。これは、なんだろう。「誰でもない者」って、そんなに知られた存在なんだろうか。そして、「誰でもない者」について、笠竹の男はそんなに興味を持っているのだろうか。

そうよ、だから行方を捜してもらってるんでしょ。

いやあ、噂には聞いていたが、誰でもない者が、この世に本当に存在するとは。

あら、けっこうたくさんいるっていう話も聞くわよ。

誰でもない者が、ですか?

水沢は、黙った。笠竹の男も、黙った。それまでのあまり身の入っていない様子とは大ちがいな、熱意に満ちたそぶりで、男は笠竹を手に取り、慎重に扱いはじめた。しばらく、男は笠竹に集中した。

ざり、という音を、笠竹がたてる。さらに慎重に、男は笠竹を選りだした。

机の上の笠竹を、男はじっと眺めている。水沢も、向かい側から、じっと眺めている。

近くに、いますね。

男は、静かに言った。

どのくらい近く？

水沢が、聞き返す。

思っているよりも、ずっと近くです。このビルの中にいるのかもしれない。

男の言葉に、あたしはびくっとする。今にも水沢が笹竹の部屋を飛び出し、あたしを捜しに来そうな気がしたからだ。録画が二日前のものであることを思いだし、ようやくあたしは緊張を解く。

無事に、生きてますか？

ええ、元気ですよ。この前も、そのことは言ったつもりですがね。

いいえ、安定してるって言ってたのよ、あなたは。元気と、安定とは、違うでしょ。

違いますかね。ま、卦の告げることは、たいがい抽象的だからね。しょうがないですよ、言葉が曖昧なことは。

水沢の顔に血色が戻っている。水沢がかなりやつれていることに、あたしはそれまでちゃんと気がついていなかった。やっぱり少し、可哀想かな。でも、病院には二度と戻りたくない。あたしは水沢が次に何をするのか、固唾をのんで見守った。水沢は、にっこりと笑った。

そして、
よかった。

と、一言、つぶやいたのだった。

水沢があたしの「物語」を少しはしゃべってくれるかと、あたしはほんの少しだけ、期待していたのかもしれない。あるのだかないのだかわからない、あたしの「物語」を。でも、水沢はこの時もまた、あたしについてはそれ以上何も語らなかった。おとなしく料金を払った水沢は、来る時よりもしっかりとした足どりで、部屋を出ていった。

部屋に帰ると、山田が眠っていた。山田の物語を、突然あたしは、すごく聞きたくなった。

ねえ、起きて。

あたしは、山田を揺すった。

山田の体が、温かい。あたしは山田の横にすべりこみ、山田の体のあちこちをさわった。まだ眠りの中に山田が居残っているのがわかる。言葉にならない声を、山田はもらす。

山田のほんとうの名前は、何？

うーん、もと、あき。

山田は、眠そうに答えた。

もとあきじゃない名前は？

やまだ。

ちがうよ、その前に持ってた名前は何なのかって、聞いてるの。

ひろし。

なに、ひろし？

うーん、前田ひろし、だったかな。

その前にも、名前、あった？

ナオ。佐伯（さえき）ナオ。

かわいい名前だね。

かわいくて、ちょっと恥ずかしかった。女とよく間違えられたし。

山田は、もうぱっちりと目を開いている。

山田は、誰でもない人間なの？

あたしは聞いてみた。

ううん、おれは、佐伯ナオ。生まれた時から夜逃げするまで、佐伯ナオだった。その前の名前は、ない。おれは埼玉生まれの愛知育ち、十八からはずっと東京に住んでて、名前を変えたのは、夜逃げをしてからだよ。最初は前田ひろしって名のってたけど、前田ひろしより、山田もとあきの方が、憶えにくい名前だから、今は山田になってる。おれには、両親がいるし、小さいころの写真もあるし、友だちも何人かいた。マリは、そうじゃないだろう？　マリは、誰でもない者なんだよね。おれ、知ってるんだ。たまに、マリみたいなのが、いるんだ。親方が前にそういう者のことを教えてくれたから、おれ、注意深くいろんな人のこと、見てきたんだ。だからおれ、マリに会った時、もしかしたらこの人、誰でもない者なんじゃないか、っていう気がしたんだ。え、どうしてわかったかって？　なんとなく、かな。いっぱい夜逃げを手伝ってると、そういう直感って、冴えてくるのかもしれない。マリに会うまでにも、おれ、誰でもない者かもしれないなっていう人に、何人か、会ったことがある。でも、本当にそうなのかどうかは、わからなかった。道ですれちがっただけの人がそうなのかって思った時もあったし、夜逃げ客の中でそれっぽい人もいた。でも、マリほどはっきりと、誰でもない者なんだろうなって感じたのは、初めてだった。いや、そう感じはしたけど、おれ、ずっと疑ってたんだよ。そんなもの、この世に存在するのかなって。だけど、一緒に暮らしはじめて、どんどん確信してったような気がする。マリって、ほんとにからっぽだろう。きれいな、からっぽ。おれ、マリの中に、ほんのぽっちり、マリじゃない者がまじってることも、なんとなく、わかる。でも、そいつらがマリの中にいたとしても、まだマリはからっぽでしょ。全然、満たされてないでしょ。自分はからっぽだ、って言うやつは多いけど、マリのようにほんとうにからっぽな存在は、めったにいない。

山田は、とつとつと、でも熱意をこめて、あたしについて、語った。あたしは、びっくりしていた。山田の物語を聞くために始めた話だったのに、いつの間にかあたしの物語が語られはじめていることに。

「誰でもない者」って、やっぱり、そんなみんなに知られてるものなんだ?

いや、たいがいの人は、知らないんじゃない?

山田は、なぐさめるように言った。

そうかな。

そうだよ、蛇（じゃ）の道はへび、とかいう感じでしか、知らないと思うよ。

なんか、あやしいね。

あやしいよ、ほんと。

最初のうちは、深刻な話めいていたのに、だんだんにあたしは笑いたいような気分になってきた。山田の体は、やっぱり温かい。山田の胸に顔をくっつけて、匂いをかいでみた。山田の、いや、佐伯ナオの、匂いがする。

ナオって呼んでも、いい?

あたしは聞いた。

この部屋だけでなら、いいよ。

ナオ。

なに、マリ。

あたし、ずっとここにいていい？

いればいいよ。

ずっとだよ。ナオとずっといたいってことだよ。

うん。

あたしとナオは、四回目のセックスをおこなった。今までおこなったものの中で、いちばん親密できもちいいものだった。野田春眠も山中文夫も、こんなセックスは知らなかったはずだ。

あたしは、それからしばらく、ナオと一緒にいた。マリのまま。たしか、そう、十六年ほど、一緒にいたはずだ。

ラモーナ

マリだったころの、ナオとの十数年を、ときどき私は思い返す。

明日、という言葉を、マリはナオによって知った。ナオとの暮らしで「明日」を知る前は、「明日」という時間の実感も、「昨日」という時間の実感も、なかったマリだったのだ。病院で意識をはじめて持ち、いくたりかの者として過ごし、けれどマリになった当座、マリはまだ明日という時間の意味を、つかみかねていたのである。

明日はやがて来て、風に飛ばされる砂粒のように、すぐになくなってしまうもの。そして昨日は、すでに飛ばされてしまった砂粒。

ただそんなふうに思っていた。

明日は、砂粒よりももっとずっしりとしたものであり、昨日は、飛ばされていってしまったものではなく、そこに確かにあったものだ、ということを、マリはナオとの暮らしの中で知っていった。

結局ナオは、死ぬまで夜逃げ屋をつづけた。マリも、亀山さんのところで働きつづけた。キャバクラは、八年ほど勤めたあとでやめた。亀山さんを紹介してくれたモナは、すでにそのずっと前に姿を消していた。そもそも、キャバクラに勤めている女の子たちは、とどまっていることが少ない。お金をためて外国に行ったり、また帰ってきたり、遠い場所で働きはじめたり、キャバクラよりも過酷な職場にうつったり、結婚したり。男と別れたことがきっかけで夜逃げをすることも多かったし、そうでないきっかけで夜逃げをすることもあった。ナオは、そんな女の子たちの夜逃げを、割引料金でもって引き受けてあげたものだった。

マリはとどまらない女の子たちの中にいて、居心地が悪くはなかった。自分と同じように、昨日も明日もない女の子たち。

けれど、マリのようにほんとうにからっぽな女の子は、いなかった。どの子も、昨日や明日を持っていないようで、存外存在感のある昨日を持っていたりした。女の子たちは、ある日迎えに来た昨日に手を引かれて、昨日の世界へ帰ってゆくことも多かった。

モナは、たしかお母さんの介護のために、故郷へ帰ったのだった。昔の恋人とよりを戻すためにキャバクラを去る女の子もいたし、昔の恨みをかかえた者に追いつめられて逃げだした女の子もいたし、反対に昔の恨みをはらすために去った女の子もいた。しあわせになった子もいるし、ふしあわせになった子もいる。

そんな中で、マリは古株になっていった。けれどマリは、ちっとも年を重ねたようには見えなかった。

いつまでも若いね。

と、一緒に働く女の子たちにはうらやましがられた。どうやら自分は経年変化をしないらしいということをマリは早いうちに気づいていたので、あいまいに首をかしげ、何も言わずにやりすごした。ただ、ナオと暮らしつづけ、明日や昨日の重さを知るようになるにつれ、マリは少しずつ年齢を身にまとわせるふりができるようになっていった。

ナオが倒れたのは、マリの姿になって十五年が過ぎたころだった。ナオと一緒に暮らしはじめてから、十四年たっていた。健康保険証をナオが持っていたことに、マリは少し驚いた。保険証には、たしかに「佐伯ナオ」という名があった。マリ以外の人たちに対しては、ずっと「山田もとあき」として通っていたナオの入院先に、何人かの人たちが見舞いにきた。「山田もとあき」ではなく、「佐伯ナオ」という名であることに、最初は皆少しだけ驚いたが、すぐに納得していた。

佐伯ナオの方が、よく似合ってるよ。両親のつけた名前なんだろう、ナオって。さすが親だよ。

と、ナオの働いていた夜逃げ屋の親方は言っていた。名づけをしたナオの両親は、半年ほどわずらったナオが亡くなる間際に、病院にやってきた。マリともナオともあまり目をあわそうとせず、ほとんど言葉ももらさず、短時間で病室を後にした。両親は、ナオが死んだ後にも、遺体を引き取りにこなかった。マリは自分を、ナオとの「事実婚」の相手であると申請して、死亡届と火葬と埋葬の許可証をもらい、葬式をだした。といっても、葬儀場でおこなうものではなく、火葬をする間、来たひとたちと焼き場でお茶を飲む、という簡略な葬式だった。

最近は、このようなかたちのお見送りも多いのです。

と、葬儀社の係の男は言っていた。お見送り、という言葉を、マリは奇妙な心もちで聞いた。

ナオが死んだ時、マリは泣かなかった。ナオが死ぬ一年前に、猫のレミが死んだ時には、悲しむことができたのに。なぜナオは死んでしまったのだろう、なぜ生き返らないのだろうと、不思議に思う気持ちの方がずっと強かった。

誰でもない者、と、ナオはマリを呼んだ。水沢も、その言葉を使っていた。水沢と蔵とマリは、ときどきメールをかわしていた。笙竹の占い師を通じて、連絡をとったのである。居場所は教えず、ただ数年に一回、無事で生きていることをマリは伝えた。どんな姿で生きているのか、どんな生活をしているのかは、教えなかった。

ナオがいなくなってしまったあと、マリはどうしていいかわからなかった。思えば、病院ではじめての記憶を持ってからの人生のほとんどすべての時間を、マリはナオと過ごしてきたのである。丹羽ハルカからはじまって、春眠と文夫を経てマリとなり、ナオと暮らし、しまいにナオが死ぬまで、あわせて十六年ほど。日本人でいえば、ようやく義務教育を終えるほどの年月である。

まだあたし、成熟してないんだ。

マリは、そう感じていたのだ。ナオと暮らし、大人としての身過ぎ世過ぎをしているように思っていた日々だったけれど、実際には成熟するだけの時間を、まだマリは送ってこなかったのだ。ナオがいなくなってしまうと、そのことが、マリにははっきりとわかってしまった。

ナオ、と、マリは毎日骨壺に呼びかけた。どうしていなくなっちゃったの、ナオ。あたしはいつまでもここにいるのに、ナオはどうして、消えてしまったの。

マリのことを心配して、亀山さんが食事をつくりにきてくれた。

どうしてこんな親切ごかしみたいなことをしてるのか、自分にもわからないんだけどね。

亀山さんは、不満そうに言っていた。親切ごかし、という言葉の意味が、マリには最初理解できなかった。

親切ぶって何かよからぬことを考えてる、っていうくらいの意味。

よからぬこと、考えてるんですか、亀山さん？

考えてないよ。

亀山さんは首をふり、眉を寄せた。

なんだかあんたのことは、ほうっておけないんだよ。いまいましいけどさ。

亀山さんはそう言っていた。もしかすると、自分のような存在のものは、「ほうっておけない」という性質を利用して世間を渡っているのかもしれないと、その時マリはふと思った。人間ではない存在が、人間の中にまじって擬態をおこなうようにして暮らしているとすれば、「ほうっておけない」という質は、そのような存在を、大いに助けることとなる。なるほど、水沢も蔵も、ナオも亀山さんもモナも、そして出会ったさまざまな人間たちは、マリ――あるいは、ハルカ、あるいは文夫、あるいは春眠――たちを、決してほうっておかなかった。話しかけ、かまい、かかわり、そして何らかの感情をかれらに放射してきた。

ほかの人のことは、ほうっておけるんですか？

あたしは亀山さんに聞いてみた。

そうだねえ、たいがいの人間っていうのは、生きる力が強そうだからね。でもあんたは、ちょっと違うから。

あたし、死んじゃいそうにみえます？　けっこう、強いですよ。

ふん、そうなのかね。

亀山さんはマリの顔をしばらくじっと見てから、料理に戻った。火力が弱いよ、と亀山さんは文句を言いながら、数週間のあいだ、マリの食事の世話をしつづけた。マリとナオは、ガスコンロは買わず、ずっとカセットコンロと炊飯器だけで料理をしていたのだ。米を炊き、少しの簡単なおかずをつくり、それで二人は満足していた。でも、ほんとうにナオは満足していたのだろうかと、ナオが死んでしまってから、マリは時々考えた。

満足そうにしていたんなら、満足だったんだよ、きっと。

と、亀山さんは言っていたけれど。

減り続けていたマリの体重がようやく少しずつ増えはじめたころ、亀山さんは食事をつくりにこなくなった。マリは、はじめて泣いた。ナオがいなくて、悲しかった。もうナオは決してよみがえってこないということが、ようやくマリにはわかったのだ。

ナオが恋しかった。ナオとマリとは、最初のころをのぞいては、兄と妹のように暮らしていた。でも、寒い時にはマリはナオのふとんにもぐりこみ、いつもナオにくっついていた。

ナオ。

と、マリが呼ぶと、ナオは眠りながらマリの手を握ってくれた。

ナオが恋しくて、なつかしくて、マリはもうマリのかたちでいるのが、いやになった。だから、マリは今の私、ラモーナになったのだ。年齢は、二十五歳。人間類似の生きものとしての精神年齢はまだきっと二十五歳には達していないのだろうけれど、マリのかたちをとっていた最初のころよりも、ラモーナの肉体と精神の成熟度はへだたっていない。

ナオのいない日本には、住みたくなかった。だから私は、カナダへと渡ったのだ。ずいぶん昔、同じキャバクラで働いていた女の子が、お金をためてカナダに語学留学をしたことを思いだしたからだ。

私は、英語を話す。というよりも、私になったとたんに、英語が私にとっていちばん重い言語だということが、すぐにわかったのだった。それはちょうど、ハルカから春眠になった時に、また春眠から文夫になった時、あるいは文夫からマリになった時に、語彙が微妙に変化していったことと、同質の変化だった。英語で喋り、英語で考えるようになると、かわりに日本語は、遠いものになった。覚えているのだけれども、遠いもの。たとえば、私という存在の記憶の中にある英語の領域を七とすると、日本語は三、という感じだろうか。少なくはないが、多くもない。たいがいの時は背景に没している、というふうである。

私は、トロントに住んでいる。マリだったころにためたお金が、少しある。パスポートは、夜逃げ屋の親方に頼んで偽造してもらった。あんた、マリのともだちなの？　ほんとうに？

で、マリは今どこにいるの？　日本のパスポートでいいの？　あんた、外国人なんじゃないの、日本語も下手だし。ま、いいや。このところ入管が厳しいから、通るかどうか、わからないけどね。うまくやりなよ。

親方は、日本語をゆっくり喋る私を見上げながら、早口で言った。ラモーナになった私は、おおかたの日本人よりも背が高い。私に自分の早口が全部理解できるとは、親方は思っていないようだった。でも、私はもちろん理解できた。わからないふりをしながら、親方の声に聞き入っていると、親方の優しさが、なんとなく感じられた。マリはきっと、親方に好かれていたのだ。そのことが、はじめてわかった。

トロントでの最初のころの一日は、こんなふうだった。

泊まっていたのは、ドミトリー。個室ではなく、相部屋の宿泊施設だ。日本でワーキングホリデーの申請をしてきたので、旅行での滞在よりも、長くいられる予定だった。仕事が決まるまでは、ともかくお金を減らさないようにしなければと、格安のドミトリーに泊まったのだ。

親方のパスポートは、たいへんに有効だった。ラモーナなどという架空の人間のパスポートでカナダのワーホリの申請をするのはかなり困難だったと思うのだけれど、世の中のしくみについては、今まで生きてきた経験からも、かなり穴が多いとわかっているので、まあ、そこは「蛇の道はへび」なのだろう。「蛇の道はへび」というのは、ナオが好きだった言葉だ。マリとしての記憶は、自分の中の日本語領域の変化につれて、濃い部分と薄い部分がまだらになったけれど、この言葉は面白い言葉なので、日本語としてよく覚えている。

ドミトリーには、さまざまな人間がやってくる。国もさまざまなら、年齢もさまざまだ。若い人間の方が多いが、年齢を重ねた人間もいる。

私は、ぼんやりと一日を暮らしていた。明るくなると、外へとでかけて行く者がほとんどなのだけれど、私は昼過ぎまで部屋で眠ったり起きたりし、お腹がすくと安いサンドイッチを買ってそのへんのベンチで食べ、またすぐに部屋に戻ってきた。ベッドの中、あるいはベッドの周辺で午後を過ごし、たまに近くまで散歩にでた。

夜になると、相部屋の人間たちが三々五々帰ってくるので、なんとなく会話をかわす。最初によく会話をかわすようになったのは、赤毛の二十代のアイルランド人の女の子だった。大学で経済を勉強していると言っていた。あなたは何か勉強している？　と聞かれ、一瞬ぽかんとしてしまった。ハルカだったころと、春眠だったころのことを、ほんの少しだけ、思いだした。

「まあ、いろいろ。でも、学校では、あんまりいろんなことは、学んでない」

あいまいに、答えておいた。まちがいではないし。

女の子は、屈託なくよく喋った。でも、夜中にときどきうなされていた。中でもひどくうなされていた時に、ゆすって起こしてあげたことがある。

「大丈夫？」

聞くと、女の子は、肩をすくめた。赤毛が、小さく灯っていたライトを反射して、きれいだった。もつれていたけれど。

「大丈夫」

女の子は答えた。眠気の覚めない声で。ナオのことを、少し思いだした。ナオも、うなされることがあった。

「何かから、逃げているの？」

つい、訊ねてしまった。

「今は、逃げてない。でも、逃げたことなら、前に何回かある。逃げるのは、嫌いなんだけれど」

そう言ったきり、女の子は毛布をかぶってしまった。翌日、女の子は、ドミトリーを出ていった。

次によく会話をかわすようになったのは、香港から来たという女の子だった。香港がイギリスから返還される何年か前に、女の子の両親は共に国籍をとるために香港からカナダにやってきて、そこで知りあったのだそうだ。

「で、あなたもカナダ国籍なの？」

「ううん、ちがう。結局両親は返還の少し前に香港に帰って、それで結婚したの。会社を作って、けっこうお金をもうけた。結婚してからは、つぎつぎにあたしたちきょうだいが生まれた。きょうだいは四人、ふたごの弟と、妹が一人。家族は九龍に住んでる」

女の子はストレートの黒髪で、ほっそりしていた。大きなバックパックを背負っている姿は、子どものようにみえた。でも、会話をかわすと、大人の色香を感じさせた。自分が春眠だったら、この子に惹かれただろうなと思った。春眠が、なつかしくなった。私はあの子のことが、好きなのだ。文夫は、なじまないけれど。こんなふうに、前の自分についての好き嫌いは、実のところ今までも少しだけあった。マリが好きだったのは、ハルカ。文夫が好きだったのは、自分。文夫はハルカの姿をした女に恋していたようにみえたが、ほんとうはそうではなく、あくまであの男は、自分が好きだったのだ。それもまた、よし、だけれど。春眠は、誰のことも好きではなかった。自身のことも、たぶん、あんまり。

「カナダは、はじめて？」

「うん。両親が住んでいたところや、昔の思い出話に出てくるところに、行ってみたくて」

彼女の背後には、家族というものの存在が、しっかりと感じられた。いまだに家族というものについてよくわかっていない私は、たいそう興味をひかれた。アイルランドの子や、マリだったころに知っていたキャバクラの女の子たちからは、家族との結びつきは、これほどまでに強くは感じられなかった。亀山さんのところで物語をひろいあげる仕事をしていた時も、同じだった。あそこに相談にきていた人間たちは、総じて家族からぽっかりと浮かびあがってしまっている人間たちだった。

香港の女の子は、親切だった。私が昼間ずっと部屋にこもっているのは、お金を持っていないからだと思ったらしく、何回か中華料理をおごってくれた。トロントの中華街には、彼女の父方の親戚だという男のやっている中華料理店があったのだ。

「お金は払わなくていいから、大丈夫」

彼女はいつも、言っていた。親戚なのだから、ただで食べさせてもらうのは、彼女にとっては当然のことのようだった。そのかわり、その男の血縁の者やその男自身が香港にやってきた時には、大いにもてなすのだという。

「めんどうくさいのね」

と言うと、彼女はびっくりしたように私を見た。

「なぜ?」

「だって、世話したり世話されたり、その差し引き勘定は、どうやって正しくたもつの?」

「正しいなんて、そんなこと、考えたことない」

「借りがあるとか、貸しがあるとか、考えはじめただけで、混乱してしまう、私なら」

「そういうんじゃなくて、あたしたちは家族なんだから」

「なんだか、それは、重苦しい」

「重苦しくなんてない、これがあたりまえだとあたしは思ってる」

そんなふうに私が彼女に不遠慮な疑問をつきつけたにもかかわらず、彼女はまったく頓着しなかった。毎日元気にトロントの街を歩きまわり、よく日に焼けていった。ドミトリーを去る前の日には、父方の親戚の中華料理店で、お別れの会がひらかれた。彼女はコーラを飲みながら、ロブスターをたらふく食べていた。

「おまえは、家族のことを大切にしないと聞いたが、ほんとうなのか」

円卓の、私の隣に座っていたおばあさんから、突然聞かれた。ついさっき、そのおばあさんが、香港の彼女とどんな姻戚関係にあるのか教えられたばかりだったのだが、ぜんぜん覚えられなかった。父方のいとこの連れ合い、の、そのまたいとこの大叔母、だったか?

「大切とか大切じゃないという以前に、家族はいない」

「かわいそうに」

「家族がいないと、かわいそう？」

「もちろん。家族はすべてだから」

「でも、家族が離ればなれになっている人は、世界中にたくさんいるでしょう」

「そういう人たちは、みんなかわいそう」

「じゃあ、家族がいなくなってしまったら、あなたなら、どうするの」

「また新しい家族をつくる。結婚したり、一緒に暮らしたり、面倒をみたり、みられたり」

おばあさんは、最後まで私を憐（あわ）れんだ。日本で暮らしている時に、「家族がいないからかわいそうに」などと誰かに言ったなら、ぶしつけだと思われたにちがいなかった。一人で生きている人間は、あそこには、たくさんいた。一人になりたくて、一人でいる人間が、いくらでもいた。

「おまえは、ほんとうに日本人なのか。日本人の髪は黒いはずだ」

また、ぶしつけなことを言う。

「日本人のほとんどは黒い髪だけど、私は黒くないのです。顔も、立体的だし」

「おまえは、印象的な顔をしている」

おばあさんは、私の顔をまじまじとみつめた。それから、着ているぶかぶかしたワンピースのポケットをしばらくさぐった。やがておばあさんは、緑色のガラス玉のさがったチェーンをポケットからとりだした。

「これをあげる」

「なんですか、それは」

「翡翠(ひすい)だよ」

「そんな高価なもの、いりません」

「だいじょうぶ、にせものだから」

「ますます、いりません」

「お守りだから、にせものでもいいんだよ。これを身につけていれば、そのうちいい家族ができる」

おばあさんは、私のてのひらに押しつけるようにして、ガラス玉のついたチェーンを渡してきた。おばあさんのてのひらは、乾いていた。ナオの、しっとりとした大きなてのひらを、一瞬思いだした。私にも、家族がいたのに。急に、悲しくなったけれど、悲しみはすぐに去った。うまく、思いだしきれなかったのだ、ナオのことが。

ドミトリーに帰る道々、香港の女の子に、おばあさんからもらったガラス玉のチェーンを見せたら、女の子は自分の襟首のあたりをさぐり、隠れていたチェーンを胸元からとりだした。

「ほら、これ。おそろいね」

「あのおばあさんからもらったの？」

「うん。翡翠よ」

「でも、にせものでしょ」

「もちろん」

女の子は、笑った。香港の家族のもとへと、翌日女の子は帰っていった。


五十歳を過ぎていると思われる、北欧から来たという女の人は、ずいぶん長い間ドミトリーに滞在していた。私は結局三週間そのドミトリーに滞在したのだけれど、女の人は私が泊まりはじめる前からいたのだ。

快活な女の人だった。私とは違う部屋だったので、最初のうちは言葉をかわすことはほとんどなかったのだけれど、そのうちにお互い長逗留であることがわかってきて、たまに一緒に散歩をするようになった。

「わたしの故郷は、とっても寒い」

女の人は、よく言っていた。

「夏は白夜で、いつまでも夜がこない。一年じゅう寒いから、南国の果物はみのらないし、森も少ない」

「トロントも、冬はずいぶん寒いと聞くけど」

女の人と私は、港に行くことが多かった。オンタリオ湖に面した港である。

「そうね。知ってる。わたしのいたところよりは、少し暖かいけれど」

「冬は、湖が凍ることがあるのよ」

女の人は、教えてくれた。

「こんなに大きな湖なのに？」

「そうよ」

女の人は、二回結婚をし、二回離婚をしたと言っていた。

「離婚して、仕事もちょっとお休みして、今は世界をまわってる」

「子どもは？」

「三人いる。二人は独立していて、一人は学校の寮に入っている。あなたは、結婚しているの？」

「いいえ、家族はいない」

「わたしも、子どもはいるけど、家族という関係とは少し、違うように感じている。愛してはいるけれど」

「この前、家族がいないことを、よく知らないおばあさんに憐れまれました」

「あなたは、家族がいないことが、悲しい？」

「少しだけ」

「家族は、変わってゆくから、つかまえておくのは、難しい」

家族、という言葉の意味が、みんな違うのだなと、私は思った。

女の人は、不思議な話をしてくれた――自分の国では、「おば」「おじ」「おい」「めい」「いとこ」という関係をあらわす言葉がない。あるのは、父母、祖父母、子供、孫、兄、姉、妹、弟、という言葉だけなのである。だから、親戚が集まった時も、かれらのたいがいは「親戚」であって、そのこまかな関係性をはっきりと他人に説明するのは、とても難しい。そして、難しいから、みんな血族の関係性については、気にかけない。親と子、きょうだい、という関係以外は、全部「なんとなく血がつながっている人たち」くらいの、ごくあいまいな関係の者たちなのである。

「それじゃあ、お葬式や結婚式の時には、どういう人たちが集まるの？」

「集落の人たち全部よ」

「何人くらい？」

「わたしの生まれた集落は、五十人くらいだったかな」

「その人たちは、全部親戚のようなもの？」

「そうね、同じ教会に属している人たちは、血がつながっていなくても、みんな親戚みたいだったし、たとえ実際に親戚じゃなくても、誰もそういうことは気にしなかった」

「少し、面倒くさくなかった？」

「ええ、とっても面倒くさかった。だからわたしは集落を出て都会の大学に行ったし、そのあとも故郷へは帰らなかった」

ふふ、と、彼女は笑った。集落がなつかしくなることはないのかと、私は訊ねようかとも思ったが、その問いに答えることは、彼女にとってとても難しいだろう。おじ、おば、いとこ、などの言葉がない言語でそれらの関係性を説明するのと、同じくらい。

かわりに、私は彼女に聞いてみた。

「生きていることは、楽しい？」

「うん、楽しい」

軽く、彼女は答えた。ラモーナになってから、こういうことを人に対して簡単に聞けるようになったのは、不思議だ。言語の違いのためなのか、それともラモーナという新しい私がもともとそういう者なのかは、よくわからない。

北欧の彼女は、私に仕事を紹介してくれた。英語教師の職である。

「日本人の生徒も、多い」

彼女は言っていた。実際に働きはじめてみると、日本人はあまりいなくて、スペイン人とインド人、そして中国人が多かった。

「日本人とこんなにたくさん会話したのは、生まれてはじめて」

彼女は言い、ドミトリーを去っていった。私がドミトリーを出て小さなアパートを借りたのは、その翌週のことである。自分は日本人なのだ、ということが、うまく実感できない。パスポートは日本のものなのに、私は日本人ではなかった。ではどこの国の者なのかというと、それもさっぱりわからないのだった。


私の受けもったクラスには、日本人の男子生徒が一人いた。

最初の授業で自己紹介をした時に、「日本で生まれました」と私は言った。その後生徒たちと親しく口をきくようになってからしばらくしたころ、その日本人の男の子は、私のことを日本人だとはどうしても思えないのだと、しきりに不思議がった。

「じゃあ、私はどこの国の人間にみえる？」

男の子は、首をかしげた。それから、両てのひらを天井にむけ、肩をすくめた。

「きみは、日本人、だよね？」

髪は黒いし、顔は東洋人のものだけれど、彼だって私と同様、体の使いかたや服の着かたが、日本で見慣れていた日本人の男の子とは違う気がして、私はそう訊ねてみた。

「生まれたのは、日本。両親も、日本人」

「育ったのは、どこ」

「いろいろ」

男の子とは、ときどき学校の外でも会うようになった。男の子の年齢は、私よりも五歳ほど下だった。日本で育ったのでなければ、英語は堪能であるのではないかと私は思ったのだが、おもにスペインとイタリアで育ったという男の子は、ラテン語系の言語がいちばん喋っていて楽なのだと言っていた。

「どうしてカナダにいるの？」

「この秋にカナダの大学に入るから」

「何を学ぶの？」

「音楽」

大学に入る前に語学学習をするために、私の教えている学校を紹介されたのだと、彼は言った。

彼の名は、結城直人だった。ナオと同じ名前であることに、少し驚いた。

「ナオって呼んで」

彼は言った。ナオ、と最初に私が呼んだ時、彼はまぶしそうにした。曇った日だったのだけれど。

直人が望んだとおり、彼に呼びかける時にはいつもナオと呼びかけた。でも心の中では常に、ナオト、と私は重ねてこだまのように呼びかけていた。ナオとナオトは、あまりに違っていたから。


ナオトと私は、一緒に住むことになった。恋人としてではなく、部屋をシェアする仲間としてだ。

ベッドルームが二つ半あるフラットを借りたので、私たちはもう一人、一緒に住む相手をさがした。二つ半、というのはつまり、二つのベッドルームはカナダの家としての平均的な広さがあるのだけれど、最後の一つだけはごく狭い――といっても、日本の四畳半くらいはある――部屋だという意味である。ナオトの大学が始まる直前に、そのもう一人はみつかった。

「こんにちは、あなたたちに会えて、わたしはとても嬉しいです」

それが香川さんの最初の挨拶だった。私はうなずき、ナオトはほほえんだ。

「よく、できました」

ナオトは言った。香川さんは、日本人で、育ちも日本、三十歳だという。会社勤めをしていたが、ある日突然会社に行くのがいやになって、カナダに留学することにしたのだと、彼女は説明した。

「あなたたちのファミリーネームが、日本人のものだと思ったので、わたしは連絡したのです。そして、家賃が安い」

香川さんは、たどたどしく言った。

「うん、僕は日本人だよ。そして、安いのは、あなたの部屋だけ狭いから」

「私も、日本人」

私たちは、英語で答えた。

「わ、よかった。じゃ、日本語で喋っても、いい？」

香川さんは日本語で言い、私たちの顔をうかがった。ナオトは、肩をすくめた。私は首をかしげた。

「日本人だけど、英語の方が、楽」

ナオトが言う。私もうなずいた。香川さんは、笑いかけた顔を、そのまま固まらせた。眉だけが下がっていて、福笑いのようにみえた。福笑いというものを自分が知っていることに、少し驚いた。そうだ。私は一度だけ、福笑いをしたことがあったのだ。ナオと住んでいたころ、お正月に遊びにきたナオの親方と三人で、福笑いをした。親方が持ってきたのだ。

「あんたたち、若いのにひっそりしてるから、来てやった」

親方はそう言いながら、突然元日のお昼に訪ねてきた。小さなおせちのお重も持ってきた。

「コンビニで買った」

親方は、少し照れたようにつけ加えた。

「福笑いしてる時でも、あんたたちはまだ気配が薄いんだな」

親方はそう言いながら、帰っていった。そんなに私とナオの気配は、薄かったのだろうか。

「それでは、わたしはできるだけ英語であなたたちと喋ります。でも、時々は日本語で喋ってもいいですか」

香川さんは、聞いた。私とナオトは、もちろん、と声をあわせた。香川さんのお化粧は念入りだった。そのお化粧が、日本ふうなものだと気がついたのは、しばらくしてからだった。マリだったころの私も、そういえば、店に出る時には香川さんのようなお化粧をしていた。

「ラモーナの両親は、何人なのですか？」

住みはじめた次の日に、香川さんは聞いた。

「それは、私のオリジンが知りたいっていう意味？」

私は聞き返した。

「オリジン、はい、そうです」

「オリジンは、日本」

「でも、ラモーナという名前は、日本の名前ではありません」

「それでも、私のオリジンは、日本なの」

香川さんの質問が、少し気に障った。だから、そのあとは、早口の英語で、今日の新聞の死亡広告欄にあった文章を、適当に思いだしながらまくしたててやった。香川さんは、理解できなかったらしく、黙った。

カナダの新聞には、死亡した人間の血族が書いた「死亡した人の来歴」が載っている。私はそれを読むのが、好きなのだ。日本の新聞には、有名な人間の、年齢と死亡した原因とあと少しをごく簡単に書いた二、三行の死亡記事しか載らないが、カナダやアメリカの新聞には、市井の人たちについての、くわしい来歴を記した何十行もの記事が載る。もちろんそれは、すべての人たちについてではなく、身内がその人についての記事を載せたいと望んだ場合に限るのだが、かなりくわしい来歴がしばしば写真つきで載っているその記事を読むのは、私の楽しみの一つだった。そこに書いてあるのは、その人間がいつ生まれたのか、どんな仕事をしてきたのか、どんな家族をもっていたのか、どれだけ家族を愛し愛されたのか、ということばかりなのである。その人間の生活の中にあっただろう、さまざまな葛藤や憎しみや後悔や失敗は、ほぼ書かれていない。その人間たちは、必ず家族を愛し、家族に愛され、何かを信じ、おだやかに死んでいったことになっている。

「なんだそりゃ」

と、ナオの親方ならば言うにちがいない。

「へえ。それはよかったね、まったく」

と、亀山さんなら、ばかにしたように感想を述べるだろうか。

「こわいな」

と、ナオならば言っただろう。

けれど、そらぞらしいそのような死亡広告欄を読んでいるうちに、私の心はたいそう落ち着いてくるのだ。個性というものがほとんど感じられないそれらの文章からは、それらの人間個人がほんとうのところどうあったのかということは、ほとんど想像することができない。それがいっそのこと、平穏なのだ。

「ナオは、死亡広告欄に、自分のことを書いてほしい？」

ナオトに、聞いてみた。

「うん、ほしい」

意外な答えをナオトはした。

「どんなふうに？」

「すっごく立派な人だった、って」

「本気？」

「うん、もちろん」

ナオトは、野望を持っているのだという。どんな野望なのかを聞くと、彼はいつもにこやかに、

「音楽で、人を救うこと」

と答える。音楽で、人が救えるんだ。私が笑うと、ナオトは驚く。

「ラモーナは、音楽によって救われたことは、ないの？」

「ない」

「そりゃ、不幸だね」

ナオトのこういうもの言いは、ナオには決してなかったものだ。ナオは、いつも迷っていた。自問自答していた。そして、自分を肯定しきれずに、ふるえていた。そのふるえかたが、

私は好きだった。

　でも、ナオのことを好きだったのは、マリだ。今の私、ラモーナは、マリの気持ちを遠く思うことはできても、熱くよみがえらせることはできない。ナオのことは、今も好きだ、けれど、ナオトのこの軽薄とも感じられる自信過剰も、悪くない。


　ナオトと香川さんは、ときおり喧嘩をするようになった。香川さんの英語の力が、喧嘩できるほどに進歩したことを心中で祝いながら、私は二人の喧嘩に耳をすませる。

「ナオは、どうしてそんなにポジティブなの」

　香川さんは、ため息をつく。

「ポジティブなのは、いいことでしょう」

「なんか、いらいらする」

「どうして」

「人間って、いったいそんなにポジティブになれるものなの、ほんとうのところ？」

「香川は、人間のことを、全部知りつくしてるわけ？」

「それは……」

「人間とは、こういうものだっていう決めつけは、くだらない」

「でも、音楽で人を救うなんて、傲慢すぎる」

「何が傲慢なの」

「人を救うっていうところが、傲慢」

「じゃあ、香川は人に救われたことは一回もないんだ」

そのあたりで、香川さんは黙ってしまう。救われる、という概念自体が、香川さんにとって違和感のあるものだということを、ナオトはわかっていない。そして、香川さんもうまく説明することができない。香川さんは、真面目で少しばかり狭量な人だなと、私は思う。言語は文化背景によってつくりだされるわけだから、表面上は同じ意味を持つ二つの言語があったとしても、それらの言葉の意味は、必ずわずかなずれを持つ。そのずれについて追究するのは、非常に困難なことだ。たいがいの場合、その文化の中でマイナーな立場の者は、目をつぶっていったん判断を停止し、違和感のある言葉の中を、ゆらゆらと適当に泳いでゆく。

でも、香川さんは、違和感のある時には、いつも違和感を口にしつづけるのだった。

「ねえ、人を救うって、簡単なことなの、ナオにとっては？」

香川さんは聞く。

「簡単じゃないけれど、可能なことだよ」

「たとえば、今までナオは、どんなふうに人を救ったことがあるの？」

「僕が演奏した音楽を聴いて、友人が失意からたちなおった」

「それ、ほんとなの？」

「だって、彼はそう言っていた」

「おせじじゃなく？」

「なぜおせじを言う必要があるの」

香川さんは、考えこんでしまった。そうなのかなあ。そういうことも、あるのかなあ。日本語で、つぶやいている。そういうことも、あるんだよ。日本語で、ナオトが答える。へんな人たち。私は思い、料理をするためにキッチンへと移動する。


私は、料理が好きである。

ハルカにも、春眠にも、文夫にも、マリにもなかった特質だ。そもそも、今までに私が経てきた者たちには、食べるということへの関心が、ほとんどなかった。春眠のように、女たちとの関係をつくることに非常に意欲的である、あるいは、文夫のように、自分自身を追究することに積極的である、あるいは、マリのように、愛について感じることを希求する、など、何かとの関係性を吟味することに関しては大いに時間を割いていたが、おいしいものを食べて喜んだり、本を読んで愉（たの）しんだり、映画を見ることを慈（いつく）しんだり、ということに関しては、ほとんど時間を割こうとはしなかった。

私は、世界における自分の位置を確かめることよりも、自分そのものを慰撫することが好きだ。食べることは、つまり自分を慰撫することである。と、私は思っている。香川さんやナオトは、どう思っているのか、知らないが。

「ラモーナのつくる料理は、おいしいなあ」

ナオトは、単純に言う。

「わたしにも、教えて」

香川さんは言う。が、私と一緒にキッチンに立つことはほとんどない。

私は幾種類もの香辛料をそろえている。かたまりの肉を買ってきて、まず岩塩をまぶす。何日か冷蔵庫に放置し、そののち、どんな香辛料でローストするかを考える。ローズマリーやセージ、タイムと共に焼き、軽いソースで食べるのが私はいちばん好きだが、たまに醤油や味噌で味をつけて日本風に味わうこともある。

野菜は、生でかじる。カリフラワーやブロッコリの房を切りわけ、焼いた肉と一緒にかじる時、私の体は大いに喜ぶ。

「ゆでた方が、おいしいのに」

香川さんは、カリフラワーを食べている私を、怪しげに眺めやる。

香川さんは、インスタントラーメンが大好きだ。たくさんの野菜と、少しの肉を入れ、大きな鉢によそって一人で食べる。ナオトは、たいがい外食だ。たまに食事に誘うと、ナオトはワインを買ってきてくれる。安いワインだけれど、二人で飲んだり食べたりしていると、一人で食べている時よりもおいしく感じられる。

「香川さんも、一緒に食べよう」

ときどき私は誘うのだけれど、香川さんはほとんど応じない。

「だって、ごちそうになったら、お礼しなきゃならないもの」

「そんなの、必要ないよ」

トロントに来たばかりのころ、香港から来た女の子に連れられて行った中華料理店で会ったおばあさんのことを、私は思いだす。おばあさんは、「面倒をみたり、みられたり」することを望んでいた。あの時、面倒をみたりみられたりすることを避けようとする私を、おばあさんは憐れんだのだった。私よりもさらに、面倒をみたりみられたりすることに過敏な香川さんに会ったなら、おばあさんは何と言うだろうか。

カナダは寒くて、きらい。

いつからか、香川さんはしばしばそう口にするようになった。

たしかにトロントの冬は寒い。ドミトリーで会った北欧の女の人でさえ、カナダは寒いと言っていたくらいだから。

でも、香川さんが寒いと言いはじめたのは、夏だった。日本の夏ほどではないが、三十度くらいになることもあったし、そのうえ、寒いと言いながら、香川さんはしっかりとエアコンはつけていた。

「寒いんなら、そんなタンクトップなんか着ずに、長袖のシャツを着ればいいじゃないか」

ナオトが、また単純な助言をする。

寒いのは、たぶん香川さんの心なんだよ。と、私は思ったけれど、ナオトには言わなかった。ふうん、そんなら心にも厚着をすればいいじゃないか。きっとナオトは、そんなふうに香川さんに言い、ますます香川さんをいらいらさせるにちがいなかったから。ナオトのこういうところが、私にとっては楽なのだけれど、香川さんにとっては、そうではない。

香川さんが通っていたのは、私が教えている語学学校ではなかった。最初は、トロントの中心のあたりにある学校に行っていたのだけれど、お金を払いこむ最短の単位である二ヶ月が過ぎると、すぐに違う学校に移った。

「カリキュラムが、わたしには合わないみたい」

香川さんは、言い訳のような調子で、報告した。誰も、責めてなんていないのに。

次の学校も、香川さんはすぐにやめてしまい、そのあとはもう学校には通わなくなった。カナダは寒くて、きらい、と香川さんがしばしば口にするようになったのは、そのころからだ。

やがて香川さんは、朝起きてこなくなった。たぶん夕方まで眠っていて、ようやく部屋から出てくるのは、真夜中近くなってからだ。私もナオトも、夜の十二時少し前には眠るから、私たちと香川さんの生活は、入れ違いになった。

ナオトがフルート——大学で、ナオトはフルートを専攻している。けれど、吹くのはフルートだけではない。リコーダーも吹くし、たまにはクラリネット、さらに稀には、尺八も吹いているみたいだ。木管楽器が好きなんだよ、と、ナオトは嬉しそうに言う——の練習をしていると、香川さんは時おり、

「うるさいなあ」

と言うようになった。

「ナオト、音楽で香川さんを救えてないよ」

と、私が言うと、ナオトは頭をかきながら、

「力が足りないね」

と笑う。

夜明けがた、香川さんはポテトチップスをかじりながら、あるいはラーメンの空の鉢をすぐ横に置いて、テレビの二十四時間放送の通信販売番組をぼんやりと見ている。キャスターが早口で喋っている画面を、放心した表情で眺めている香川さんのことが、私は少なからず心配だった。

「ねえ、週末にピクニックに行かない？」

秋も深まってきたある日、私は香川さんを誘ってみた。

「ピクニック？　寒いから、いや」

「じゃあ、ナオに車を運転してもらおう」

「え、車、ないよ」

傍(はた)で聞いていたナオトは、自分の名前が突然出てきたことにびっくりしたような顔をしながら、そう言った。

「学校の知り合いに借りる」

「僕、運転下手だよ」

「大丈夫、ゆっくり走ればいいよ」

香川さんは、浮かない顔をしていたが、私はてきぱきとピクニックの段取りを決めていった。出発は、午前十時。ナオはもう一人男の子を誘うこと。お弁当は、私がつくるから、香川さんはおいしいコーヒーを魔法瓶に淹れておくこと。ナオは、そのほかの飲み物を調達しておくこと。

香川さんのお化粧が、そういえば、日本ふうではなくなっている。というか、香川さんはほとんどお化粧をしなくなっていた。

週末は、よく晴れていた。そして、寒かった。

「ちゃんと厚着してるな」

真冬の装備をしている香川さんを見て、ナオトは笑った。

「それに、メイクもしてる。きれいだよ、今日は」

「いつもはきれいじゃないってことね」

香川さんは、ぼそぼそと言い返した。内にこもった憎まれ口のようだけれど、このところの香川さんとしては、かなり活発である。

ナオトは、おぼつかない手つきでハンドルを握った。ピックアップする予定であるナオトの大学の友だちのアパートの場所を、なかなか私たちは見つけられなかった。車はおんぼろで、ナビゲーションの機能もついていない。助手席に座った香川さんが、地図をじっと見つめながら、何回も見当違いの道案内をした。まちがったアパートに着くたびに、ナオトは大笑いした。最初はしかめっ面をしていた香川さんも、そのうちに一緒に笑うようになった。

ナオトの友だちは、デンマーク育ちの、ルイという中国人だった。大学での専攻は、オーボエ。

「ぼくは歌うのも大好きなんだ」

ルイは、後部座席の私の隣に乗りこんでしばらくしてから、みんなに向かってそう言った。

ルイの声は、きれいなテノールだった。

少し郊外まで走ったところで、私たちは外に出た。香川さんは、さかんに寒がっている。

「走ろう」

ナオトは言い、ルイの背中をどやしつけるや、全速力で走りだした。ルイが大声をあげ、ナオトを追いかける。香川さんは、走ってゆく二人を、寒そうに見ていた。

「私たちも、走る？」

「走らない。若いね、あの子たち」

だるそうに香川さんは言い、魔法瓶のふたを開けた。紙コップにコーヒーをつぎ、私に手渡してくれる。

「おいしい」

私が言うと、香川さんは、かすかにほほえんだ。

「おいしいでしょ。わたし、カフェでバイトしてたことがあるの」

「日本で？」

「うん。カフェっていうよりも、喫茶店」

喫茶店、という言葉を、香川さんは日本語で言った。喫茶店、と、私も言ってみる。日本語の響きは、風みたいだなと、なんとなく思った。乾いていて、遠くで吹いている風みたい。

「日本に帰りたいの？」

「ううん」

香川さんは首をふった。

「日本で、何かいやなことがあったの？」

しばらく、香川さんは黙っていた。それから、日本語で小さくこう言った。

「会社で、排斥された。その前は学校でも」

「排斥」

日本語としても硬い表現のその単語を、私もまた日本語で繰り返して言ってみる。いくら力をこめて割ろうとしても決して割れない、こぶしくらいの大きさの固いもの、のようなものを連想させる響きだ。

「訴えなかったの？」

「そういう気力がなかった」

「今になって、いろいろ後悔してるの？」

「そうかもしれない。だから、ポジティブなナオを見てると、自分にいらいらする」

「ああ、それは私も時々そうだから、香川さんだけというわけじゃない」

「ナオは、ほんとにポジティブなのかな」

「さあね」

香川さんは、トランクから古い毛布と、私がつくったお弁当の入ったぼろいバスケット――借りているフラットの、キッチンの棚の奥で発見したもので、ネズミがかじったのか、籐の編み目がところどころ大きく破れている――と、ナオトが調達したビールの缶一ダースを取りだした。

「ビールは、寒い」

震える身ぶりをしながら、香川さんは文句を言った。

「冷やしてないから、飲んでも寒くないよ」

「冷やしてないビールは、おいしくない」

「私は、冷やしてないビールが好きだな」

古い毛布を草の上に広げ、香川さんは寝そべった。薄い日が、香川さんの体ぜんたいに差している。

「何かが鳴いてる」

「鳥だ」

「あと、誰かが歌ってる」

遥か遠くで、ナオトとルイが歌っていた。ナオトの姿もルイの姿も、点のように小さい。

「広いね、ここ」

「うん」

「誰もいないね」

「うん」

「生きてるのは、つらいね」

香川さんのその言葉には、私は答えなかった。生きていることがつらいとは、ラモーナである私は思っていなかったから。マリになったばかりのころのマリは、またナオが死んだ後のマリは、たしかにそれぞれの意味において生きていることがつらかったけれど。

姿は遠いのに、ナオトとルイのコーラスは、よく響いた。鷺（さぎ）のような鳥が、ばたばたと飛びまわっていた。香川さんは、目を細めて鳥を見ている。

「お弁当、食べる？」

「何つくったの」

「サンドイッチと、ローストチキンと、サラダ」

「眠い」

午後二時近くになっている。いつもは夕方に起きる香川さんにとって、今日はほとんど徹夜をしているのと同じ状態なのだろう。バスケットからサンドイッチの包みを取りだし、香川さんは一口かじった。

「ぱさぱさしてるね」

「おいしくない？」

「おいしい」

そう答えながらも、あまりおいしくなさそうに、香川さんはサンドイッチを食べた。ちゃんと、残さずに。ナオトとルイが戻ってきた。はしゃいでいる。ものすごい勢いでサンドイッチとローストチキンとサラダを消費し終えると、ナオトとルイはまた歌いはじめた。近くで聞くと、迫力がある。でも、香川さんはその大音声の中で、すやすやと眠っていた。

「風邪ひくよ」

そう言って、ルイは車の中からダウンジャケットを出してきて、香川さんにかけた。香川さんは、うなった。それから、少し歯ぎしりをした。

「ラモーナは、ボーイフレンドはいるの？」

ルイは聞いた。

「いない」

「ぼくと今度、デートしようよ」

「うん」

「どこに行く？」

「港に行きたい」

「じゃあ、次の週末に」

いつの間にか香川さんが目を開けて、会話する私とルイをじっと見つめていた。

「いいな、若い人たちは」

香川さんがつぶやく。

「香川さんも、若いよ」

ナオトが言うと、香川さんは顔をしかめて言った。

「若くない」

「若いのは、そんなにいいことなの？」

面白そうに、ナオトは聞き返した。

私は、早く年とりたいな。そう言うと、香川さんは少し驚いたように、私の顔をまたじっと見た。

「どうして?」

「経験を、つみたい」

「経験なんて、そんないいものじゃない」

「でも、つみたい」

だんだん寒くなってきたので、荷物を片づけて帰路についた。帰りはルイが運転した。ルイは運転しながらずっと鼻うたをうたっていた。助手席にはナオトが座り、香川さんと同じくらいでたらめな道案内をした。私と香川さんは後部座席に座り、香川さんはずっと窓の外を眺めていた。

香川さんが自殺未遂をしたのは、翌週の週末だった。ルイと港でデートをしてきて、帰ってきた私がバスルームに行ったら、香川さんが手首を切っていたのだ。

バスルームの床が、真っ赤に染まっていた。目をつぶった香川さんの顔は、青ざめていた。ナオが死んだ時の顔が、急にはっきりとうかんできた。横たわったナオが病室から移されていった霊安室は、とても寒かった。香川さんがずっと「寒い」と言っていたのは、あの霊安室の寒さと同じものを感じていたからだろうか。

救急車を呼び、病院へ香川さんを運んだ。香川さんの傷は、浅かった。入院の必要もなかった。日本に帰るの？　意識を取り戻した香川さんに、私は優しい声で聞いた。優しい声は、優しい気持ちとは無関係に出すことができる。私はたしかに、何かに対して怒りを感じていたのだ。香川さんに対してではない。では、何に？

香川さんは、首を横にふった。それから、ごめんなさい、とつぶやいた。

香川さんが自殺未遂（という言葉よりも、自傷、という言葉のほうがふさわしい行為だと思うのだけれど）をおこなって以来、私には一つの変化が起こった。

痛いのだ。

心が痛い、だの、何かを思いだして気持ちの一部が痛む、ということではない。物理的に、肋骨（ろっこつ）のあたりが痛む。

最初は、なぜ痛いのだろうと、不思議に思った。胃が調子悪いのだろうか。単純に疑った。次には、筋肉痛かとも思った。けれど、消化活動は順調におこなわれているようだったし、筋肉痛を起こすような運動をおこなったおぼえもなかった。

痛みは、いつも突然にやってくる。肋骨のあたり、と言ったろうか。正確には、おそらく肋骨と筋肉の隙間が、痛むのだ。

その痛みが最初にやってきたのは、香川さんが病院から帰ってきた翌日だった。

誰かに呼ばれたような気がして、私は目をさました。時計を確かめると、午前三時だった。痛かった。なぜ痛いのだろうかと、いぶかしんだ。

耳をすましたけれど、何の音も聞こえなかった。夢の中で、何かを聞いたのかもしれないとも思ったが、ラモーナになって以来、夢というものをみたことはなかった。いや、よく考えてみると、以前も夢をみることは、ごく稀だった。

「君自身が、夢の中の登場人物のようなものだからね」

と、蔵医師ならば言ったかもしれない。

珍しく蔵医師のことを思いだしたのは、香川さんと一緒に病院に行ったからだろう。でも、蔵医師のいた病院と、トロントの病院は、ずいぶん違っていた。蔵医師のいた病院は、たくさんの病人の気配に満ちていた。いつもどこかで機械の音がしていた。病院特有の匂いもあった。かなしみやよろこびの匂いが、かすかに感じられた。

トロントの病院は、清潔で無機的で人の気配がほとんどなかった。壁には、渓谷と湖とカモメの絵が描かれていた。その絵も、無機的だった。廊下には患者は誰もおらず、ただ男が一人で掃除をしていた。病院のネックストラップをさげ、彼は黙々とモップを使っていた。

人の気配が感じられないのは、診察時間が終わっていたからかもしれない。

午前三時に目をさました私は、痛みのために体をおりまげたまま、いそいで起き上がり、部屋を出た。香川さんの部屋からは、何の音も聞こえなかった。でも、私はかまわず彼女の部屋のドアをノックしてみた。瞬間、少しだけ、痛みが軽くなった。きぬずれの音がし、香川さんがドアを開いた。目が、腫れていた。

「泣いていたの？」

聞いた。

「うん、ちょっと。自分がいやになっちゃって。それから、病院のお金が高かったから」

後のほうの、即物的な理由に、私は一瞬笑いそうになった。たしかに、病院の支払いは高額だった。日本で健康保険がきいている時とは、大違いの金額である。

「お金、ないの？」

「うん、あと少しで日本に帰らなきゃならないかも」

「働いたら？」

「でも、学校も行ってないのに」

「なぜ学校に行かないの？」

「お金がなくなってきたから」

堂々巡りのような問答になってしまった。ときどき、肋骨のあたりが、ざらりと痛んだ。この時はまだ、何が私の痛みを引き起こしているのかということに、気がついていなかった。

「お皿洗いとかでいいじゃない、ともかく働いたほうがいい」

香川さんは、暗澹（あんたん）たる顔をした。また肋骨が痛んだ。

「自信がない」

「大丈夫。心当たりがあるから、明日の朝、話そう」

肋骨の痛みが、少し軽くなった。香川さんの顔が、少しあかるくなっている。もしかすると、痛みは香川さんの何かに関係しているのかもしれないと、この時、少しだけ、私は感じた。

香川さんは、チャイナタウンのレストランで働きはじめた。以前にドミトリーで会った香港の女の子の親戚の経営している店だ。

肋骨のあたりの痛みが、おそらく香川さんが悲しんでいる時に起こるということに、私はじきに気がついた。香川さんが働いている午後と、夕方から夜にかけての時間、私の肋骨は痛まない。ちょうど私も語学学校で働いている時間だ。

反対に、いちばん痛むのは、朝だった。それは、香川さんの夢の中から始まる。香川さんは、たくさんの夢をみるらしかった。夢の中で、香川さんは泣いている。私の肋骨のあたりが、きしむ。朝の六時過ぎ、痛みで目覚めた私は、香川さんのドアをノックする。香川さんは眠っている。眠りながら、小さなうめき声をたてていることもあるし、涙を流していることもあるし、夢などみていないかのような穏やかな顔で目をつぶっていることもある。

けれど、どの時も、香川さんは悲しい夢をみているのである。私は、そっと香川さんを揺り起こす。香川さんは目を開ける。そして、次の瞬間、暗澹たる表情になる。

暗い顔、というものを、私はこの時はじめて見たような気がする。もちろん、私はたくさんの人間の顔を見てきた。ナオが死んだ時のマリの顔にうかんでいた絶望を、私はよく知っている。でも、香川さんのこの暗さは、マリの絶望とは、また種類のちがう表情だった。

どこかに引きずりこまれてゆきそうな表情。

ナオトは、香川さんのこの表情を、のちにそう表現した。

香川さんがこの表情になる心理状態、すなわち「悲しい」時に、私の肋骨は痛むのである。

「どんな夢をみていたの」

私が聞くと、香川さんはうなだれる。

「ひまわりが」

「ひまわり？」

「机の上に、ひまわりがあるの」

「鉢で育てているの？」

「ううん、切り花のひまわり」

「ずいぶん大きいものを飾ってるのね」

「小型に品種改良したひまわり」

ひまわりは、緑色のガラスの花瓶にさされている。机の上には、ほかに銀色のボウルが置いてあり、中に小さなリンゴが何個も入っている。リンゴの中には一つ、かじりかけのものがあって、ぎざぎざした断面が、茶色く変色している。

「リンゴを食べたのは、誰？」

「たぶん、もう死んじゃったひと」

「死んだひと？」

「父か、祖父」

「二人は、いつ死んだの」

「わたしが小さい時。二人一緒に、事故で」

香川さんは、二人の顔をうっすらとしか覚えていない。写真の中の父親と祖父は、いやにひらべったくて、ちっとも自分の血筋につらなるひとには思えないのだと、香川さんは言う。

「二人が死んだのが悲しくて、泣いているの？」

「ううん、ちがう。死んだひとがかじったリンゴの断面が茶色いことが悲しくて、泣いているの」

香川さんの言っていることが、私にはよくわからなかった。

「わたしにも、よくわからない」

香川さんも首をかしげる。

「二人の夢をみたから、香川さんも死のうとしたの？」

「ううん、ちがう。二人の夢は、手首を切ったあとにみるようになった」

かじりかけのリンゴの断面が茶色いのも、死んだ人が戻ってきているのも、悲しくてしかたないのだと、香川さんは言う。やはりよくわからない。

話しているうちに、肋骨のあたりの痛みは引いてゆく。香川さんから悲しみが去っていったのだ。私はほっとして、自分の部屋に戻る。ときおり、肋骨が、きし、と痛む。また香川さんが悲しくなっているのだろう。

「近くにいる人の悲しみで、体が痛むことって、ナオはある？」

私は聞いてみた。

「ない」

即座に答えがきた。

「ラモーナは、そういう経験があるの？」

「うん、香川さんが悲しむと、肋骨のへんが痛くなる」

「すごい共感力だね」

ナオトは驚いた。

「共感力」

ナオトの言葉に、今度は反対に私が驚く。

「誰でもない者」である自分には、もともと人間に共感する能力が、ほとんどなかった。ハルカだったころ、私はただ行き過ぎる景色を見るようにしか、ひとを見ていなかった。春眠だったころは、女の子とセックスをすることに邁進するあまり、せっかく近くに女の子たちが来てくれているにもかかわらず、その女の子たちの心もちを考えるということをしていなかった。山中文夫だった時には、自分の気持ちだけに埋没するあまり、これもせっかくまわりに一緒に働いているひとたちがいたのを、ほとんどかえりみることがなかった。マリになってから、ナオと一緒に暮らしていたころには、いちばん共感ということについて考えていたかもしれない。

マリは、ナオに共感したかったのだ。ナオの感じていることを自分も感じたかった。ナオのよろこびを、マリも一緒によろこびたかったし、ナオのかなしみをマリも一緒にかなしみたかった。

でも、ナオがそれをこばんだ。

はっきりとこばまれたわけではない。でも、ナオはなぜだかマリに自分の気持ちを預けるということをためらうことが多かったのだ。

今ならば、その理由が少しわかる。

マリの中には、よろこびもかなしみも、もともとほとんどなかったのだ。からっぽ。と、ナオはそのことを形容した。からっぽの器に、自分のよろこびやかなしみを注ぐことを、ナオはためらったのだ。自分が注ぐばかりの関係は、少しだけ、つらい。そして、少しだけ、申し訳ない。そんなふうに、ナオは感じていたのではないだろうか。

今ラモーナである私は、共感したくもない香川さんに共感している。

いったいこれは、何？

半分怒りながら、私は思う。

香川さんは、少しずつ悲しまなくなっていった。なぜなら、肋骨が痛むのがいやで、私がいくつもの行動を起こしたからだ。

香川さんが悲しみに沈むのは、暇だからだと、まず私は考えた。暇、という言葉が暢気(のんき)すぎるとしたら、「悲しみに沈む時間があるから」と言い換えてもいい。同じことだけれど。

香川さんを暇にするな！

それが、私と私の肋骨との間の合い言葉となった。

私は香川さんが起きる少し前に起きだし、キッチンでできるだけ匂いのたつ朝食をつくる。まずは、挽き立ての、香ばしく淹れたコーヒー。次に厚切りのベーコンをじゅうじゅう炒めて、油の匂いをしっかりとただよわせる。果物の匂いは繊細だけれど、柑橘類ならば果物の中でも比較的よく匂うので、オレンジを毎朝ナイフで四つ割にする。

音も重要だ。フライパンに油をひいて熱くしたのちに何かを炒める、じゃっ、という音。シンクでお皿を洗う水音。ぱたぱたと歩きまわる足音。

香川さんは、夢をみなくなった。あるいは、夢はみているけれど、あの悲しい夢をみなくなったのかもしれない。朝、私の肋骨は痛まなくなった。ぼんやりした顔で私のつくった朝食を食べながら、香川さんは次第に目を覚ましてゆく。

午前中には、一緒に散歩に出る。朝市がたっている日には、荷物持ちのためにと誘って、たくさんの果物や、つるして売っている肉塊、焼きたてのパンを買いにゆく。朝市のない日にも、スーパーマーケットに行き、ひんやりした店内をうろつく。帰り道に遠回りして、小さな公園に寄る。鳥に餌をやっているおじいさんを、二人してじっと見つめる。

午前中が終わると、香川さんも私も働きにでかける。働いている合間にとる昼食のために、その前に二人でサンドイッチをつくる。香川さんは、ピーナツバターをはさんだものと、トマトと目玉焼きをはさんだもの。私は、ベーコンレタストマトサンド。子どもが使うようなランチボックスを、おそろいで買った。ときどきは、ランチボックスを交換してみる。

夜は、香川さんが眠くなるまで一緒にラジオを聴く。

「英語が早口で、テレビよりもききとるのが難しい」

と、最初香川さんはぶつぶつ言っていたが、だんだん静かに聴くようになった。香川さんにとってなつかしい音楽がかかると、香川さんは目をつぶって体を揺する。フルートの曲がかかると、ナオトが部屋から出てくる。

「このフルート、あんまり好きじゃない」

ナオトは、文句ばかり言う。

ナオトが出てくると、香川さんはナオトにミントティーをいれてあげる。夜にコーヒーを飲むと眠れなくなるとナオトが言うので。

「ラモーナは、まるで香川さんのお母さんだね」

ナオトが言う。

「ちょっと違うな」

私が返すと、香川さんはうなずく。

「うん。ラモーナは、わたしの看護人なの」

「ボランティアの看護人か」

「まあ、そんなところ」

肋骨のあたりの痛みは、それでもときどき突然やってくる。一緒に散歩している時にも、くつろいでナオトと三人でテーブルを囲みながらラジオを聴いている時にも、香川さんが笑っている時にも。

香川さんは、ふたたび薄くお化粧をするようになっていた。そして、私は次第に疲れてきていた。

ワーホリの期限が切れるまでにはまだ間があったけれど、私は一度日本に帰ることにした。肋骨の痛みについての心配もあったし——香川さんの悲しみに対応してあらわれる痛みだと、たいがいのところは思っていたけれど、もしかすると何かの病気だという可能性もあるし——久しぶりに蔵医師を訪ねようと思ったのだ。

まだあの病院は、あるのだろうか。

ネットで、調べてみた。病院の名前がうまく思い出せなかったので、調べるのに少し苦労した。いや、病院の名前を、そもそも私は知らなかったのだ。場所も、うろ覚えだった。それらしき病院がみつかったので、私は香川さんとナオトに帰国のことをきりだした。

「えっ、いなくなっちゃうの？」

香川さんはひどく心細そうな顔になった。でも、こういう時には私の肋骨のあたりは痛まない。香川さんは悲しんでいるのではなく、ただびっくりして何かを求めようとしているだけだから。

「いつ帰ってくるの」

と聞いたのは、ナオトだ。

「たぶん、一ヶ月くらいで」

「家賃、払ってくれよ」

「うん、わかってる」

ナオトはさっぱりしていた。香川さんも、予想よりもずっとあっさりしていた。私は少しばかり腹がたった。香川さんのために痛みがくるのに、そして香川さんが悲しまないようこれだけ心をくだいているのに、なぜそんなに平気なのか。

「淋しくないの？」

香川さんに聞いてみた。

「だって、淋しがると、ラモーナに悪いもの」

「ラモーナ、ほんものの日本の母親みたいになってるよ。過保護っていうんだよ、そういうの」

ナオトが笑った。

なるほど、たしかに私は、香川さんに対して過保護になっているのかもしれない。とすると、日本の母親たちは、子どもに対する共感力が、ものすごく強いのだろうか？

「香川さん、私がいなくなっても、あんまり悲しくならないでね」

「そういえば、どうして香川さんは自殺しようとしたの？」

ナオトが、ずけずけと聞いた。私は、思わず肋骨のあたりを手でかばった。でも、痛みはこなかった。

「自分は生きている価値がないんだと思った。あと、この先、生きていくのが面倒になった」

香川さんは、すいすい答えた。答えかたがなめらかすぎて、なんだかあやしい。

「今は、生きていく価値は、あるようになったの？」

ナオトが、また直截に聞く。

「少しは。だって、お皿洗いが、わたし、上手なんだもん」

「今まで、その程度の価値も、自分に見いだしていなかったの？」

「うん」

「なぜ？」

「そういうふうに育ってきちゃったの。あと、イジメを受けた。イジメって、ものすごい力があるよ」

「ふーん、なるほどね」

ナオトは感心している。感心するところでもなかろうに、そこがナオトというものだ。

日本に帰る日の朝、また肋骨のあたりが痛んだ。香川さんは、私としばらく離れるのがやはり悲しいのだ。痛かったけれど、そこはかとなく、嬉しかった。


「何年ぶり？　え、十五年以上？　蔵先生は、個人クリニックを開いたのよ。で、あなた、ほんとうに丹羽ハルカだった者なの？」

水沢看護師は、矢継ぎ早に質問した。肋骨の痛みの原因が知りたくて来ました、と水沢看護師に言うと、水沢看護師は、ふん、と鼻を鳴らした。

「そんなの、この病院じゃなくても検査できるでしょう。さんざん心配させたあげく、そんなスタイルのいい女の姿であらわれて、肋骨の痛みがなんですって？」

憎々しげに言う。でも、少し笑っている。

「ま、それほど心配はしていなかったけれどね。ただ、あなたのような症例が、あのあとまったく出てこなくなったから、蔵先生は惜しがってたわよ。あそこ、メンタルクリニックだけど、行ってみる？　肋骨の痛みの原因がわかるかどうかは、心もとないけど」

水沢看護師は、顔に皺ができ、髪のつやもわずかになくなり、いくらか体重が増えているようだったけれど、あとはほとんど変わっていない。

「笹竹の占い師は、元気ですか？」

「死んだわよ」

「いつ」

「先々月。亀山も、調子悪いのよ」

マリでなくなる前に、亀山さんには一回会っていた。その時には、弱っている様子はなかった。

「病気だったのよ、ちょっと前から」

亀山さんと水沢看護師が、それほど親しいとは知らなかった。

「この病院にかかっているからね」

「亀山さん、身内の人とか、いるんですか？」

「いないから、手術の時は、あたしがいろいろ処理した」

「処理」

水沢看護師らしい、屈折した言いかただ。でも水沢看護師のことだから、きっと懇切に手を尽くしたにちがいない。

「まだ入院してるんですか？」

「あら、お見舞いになんて、行くの、あなたが？」

「はい。亀山さんにはお世話になったので」

「あたしと蔵先生には、お世話にならなかったの？」

「なりました」

言われほうだいである。でも、この調子が私はなつかしかった。ハルカや春眠や山中文夫やマリにかんする記憶はうすぼんやりとしかないのに、水沢看護師や蔵医師にかんする記憶は、今も私の中ではっきりとしている。

「で、その姿になる前は、マリだったの？　それとも、間にまだ何人もはさまってたの？」

「マリでした。まだ、五人の者にしか、なってません」

「じゅうぶんだと思うけどね」

水沢看護師は、肩をすくめ、はは、と低く笑った。

「蔵先生のところに行ってみます」

住所と電話番号を、水沢看護師は書いてくれた。それから、はきはきと聞いた。

「あなたは、いつか死ぬの？　それとも、ずっと死なないの？」


蔵医師は、香川さんの夢について、興味を示した。

「死んだお父さんやお祖父ちゃんがかじったリンゴの断面が茶色いのが悲しいって、なんだか、詩人みたいだね」

蔵医師も、あまり変わっていない。私の肋骨の痛みのことなど、ほとんど無視して、香川さんにかんする質問ばかりする。

「で、ノートはまだつけてる？」

「ノート？」

「日記だよ」

そういえば、病院にいたころ、まだマリになる前、私は日記をつけていた。

「前に書いた日記、どこにあるんだろう」

「ぼくが持ってるよ」

「先生が？」

「外国の人間になっているくせに、日本語、上手だね」

「いえ、私は日本人ですから」

ほんとうは、香川さんとたくさん話すようになってから、私の日本語は上達したのだ。肋骨が痛むようになってから、香川さんとは極力日本語で喋るようにつとめていた。

「日本語で考えると、楽なの。でも、日本語で考えていると、どんどん悲しくなってくるの」

香川さんは言っていた。不思議なことを言うと感じたが、わかるような気もした。日本語で考える時、私は以前よりもマリやハルカや春眠や山中文夫のことをはっきりと思いだす。かれらは、日本語で喋り、日本語で何かを感じていたから。

「英語、喋ってみてよ」

蔵医師が言った。私はまた、前にトロントで読んだ死亡記事の内容を喋った。でも、途中から、その死亡記事は違うものになっていった。八十二歳で亡くなった男性は、よき伴侶でよき父親でよき隣人でよき働き手だったはずなのに、男性のそのような外郭ではなく細部がどんどんあふれてきてしまうのだ。

「彼は、ひまわりを栽培していました。観賞用の小さなひまわりを品種改良し、市場に流通させました。彼の家の食卓には、いつもそのひまわりが飾られていました。冬でも温室でひまわりは栽培されているのです。でも彼は本当は、ひまわりがあまり好きではなかったのです。ひまわりを栽培することにも、妻と暮らすことにも、子どもたちを育てることにも、よき隣人であることにも、彼は倦んでいたのです。遠くに行きたいと、彼は切望していました。けれど、遠くに行くことはかなわない。だから彼は、自分に罰を与えるような気持ちで、必ず毎朝一本のひまわりを畑から切ってきて、食卓に飾ったのです。緑色のガラスの花瓶に。そしてある日、彼は息子と共に事故にあいました。死ぬ間際、彼はどんなに死にたくないと願ったことでしょう。それでも、ひまわりを栽培する毎日から逃れられたことにだけは、ほっとしていたのです。そのことを誰にも悟られずにすんだことに安堵しながら、彼は息をひきとりました」

「すごいな、英語、堪能だね」

蔵医師は、感心した。私はまた、肋骨のあたりが痛みはじめていた。物語は、いつの間にか香川さんのお父さんとお祖父さんの物語に変化してしまっていた。

「で、肋骨の痛みの原因は、何なんですか」

私は聞いた。

「原因は、不明だね。検査では何も異常はみつからない」

「それじゃあ、やっぱり私が香川さんに共感している時に痛むっていうことでしょうか」

「そういうことも、あるかもしれないねえ」

蔵医師は、気のはいらない調子で答えた。また少しだけ、肋骨のあたりが痛む。

「どうやったら、共感しなくなるんですか？」

「君が人間と類似の存在だとして、そもそも人間は、多かれ少なかれ他人と共感するものだしなあ？」

「でも、物理的に痛みを感じることは、普通はないでしょう？」

「いやいや、共感力の強い人間は、痛みに近いものを感じるみたいだよ」

「それって、苦しすぎます」

「うん、生きるのは、苦しいことなんだよ」

少しばかり軽薄な調子で、蔵医師は言った。肋骨のあたりが、きし、と痛んだ。もしかして、蔵医師は今、悲しんでいるのだろうか。こんな軽々しい表情をうかべながら。

「先生、今、悲しいんですか？」

「ちょっとね」

「なぜ」

「ぼくは、人の悲しみにつきあう職業だから、生きている苦しみ、なんていう言葉を口にすると、反射的にいろんな悲しみを思いだしちゃうんじゃないかな」

「それ、今すぐやめてください」

蔵医師は、笑った。笑いはじめると、痛みは去った。

「笑うと、体ってものは、ほどけていろいろ楽になるんだよ」

と、いつか夜逃げ屋の親方が怪しい自説を口にしていたけれど、もしかするとそれは正しいのかもしれない。

「君は今、誰かに共感する、っていうことを学んでいるのかもしれないね」

というのが、蔵医師の最終的な見立てだった。

「そんなこと、学びたくないです」

「じゃあ、学ばない者に、生まれかわったら？」

愉快そうに、蔵医師は言った。

「そういうの、自分では調節できないみたいです」

「ふうん、君のような存在の者でも、いろいろ不自由はあるんだね」

「先生、私のような存在は、この世界にたくさんいるんですか」

「ぼくは、君しか知らないよ」

いつかナオは、私のような存在を見たことがあると言っていた。私はその者たちに、会ってみたかった。いや、実のところ、近々会えるのではないかという予感があった。そして、その予感は、当たることとなる。

蔵医師を訪ねてから数日後、私は亀山さんを見舞った。

「あんた、誰？」

というのが、亀山さんの第一声で、そうだ、私はもうマリではなくラモーナなのだから、亀山さんにとって私はあかの他人であるわけで、亀山さんの第一声は、まったくもって正しい反応なのだった。とはいうものの、そっけなくも率直な言いかたがいかにも亀山さんらしくて、私は笑いだしそうになってしまった。

「マリの友だち」

と私が言っても、亀山さんは疑わしそうにしていた。

「マリは、いまどこにいるの」

「外国」

「外国！」

「カナダに、ちょっと」

「カナダって、ちょっと、で行けるようなところなわけかね、そりゃまた」

やはり、どうにも亀山さんそのものである反応が続き、私は今度はため息をつきたくなる。亀山さんは、亀山さんとして、じつに統一がとれている。突然違う人間性を示したり、亀山さんらしくないセンチメンタルなもの言いをしたりすることは、ほぼないにちがいない。

「で、マリは元気なの？」

「元気です。たぶん」

「たぶん、ねえ」

マリだった時の自分を、今までになく濃く思いだしてしまう。マリは、亀山さんが好きだったのだ。ナオが死んだあと、どんどん痩せてゆくマリのことを、亀山さんは保護してくれた。保護、という言葉は、まるで捨て猫に対するようなものだが、マリはあの時たしかに捨て猫のような存在だった。マリを飼ってくれていたナオが、突然いなくなってしまったのだから。

そうだ。ナオとの暮らしは、男と女の暮らしに似ていたけれど、ほんとうは違うものだった。マリはナオのところに居ついたのだ。気ままに出てゆき、気ままに帰っていった。ナオが可愛がってくれる時にはマリは進んで可愛がられていたし、ナオがあまり可愛がらない時には、そばで適当に過ごしていた。

「うん、マリは、ナオとはカップルじゃなかった」

　私は思わず、つぶやいた。

「夫婦っぽくは、なかったよね。マリは人間じゃないような子だったから」

　亀山さんのその言葉に、私はうなずいた。マリは、たしかに亀山さんの言葉どおり、人間ではないのだから。でも、亀山さんがそのことに気がついていようとは、思ってもみなかった。

「じゃあ私は、亀山さんにはどうみえる？」

　聞いてみる。

「あんたについて、あたしは何も知らないんだから、わかりっこないでしょ」

　亀山さんの声には力があった。まだ亀山さんは死なないなと感じた。ひとしきり病院の食事について亀山さんがその後愚痴るのを、私は適当にふんふんうなずいて聞いていた。


　その男がやってきたのは、亀山さんを訪ねた翌日だった。

　泊まっているビジネスホテルのフロントから、約束の人が来たと伝えてきたのだ。けれど、約束など、私には何もなかった。

「約束？」

「はい、三時のお約束だとおっしゃっています」

「今、その人、フロントに？」

「はい。こちらに今いらっしゃいます」

「名前は？」

「津田さんとおっしゃる男性です」

「でも、約束は、ないです」

「直接お話ししていただいても、いいでしょうか」

はい、と答えると、声が変わった。

「津田と言います。誰でもない者についてのお話があります」

え、と私は息をのむ。誰でもない者。なぜこの男は、そんなことを知っているのだろう。

十五分後に、私はフロントで津田と向き合っていた。津田は、三十がらみのごく平凡な顔だちの男だった。亀山さんなら、

「どこかの組織があんたのような存在を消すために、じゃなきゃ、利用するために、その男を派遣したんだよ、きっと」

などと言いそうであるが、つかまったらつかまったでそれもいいのではないかと、私は少し投げやりな気分だったのだ。肋骨の痛みは、日本に帰ってきてからのほうが頻繁になって

いた。香川さんの悲しみを感じている時のような強い痛みではなかったが、弱い痛みが、だらだらと続いている。知り合いではなくとも、近くに悲しみを感じている人がいると、たやすく痛むようになっているようなのである。

「あなたは、誰？」

私は聞いた。ホテルのフロントには、小さなソファーが一つしかなかったので、私たちは並んで座った。これはもしや、仲のいい男女がとる位置関係なのではないか。おかしな具合である。

津田はしばらく、黙っていた。それから、なんでもないことのように、単刀直入に言った。

「ぼくも、誰でもない者なんだ。そしてぼくは、誰でもない者がそばにいる時には、そいつがどこにいるのだか、はっきりとわかる」

私も、しばらく黙った。それから、やはり単刀直入に、聞いた。

「どうやって、わかる？」

「頭に、うかぶ」

「へえ」

「信じないのか？」

「……信じる。だって、私のこと、見つけたから。名前や年齢も、わかる？」

「いや、いる場所だけがわかるんだ」

「じゃあ、私が男か女かもわからずに、フロントに？」

「うん、何号室にいるかは、わかったから」

「このあたりに、ほかの、誰でもない者は、いる？」

「いない。めったに、いないんだ。三年ぶり、見つけたのは」

「津田さん、私、日本語より英語の方が、理解しやすいんです。英語、できます？」

「うん。前に、ドイツ人の姿をとっていた時があるから、ドイツ人の使うような英語なら、できる」

私たちは、近所のファミリーレストランに行くことにした。すぐさまドイツ語なまりの英語を喋りはじめた津田さんに驚いたのか、フロントの男性が、こちらをじっと見ている。私たちは、急いでホテルを後にした。

津田さんは、たんたんと自分のことを説明した。

この世にあらわれてから、五十年ほどたっていること。

ほとんど日本人の姿をとってきたこと。

ごくまれに、日本人以外になること。

ドイツ人の姿で過ごしたのは、五年間。あとは、アジア、アフリカ、南米などの土地の者の姿となっていくつかの国をてんてんとしたが、結局日本に戻ってきたこと。

今までに会った「誰でもない者」は、十数人。

知る限りでは、アジアに多い。

日本には、自分と私のほかに、あと二人いる。

違う者に変化しても、私と違って記憶はかなり濃く残っていること。

大病をしたことは一度もないが、日本で事故にあったことがあり、当時は保険証がなかったので、しかたなくひたすら寝て過ごし、折れた骨や損傷した筋肉や皮膚が回復するのを待ったこと。

事故にあった時に、ほかの者に変化すれば新しい健康な肉体に戻るかと思ったのだが、別の者に変化しても、損傷は回復せず同じ状態だったこと。

大病はしないが、風邪や腹くだしにはなること。

五年前から家族を持っていること。

家族を持ったのは、戸籍を偽造できたからであること。

今は、小さな旅行会社の営業職についていること。

私を見つけたのは、たまたまこのあたりに営業に来たからであること。

家族は、妻が一人。妻の年は二十八歳。一緒になって五年だけれど、子どもはできていないこと。

結局、自分が人間なのか人間ではないのか、いまだにわからないこと。

津田さんは、なつかしそうに私を見ている。

「きみは、どのくらい生きているの？」

「まだ二十年にはなっていない」

「自分と同じ種類の者と会うのは、はじめて？」

「ええ」

「さみしかったでしょう」

「さみしい？」

さみしい、という言葉の意味は、もちろん知っている。さみしさの実情についても、マリだった時にずいぶん知ったような気がする。でも、仲間がいなくてさみしい、という気持ちは、実のところ持ったことがなかった。

「どうしてぼくらのような者が、時おりこの世にあらわれるんだと思う？」

津田さんは、また単刀直入に聞いた。私がいちばん聞きたかったことを、反対に津田さんから訊ねられてしまった。

「わからない」

私も、率直に答えた。

「ぼくも、わからない。ずっと考えてる。でも、わからない。だから、生きてみている」

「日本に住むほかの二人とは、連絡はつく？」

「つく。でも、かれらは日本語しか喋らないよ」

「会ってみたい」

津田さんは、かれらにすぐに連絡をとってくれることになった。会う手はずがととのったら、またホテルに連絡をしてくれるという。

「楽しみにしていてね」

「楽しみにしていて、大丈夫？」

「たぶんね」

ファミリーレストランは、すいていた。所在なさそうなウエイターが、私たちのことをじろじろ見ていた。ドリンクバーだけではお腹がすいてきたので、ピザを追加注文して津田さんと半分分けした。津田さんと話している間は、肋骨のあたりはほとんど痛まなかった。ピザは、思いがけなくおいしかった。

津田さんと連れだってやってきた二人のうち、一人はだぶだぶしたズボンをはいた老女で、もう一人は小学生だった。

「孫とおばあちゃん、って感じでしょ。いや、ひいばあちゃんかな」

老婆のほうが、ほがらかに口をきった。

「ぼくが十歳見当、アルファが八十歳見当だから、ひいおばあちゃん、が妥当かな」

少年が言う。

「ぼくたち、名前では呼びあわないんです。すでにぼくはこの世にあらわれてから九十年、ぼくの場合は前の記憶をずっと鮮明に持っているので、いろんな名前がごちゃまぜになっちゃっていて、ちゃんと今の名前を認識できない場合があってね。ま、少しボケてきてるのかもしれないな。姿は小学生なんだけどね。だから、ぼくのことは、σって呼んで」

「シグマって、なんか少年マンガの悪役みたいで、照れない?」

老婆の方が、笑いながら言い、続けてこう言った。

「あたしは名前で呼びあってもべつにいいんだけど、でも、あたしはものすごくたびたび変化するから、まだ三十年しか生きてないけど、そのこま切れの変化に応じていちいち名前をつけるのが面倒なのよね。だからあたしのことは、αって呼んで」

老婆は、そう続けた。

「アルファ」

なんとなく圧倒されて、私はつぶやく。

「記号で呼びあうの、ぼくは嫌いなんだけどな」

と、遠慮深く言ったのは、津田さんである。

「それに、ぼくはギリシャには何の関係もないんだから、そのギリシャ文字も、やめてほしいんだけどなあ……」

「だから、あなたはκでいいからって、ずっと言ってるでしょ。カッパなら、日本語でもあるし」

老婆がつけつけと言う。

「シグマ、アルファ、カッパ」

おぼつかなく繰り返す私に、アルファ老婆は、にやりと笑いかけた。

「で、あなたはどうする？　あと、使えるのは、七つか八つくらいだと思ったけど」

「使える？」

そう聞くと、アルファ老婆は、

「カッパが見つけだした、誰でもない者全部に、いちおう、ギリシャ文字をふってるわけ。

で、ギリシャ文字は二十四文字あるから、今まで見つかった十六人だか十七人だかに使ったぶんの、残りが、七つか八つ」

「もし二十四人以上見つかっちゃったら、どうするの?」

シグマ少年が、口をはさんでくる。

「そうしたら、まあ、次は数字かしらね。どこの言語で発音するのかは、もめるだろうけど」

「もめる」

気を呑まれて、私はまたつぶやいた。

「いやまあ、誰でもない者国際会議、とかが、一年に一度開催される、なんてことは、ないんだけどさ」

アルファ老婆はそう言い、ふたたびにやりと私に笑いかけたのだった。

ホテルの部屋は、ごく狭いシングルだったので、カッパ津田、シグマ少年と私はベッドに座り、アルファ老婆が椅子に腰かけた。

「老婆は、いいね。みんないたわってくれるし」

アルファ老婆が言うと、シグマ少年は首を横にふった。

「いや、若いほうがいいよ。緊急時には駆けだすこともできるしさ」

「でも、若いって、めんどうなことも多いじゃない」

「ま、そりゃそうだけど」

アルファ老婆とシグマ少年の会話は、とても息があっていた。

「二人は、しょっちゅう会うの？」

私は聞いてみた。

「うーん、一年に一度くらいかな」

「そうよね。年一回」

アルファ老婆とシグマ少年はそう言って、うなずきあった。

「津田さん、いや、カッパさんも一緒に会うの？」

「津田でいいよ。いや、ぼくはあんまりこの人たちとは会わない。この十年で、三回くらい会ったかな。いちばん最近は、結婚する直前だったね」

津田さんは、胸ポケットから煙草の箱をとりだした。一本煙草を引きだし、指でもてあそぶ。火をつけようとは、しない。

「ここ、禁煙だよね？」

津田さんは聞いた。

「はい」

私が答えると、津田さんはがっかりしたように煙草を箱に戻した。戻してからも、なごり惜しそうに箱をいじっている。

「誰でもない者は、酒や煙草や麻薬といった依存性の快楽刺激には、ふつうはあまり惹かれないと思っていたんだけど、カッパ、あなた、いつの間に煙草なんか吸うようになったの?」

アルファ老婆が、驚いたように聞いた。

「妻が吸うんだ。一緒に試してみたら、癖になった」

「ふうん、妻とはうまくいってるの?」

と聞いたのは、シグマ少年。

「このごろ、妻が浮気してるみたいで、悲しいよ、ぼくは」

「浮気」

「どうやら、ぼくのことがつまらないらしい」

「どこがつまらないって?」

「なんか、年よりくさいんだって」

アルファ老婆が、ここで笑い声をあげた。

「カッパは、もう五十年以上生きてるんでしょう。それが、二十代の女の子と一緒になってるんだから、いくら外見が三十代だって、なかみが年よりくさいのは当然よね」

なかみと外見。そのことを考えてみて、私は少し混乱してしまった。

ここにいるのは、十歳の小学生と、三十代の津田さんと、八十歳の老婆と、二十代の私だ。ところが、生きてきた年数で考えると、いちばん年とっているのは小学生で、その次が三十代の津田さん、そして八十歳の老婆は四人の中では若い方から二番目ということになる。その八十歳の老婆よりも、さらに若いのが私なのだけれど、一番の年よりである小学生にくらべると、外見は年上なのである。なんとしちめんどくさいことだろう。

「津田さんは、奥さんのこと、どんなふうに思ってるの？」

浮気されるというのはどんな気持ちなのかと思い、聞いてみた。

「浮気されても何をされても、愛してる」

即座に、津田さんは答えた。

「愛してるって、どんな感じ？」

ナオのことを思いながら、重ねて聞く。

「一緒に年とって……やがては死んでいってもいいような感じ……かなあ」

津田さんは、考えながら、答えた。

アルファ老婆と、シグマ少年が、顔を見あわせた。

「死んでも、いいの？」

と、シグマ少年。

「ぼくは、まだまだ死にたくないよ」

シグマ少年はそう続けた。

「今すぐ死ぬつもりは全然ないけど、一緒に長い月日を過ごしても、ぼくだけがほとんど外見が変わらず、そのうえいつかほかの者に変わってしまう、なんて知ったら、妻は、呆然としちゃうだろう。家族をつくるっていうのは、結局、共にじわじわ変化してゆく、っていうことなのに、夫は不規則にしか変化しない、なんて知ったら、家族をいとなむ自信をなくしちゃうんじゃないかな。だから、最後はどうにかして、妻と一緒に死ねないかと、今のところだけかもしれないけど、願ってる……」

津田さんは、また、考え、考え、言った。

家族は、共にじわじわ変化してゆくもの。

津田さんのその言葉を、私は心の中で繰り返してみる。

ナオと私は、一緒に少しずつ、変わっていったろうか。

いや、私たちは、全然変わらなかった。ずっと、同じだった。言いかたを変えるならば、ずっと、別々だった。

むしろ、香川さんと私のほうが、一緒に少しずつ変わっていったような気がする。そういえば、香川さんは今どうしているだろう。海の向こうの香川さんの悲しみまでは、私は感じとることができない。今ごろ、泣いていないだろうか。夜中、眠れているだろうか。たまには、ナオトとご飯を食べたりしているだろうか。

シグマ少年は長野から、アルファ老婆は滋賀からきているという。

シグマ少年は、いったいどうやって生活しているのかと、ふと私は不思議になった。成人していれば、どうにかして生活はできるだろうけれど、小学生では、仕事につくことは不可能だ。児童養護施設などにいるのだろうか。または、パソコンを使ってお金を動かしているとか？

四人で顔をあわせてから、二時間ほどになろうとしていた。津田さんが、時おり落ち着かないふうに煙草の箱を取りだしては、しまっている。アルファ老婆は、少し疲れた様子だ。

突然、アルファ老婆が、

「あ、くる」

と言った。

「早いね、今回はたった二日？」

と応えたのは、シグマ少年だ。

アルファ老婆の顔が、みえなくなった。そこに顔はあるのだが、どんな顔なのだか、いくらみてもわからない。体も、みえなくなった。そこにアルファ老婆はいるのだけれど、どんな体つきなのか、男なのか女なのか、大きいのか小さいのかも、わからない。

五分ほど、そんな状態が続いたろうか。

また突然、アルファ老婆がみえるようになった。しかし、そこにいるのは老婆ではなかった。私と近い年齢の、それは、美しい女だった。

「二日は、さすがに早すぎるね」

椅子からベッドへと移動してきながら、女は言った。

「そうだね、早い早い。このごろ、いつもそんななの？」

シグマ少年が聞く。

「ううん、ばあさんの前になっていた二十代の男は、二ヶ月は保ってた。で、ばあさんになったのが二日前なんだけど、ちょうどあの時はシグマと待ち合わせをしていた時で、シグマがとっさに隠してくれたから、助かったよね」

というのが、アルファ老婆、いや、現在はアルファ女に変化したアルファの、答えだった。

二ヶ月保つ、というのは、もしや、二十代の男の姿を保っていたのは、二ヶ月の間だけだった、ということなのだろうか。

「アルファは、すぐに変化してしまうんだよ。一年以上同じ個体だったことは、ないんだよね、たしか？」

津田さんが、教えてくれる。老婆の前の、「二十代の男」の姿を二ヶ月は保っていた、とアルファは言ったが、二ヶ月は決して長い期間ではない。

「自分では、決められないの？　変化する時を」

私が聞くと、

「決められない。いつも、突然やってくる」

アルファは、そう答えた。

「それ、すごく困る時がない？」

「困る。だから、いつも物陰に隠れて暮らしてる。文字どおり。それから、人間関係をつくることができない。だって、突然いなくなっちゃう者なんて、みんな、近づきたくもないでしょう」

アルファは、さばさばと言った。

「アルファが関係をつくることができるのは、ぼくたちくらいなんじゃないかな」

シグマ少年が言う。

「それって、きつくない？」

「まあ、生まれた時からずっとそうだから、べつに」

というのが、アルファの答えだった。

「記憶は、あるの？」

「うん」

もしも記憶があるのなら、二日しか保っていなかった姿の時の感情も、覚えているのだろうか。

「ううん、あんまり短いと、ほとんど記憶されない」

そうなのか、と、私はため息をついた。三十年間、絶えず変化しつづけてきた人生。いや、私たちは人間ではないから、何の生、と言えばいいのだろうか。

アルファは、私の顔をじっとみている。

「可哀想とか、思わないで」

アルファはそう言って、目を閉じた。

「変わる時は、少し、疲れる。今回は、サイクルが短かったから、ことに疲れちゃったよ」

そのままベッドに倒れこみ、アルファは寝息をたてはじめた。老婆のものだった服に包まれた胸が、規則正しく上下している。こうして若い美しい女がまとうと、老婆のものだった服が、まったく違うものにみえてくる。だぶだぶしたズボンは、かえってその姿態のしなやかさを思わせるし、少し大きめのシャツも、やわらかな体の輪郭を想像させてなやましい。

「きれいな体だね」

シグマ少年が、眠っているアルファを眺めながら、ぽつりと言った。

その日、アルファは私の部屋に泊まった。いくら揺り起こしても、つねっても、大声で耳もとで騒いでも、どうしても起きなかったからだ。

「ぼくは、どうしようかな」

シグマが困ったような顔で言うと、津田さんは自分の家に泊まればいいと提案した。

「奥さんは、いやがらない？」

シグマは聞いた。

「今日は、友だちと泊まりがけの旅行に行ってるから」

という津田さんの答えに、シグマは薄く笑った。十歳の男の子なのに、世界のすべてを知り尽くしているような笑いかただった。

「友だち、か」

「うん。まあ、たぶん恋人と過ごしてるんだと思うんだけど、そうやって嘘をつかれているだけ、マシじゃないかなあ」

津田さんは、神妙な表情で答える。

「マシ？」

私が驚いて聞き返すと、津田さんのかわりにシグマが答えた。

「嘘つくってことは、まだ津田さんと一緒にいたいっていうことでしょ。嘘もつかなくなったら、ほんとのおしまいじゃん」

あ、そういうことか。私は気圧（けお）されながらつぶやく。十歳という外見についだまされてしまうけれど、シグマはすでにこの世にあらわれてから九十年たっているのだから、多くの経験をつんでいるのだ。でも、私はそうじゃない。夫に嘘をついてほかの男と会う、という気持ちが、まず私にはわからない。夫がいやになったなら、別れればいいのに。と、そのように単純にしか考えられない。

「一緒に時間を過ごして、そして、ものすごく嫌いになったのじゃなければ、なかなか別れるのは、難しいんだよ」

シグマは、教えさとすように、私に言った。

「そういうものなの？」

ナオとマリは、どうだったろう。マリが、ナオ以外の男に感情を動かしたことは、たしか、一度もなかったはずだ。だいいち、ナオにだって、感情が動いていたのだかどうだか。

「ラモーナは、まだ恋をしたことは、ないの？」

シグマは聞いた。

「うーん」

私が言いよどむと、シグマはにやりとした。

「そうだよね。ほんものの人間たちだって、恋っていうものについては、あんまりよくわかってないみたいだから、ぼくたちが迷うのも、当然だよね。ていうか、恋って、多様性がありすぎ」

「地域や社会にもよるしね」

と言ったのは、津田さん。

「ぼくは、妻に恋したよ。妻だって、ぼくに恋していたし」

「過去形なんだ」

シグマは、笑った。

また明日来るから。シグマの笑いを封じるように津田さんは言い、津田さんの子どもにしかみえないシグマをともなって、その日は帰っていった。

アルファの眠りは、深かった。シングルのベッドに二人で横たわるのは少し狭苦しかったけれど、アルファの体がしなやかで、腕や足がふれてきてもちっとも重苦しくないので、助かった。

寝返りをうってはベッドのまんなかに移動してしまうアルファを、私はそのたびに押しやったり引っぱったりしてベッドの端に移動したのだけれども、アルファは一度も目を覚まさなかった。

津田さんとシグマがやってくる二時間ほど前に、ようやくアルファは目を覚ました。

「十八時間は寝てたよ」

私が言うと、アルファはぼんやりした顔のまま、

「おしっこに行きたい」

と答えた。バスルームの扉を閉めもせず、アルファは用を足した。水を流す音が、盛大に聞こえてくる。

「お腹すいた」

アルファが言うので、津田さんに連絡し、近くのファミレスで会うことにした。最初に津田さんと行ったファミレスである。

それまで着ていた服は脱ぎ、けれどやはり同じようなぶかぶかした上下に着替えたアルファは、あいかわらず美しかった。灰色の、寝間着がわりに着るようなトレーナーと、ぜんぜんサイズのあっていないジーンズ姿なのに、ファミレスじゅうの人間がアルファをじろじろ、あるいはちらちら、見ていた。

「寝ていてもきれい、起きていてもきれい、始末に困るね」

と言ったのは、シグマである。

「きれいだけど、うちの奥さんの姿かたちの方が、ぼくは美しく感じるな」

とは、津田さん。

「奥さんの写真とか、ある？」

シグマが聞くと、津田さんは手帳から写真をとりだした。シグマ、私、アルファの三人で、額を寄せあうようにして写真を眺めた。

「感じいい女だね」

シグマが言う。

「そのとおり」

津田さんは答え、続けてこう言った。

「今回のアルファは、ちょっときれいすぎるんじゃないか」

「危ないかな」

アルファが、小さな声で言った。

危ない、というのは、どういう意味なのだろうか。

「つきまとわれたり。必要のない嫉妬をされたり。差別されたり。または、無能力な者だと思いこまれたり」

シグマが、すらすらと答えた。

「よく知ってるね。シグマは、きれいすぎる者になったことが、前にあったの?」

津田さんが聞く。

「うん」

「つきまとわれたり嫉妬されたりはわかるけど、差別とか、無能と思いこまれるって、なに?」

「ひいでたものを持っている者は、そのかわりにどこかが欠けている、って、人間は思いたがるみたい」

「なるほど」

津田さんは感心している。アルファは、二人の話にただ耳をかたむけていた。その、首のかしげかたの角度ですら、きれいだ。

「でも、前にぼくがなったどんなきれいな女よりも、今のアルファはさらにきれいだから、ほんとに気をつけたほうがいいよ」

シグマは、真面目な表情で言った。小学生の子の真面目な表情には、少しばかり胸をつかれるね。津田さんが、つぶやいている。

「どうせ、またすぐに、変わるから」

アルファはそれだけぽつりと言うと、運ばれてきたミックスフライ定食をものすごい勢いで食べはじめた。ものの五分ほどでフライはなくなり、ご飯も一粒残らずさらわれた。

「今度の体は、よく食べる体みたいだね」

シグマは、そう言って笑った。

ときおり、カナダの香川さんからはメールがきた。文章はほんの少しだけで、何枚かの写真が添付されていることが多かった。コーヒーカップ。ポスト。黒い猫。茶色い猫。ぶちの猫。どこかの塔。湖。走っている車の、ぼやけた輪郭。それらの写真に、人間がうつりこんでいることはほとんどなかった。たまに、ナオトの小さな後ろ姿らしきものがうつっているくらいだ。

私のほうも、短い文と写真で返事をした。東京には、うつすものがたくさんある。マリだったころは、それらのものは景色の中に沈みこんでいて、何かがそこにあるということにも気がつかなかったけれど、ラモーナになった今の目で見ると、心ひかれるものがたくさんあった。コーヒーカップ。ポスト。黒い猫。茶色い猫。ぶちの猫。どこかの塔。二人の子どもを前後にのせて走っている自転車。なんのことはない、カナダで香川さんが撮っている写真と、ほとんど同じようなものなのに、東京で撮る写真は、カナダで撮る同じようなものの写真と、まったく違った印象をもっている。

「空気が違うのかな」

私がそう書くと、

「カナダは東京より、少しクリアじゃない」

と、香川さんは返してきた。

「でも、景色はクリアじゃないほうが、さみしくなくていい」

と、続けて。

「クリアじゃないとさみしくない？」

と、私は返事を出したのだけれど、そちらには、もう香川さんからの返信はこなかった。

「あまり遠くない時期に、帰ります」

と、香川さんにメールすると、香川さんは、

「了解」

　とだけ、返してきた。


　今回のアルファは、次のかたちになる兆候を、まだみせていなかった。ずっときれいな姿のまま、今いるこの場所に、どんどん慣れてなじんできているふうに感じられる。今まで住んでいたところに帰ろうとせず、私と同じビジネスホテルにツインの部屋をとり、シグマと二人で寝泊まりしている。

「お金、あるの？」

　聞くと、アルファもシグマも、うなずいた。

「ぼくは、株やってるから」

　と答えたのは、シグマ。

「あたしは、貯金がある。ずいぶん前に、ノウハウ本を書いて売れたことがあったの。人前に出られないから、こもってできる仕事ばっかりしてきたんだ」

　と言ったのは、アルファ。アルファは、画家だったこともあるし、詩人だったこともあるそうだ。ただ、そういった家にこもっておこなう仕事だったとしても、このごろはプロモーションのために顔を出さなければならなかったりして、だんだんに難しくなっているのだと、アルファは嘆いた。

「ラモーナは、仕事は何してるの」

シグマが聞いた。

「今は、カナダで留学生相手の英語教師」

「その前は？」

「水商売とか、あといろいろ」

そういえば、とアルファは言った。

「外を歩くと、降るようにスカウトの声がかかるの」

「どんなところからの？」

シグマが聞く。

「水商売、モデル、女優」

アルファは、簡潔に答えた。

「やってみようかなって、ちょっと、思ったりもする」

アルファが言うので、シグマは目をむいた。

「だって、すぐにまた、姿が変わっちゃうんでしょ。まずいよ」

「短期でできるものなら、いいじゃない」

「たとえば」

「ＡＶとか」

「なんでわざわざ」

「だって、あたしたち、体は強いじゃない。それに、すぐにまとまったお金が入る。貯金は多いにこしたことはないし」

「そういう問題じゃないだろ」

「あたしは別に気にしないもん。せっかくこれだけきれいなんだから、記録に残しておきたい気もするし」

「それならぼくが写真撮ってやるから」

アルファとシグマのこのやりとりを、その夜やってきた津田さんに話すと、津田さんは肩をすくめた。

「アルファは、まだ感情がうまく定まっていないんだろうな。ＡＶに出るって、ずいぶん消耗することだろうに、それがわかってないんじゃないかな。人とまじわらないで来たからかもしれないね。なんだか、あやういね」

そんなふうに、津田さんは分析するのだった。

ＡＶに出演してもかまわない、というアルファの気持ちは、けれど、私には少しわかるような気がした。今はたぶんしないけれど、マリになったばかりのころにそういう機会があったなら、実行していたかもしれない。自分の裸や性を消費すると、自分自身が削りとられる、というふうに、あのころはあまり感じていなかった。性だけでなく、自分自身の奥底をさらしたり消費したりすることが、時によってたいへんに疲れをよぶ、ということを、私はラモーナになってから、知るようになっている。人の悲しみによって肋骨のあたりが痛む、というのは、他人の奥底をさらされていることによる痛みにちがいない。さらすことも、さらされることも、痛いことなのだ。それなのに、多くの人間たちは、自分をさらすことを厭わない。人間とは、なんと強い存在なのだろう。

「まあでも、どうせすぐに変化しちゃうなら、かまわないのかもしれないなあ」

津田さんは、首をかしげながら、言っている。さきほどと、言っていることが反対だ。だめ、やめたほうがいい。私は、わざと英語で、強めの口調で言う。津田さんは、あいまいな感じでうなずいた。

けれど、アルファは、結局AVに出演することになった。契約書をかわし、まずは三作撮るのだと、シグマがいまいましげに教えてくれた。

「てきぱき決めて来ちゃってさ」

「今からでも、やめるように言ったら？」

私が言うと、シグマは首をふった。

「さんざん反対したよ。でも、反対すればするほど、意固地になってるような気がする。こんなアルファは、初めてみるよ」

「ふうん」

と、興味深そうに、津田さんが言う。

「アルファは、変化するのかもしれないね」

「変化？　いつだってぼくらは変化してるじゃない」

「体が変わることじゃなくて、なかみが変化することだよ」

「なかみの変化なんて、そんなの、いっぺんには起こらないよ。九十年生きてきたぼくが、いちばんよく知ってる」

シグマは、顔をしかめながら言った。

「シグマの場合はそうだったかもしれないけど、アルファとシグマは、違う個体だろう。ぼくが見てきた世界中のぼくらは、みんなそれぞれにずいぶん異なっていたよ」

ふん、とシグマは鼻をならし、それから沈黙した。

「ＡＶに出る前に、アルファはまた変化して、もう出られなくなるかもしれない」

希望的観測を、私はのべてみる。

「女優が消えちゃったら、どうなるのかなあ」

津田さんが、興味深そうに言った。

「契約書があるんだから、地の果てまで追ってくるよ、きっと」

と、シグマ。

「でも、もうその時にはあのきれいなアルファは存在しないんだから、大丈夫なんじゃない？」

「そしたら、一緒にいるぼくに迷惑がかかる」

「シグマはアルファの血縁でも保証人でもなんでもないから、平気だよ」

ドアチャイムが鳴った。ベッドメイクの人かと思ってドアを開くと、アルファだった。ずいぶん印象が違う。アルファは、いつものあの垢抜けない上下のかわりに、ワンピースを着ていたのである。

ワンピースは、薄い生地の、体の線をきわだたせるラインのものだった。

「そんな服着てて、急にごつい男に変化しちゃったら、どうするの」

シグマは、ぶつぶつ言っている。

「今回は、変化しないような気がするの。なぜだかわからないけど」

アルファは、平然と答えた。

「気がするだけだろ」

「ううん、たぶん、しばらくは変化しない。あたし、自分の姿を好きになったのは、初めてなの」

アルファは言い、にっこりと笑った。すでに、その笑顔がいかに人を魅了するか知り尽くしている、そんなふうな笑顔である。この後アルファは、たてつづけに三本の単体もののAV映画に主演し、その世界で非常なブームを引き起こすこととなる。以来しばらくはアルファの出演作の売り上げを超える主演女優はあらわれず、乞われるままに、アルファは五本六本と出演作を増やしてゆく。

さまざまなプロダクションがアルファを専属にしようとしたので、みかねたシグマがしかたなく大人の男に変化し、新しいプロダクションを急ごしらえしてつくり、常にアルファについているようになった。

ここで少し時間を先送りするなら、アルファは結局、その姿のまま二年を過ごす。最初は身軽に出演を重ねていたアルファだったが、少しずつ気鬱になってゆき、出演をしぶるようになり、最後にはいっさいのオファーを断るようになった。

最初のうちはあれほど積極的に自分をさらしていたアルファが、なぜ次第に気鬱になっていったのかは、アルファ自身にもわからなかったらしい。アルファがデビューした年はカナダに帰っていた私だったが、ビザが切れて日本に戻ってのちは、しばしばアルファとシグマに会うようになった。

「体が、重いの」

出演をしぶるようになりはじめたころのアルファは、ときどき言ったものだった。

「体調が悪いの?」

「ううん、そうじゃなくて、ただ体が重いの。まぶたがすぐに閉じようとするし、まっすぐに立っているのも、つらくて」

その言葉どおり、アルファは椅子があればすぐさま座りこんだし、横たわる場所があれば、ぐずぐず体を長くして寝そべった。暇があれば目を閉じて眠りこんでしまい、忙しくてもしよっちゅううたた寝をしていた。

「こんなにたくさんの視線にさらされたことがなかったんだから、こうなるのも無理ないよ」

シグマは、いつも言っていた。

「それなのに、この体を捨てようとしないんだから」

多くの人に知られ、妄想の中でもてあそばれ、人目にたつ場所に行けば粘るような視線をあび、仕事の場ではハードに演じ、という生活とは、いったいどのようなものなのだろう。以前はほとんど誰とも接することなく、ひっそりとこもっていたアルファであったのに。

「あのね、前のように誰にも見られないのは、楽だったけど、でも」

そういえば、いつかアルファはそう言っていた。

「楽だったなら、いいじゃない」

「楽だけど、体の中がいつまでも暖まらないような感じなの。空白が決して埋まらないの」

「空白だったのに、よくものを書いたり絵を描いたりできたよな」

シグマは、あきれたように言っていた。

「誰かの意識が流れこんでくることがあって、ううん、テレパシーとかそういうのじゃなくて、いろんなものを読んだり見たりしていると、そういうものがどんどん流れこんできて、その時は自分が満たされたような気がして、それで、文章を書いたり絵を描いたりできたの」

というのが、アルファの説明だった。

「でも、そこにはあたしっていう存在は、これっぽっちもなかったの。よその人間の意識や考えや想像したものを、あたしが巫女みたいにして表現していただけだから、その時はもてはやされても、じきに飽きられて忘れられていったわ」

アルファは、空白を満たしたかったのだろうか。自分の中にもあるからっぽのことを思うと、私はしんとした気持ちになってしまう。からっぽでは、いけないのだろうか。でもたしかに、アルファの言うように、からっぽが埋まらないと、暖まらない気がする。

「体を使役することは、けっこう楽しかった。でも、体の表面と体の中のつながりが、うまくわかってないみたい、あたしいまだに」

アルファは、そんなふうにも言うのだった。

津田さんは、アルファが売れはじめてからすぐに、離婚した。奥さんが出ていってしまったのである。

「だけど、結婚は、楽しかったなあ」

津田さんは、ずっと言っていた。といっても、津田さんが津田さんのかたちをとっていたのは、ちょうどアルファがすべてのオファーを断りつづけるようになったころまでだった。

「次は、南米に行けって」

まるで誰かさいころをふって決めてもらったような言いかたを、津田さんはした。津田さんが次にとった姿は、スペイン語を母語とし、スペインなまりの英語を喋る男だった。津田さんよりも若い、たぶん二十代のはじめくらいの、精悍で体の大きな男である。

偽造のパスポートを手に入れると、津田さんは——その時にはもう津田さんではなく、ホセ、という名をなのっていたのだけれど——、いそいそと南半球行きの飛行機に乗って去ってしまった。

「この体に飽きたら、また日本に帰ってくるよ。そしたら、きみたちを再び見つけだして訪ねていくね」

陽気に、ホセは言っていた。

アルファは、家に閉じこもるようになり、肌は透きとおらんばかりに白くなっていった。私はたびたびアルファとシグマの住んでいるマンションを訪ねた。ときおりは、私よりも少し前に帰国していた香川さんも一緒に、アルファとシグマを訪ねた。アルファが出演しているAVを、香川さんは何回も見るのだという。

「面白いの？」

私が聞くと、香川さんは、

「ううん、この中にあるセックス自体は、面白くない。でも、ななちゃんがどんな気持ちで出演してるか、想像しながら見ると、不思議な感じで、それは面白い。だって、演じている人と知りあうことなんて今までなかったから、演じている人も人間なんだって、思ってもみなかったんだもの」

と答えた。

人間じゃないけどね、と、心の中でつぶやきながら、私は穏当にうなずいておいた。ななちゃん、というのは、アルファの芸名だ。榛名なな、という、語呂合わせのような芸名は、津田さんが考えた。

アルファは、私とシグマ以外には誰にも会いたくないと、最後のほうはずっと言っていたけれど、香川さんだけは拒否しなかった。

「香川さんは、あんまり人間っぽくないから」

というのが、その理由だった。

カナダで、香川さんはふたたび自殺未遂はおこさなかったものの、私が紹介したアルバイトはさして長続きせずにやめてしまっていた。私が日本から戻ってきた時には、前のように夜更かしをし、昼過ぎまでずっと寝ているという生活になっていた。私の肋骨のあたりは、日々、波のように痛みにおそわれた。それからほんの少しの間、私とナオトと香川さんは一緒に住んだが、ついに香川さんのお金がほんとうに尽きて、香川さんは日本へ帰っていった。そののち、ちょうど学期のきりのいいところで、私もビザが切れて日本に戻った。ナオトと、香川さんのかわりにシェアの仲間となったルイは、私が去るのを惜しんでくれた。

日本に戻ると、香川さんから会おうという連絡がすぐにあった。派遣の仕事を始めていた香川さんは、カナダにいるときよりも、元気そうになっていた。

「カナダより、やっぱり日本のほうが、合うんだね」

と私が言うと、香川さんは首を横にふった。

「日本も、カナダも、どっちも合わないことがわかったから、少しあきらめがついただけ」

肋骨のあたりが、また痛んだ。でも、カナダにいた時よりも、それはかすかな痛みだった。


アルファは、自分の意志で次のかたちに変わった。

「今度は、あたしが男、シグマが女になる」

というメールがきたのだ。

「前みたいに、自分の意志にかかわらず突然変わるんじゃなくて、自分で選べるようになったの？」

という返事をだすと、

「なった」

という簡潔な返事がきた。

しばらくしてから、アルファとシグマは遠いところへ引っ越したと、私は香川さんに報告した。

「きっと駆け落ち、したんだね」

香川さんは、嬉しそうに言った。

「いや、そういうんじゃないと思う」

「ううん、あの二人、好きあってたもの」

「まさか」

私は無下に否定した。けれど、私はまちがっていたのかもしれない。なぜなら、アルファとシグマのその後のゆくすえは、思いがけないものだったからだ。

とまれ、私がラモーナのかたちでいたのは、全部で五年ほどだった。やがて香川さんには恋人ができ、ラモーナの肋骨の痛みもすっかり日常化していった。次に私がなったのは、日本人の男である。四十代。名前は、片山冬樹。

片山冬樹

変化した直後から、片山冬樹には一つの記憶があった。

丹羽ハルカの記憶でもない、野田春眠のものでも山中文夫でもマリでもラモーナでもない、片山冬樹自身の記憶である。

ふだんは、その記憶は片山冬樹の記憶の奥底に埋もれていて、浮かびあがってくることはない。記憶は、夢としてあらわれる。たとえば明日は雪が降ろうかという、底冷えのする夜にみる夢。また、真夏の、いつまでも蟬の鳴きやまない湿度の高い夜にみる夢。旅先の慣れぬ枕で眠る夜にみる夢。

そうだ。片山冬樹は、今までなってきた者たちよりもずっとしばしば、夢をみるのである。夢の中で、片山冬樹は誰かを殺している。首をしめている時もあれば、銃器を使って血しぶきを飛び散らせている時もあれば、殴りつけている時もあれば、ただその相手の上にのしかかって潰そうとしている時もある。

汗びっしょりで目覚めると、片山冬樹はベッドの上に行儀よく横たわっており、寝間着もはだけておらず布団もずれることなくきれいにかかっている、けれど心臓だけはひどく動悸を打っている、というふうなのだ。

おれはたしかにいつか、誰かを殺したことがある。

片山冬樹は感じている。

殺したからには、殺しかえされることもあるだろう。

そのような理由で、片山冬樹は常に体を鍛えている。自分を守れるのは、自分だけなのだと、片山冬樹は思い決めている。

片山冬樹は、働きものだ。体を使う仕事が、ことに好きだ。おもに建設現場を渡りあるいている。人の二倍働くので、たいへんに重宝される。工務店から自分のところの専属になってほしいと頼まれることも多いが、片山冬樹はいつも断る。ひとところに居つづけることが好きではないのだ。

そういえば、得意不得意が最初からあるのも、珍しい。ハルカも春眠も文夫もマリもラモーナも、流されやすい質だった。不得意も得意もなく、ただ向こうからやってきたことごとにその場かぎりの反応をかえし、その積み重ねによって各人の特質が少しずつ決まっていった。

片山冬樹は、自分の好みや得手不得手を明確にもっている。

起きるのは、早朝。きちんと朝食を用意し、ゆっくりと食べる。パンではなく、炊きたての白米と、味噌汁。具は二種類。大根と油揚げの組み合わせが一番だと思っているが、茄子やトマトや茸（きのこ）を使うのも好ましい。焼き魚に、青菜をゆでたもの。青菜はお浸しにすることもあるし、マヨネーズをかけることもある。何もつけずにそのまま食べる時もある。これに納豆や焼き海苔や佃煮がたまに加わり、食後には果物とヨーグルトをとる。

朝食の用意から片づけまでは小一時間を要する。早起きなので仕事にさしつかえることはない。まだ夜が明ける前から、片山冬樹は起きだしているのである。現場への集合は、八時少し前だ。時間はたっぷりある。

朝の腹筋と腕立て伏せをこなした後に、シャワーを浴びる。ラモーナが住んでいた部屋をそのまま使っているので、タオルはシックなデザインのものだ。シャワーを浴びている間に洗濯機をまわし、その後素早く洗濯物を干す。シーツや枕カバー、食器に什器（じゅうき）も、ラモーナ好みのものだが、片山冬樹はそのあたりにこだわりはない。ラモーナの残したものをめいっぱい利用しつくしている。

出勤してから仕事が終わるまで、昼休みのほかは片時も休まず働きつづける。体がつらいということは、まったくない。仕事がそのまま体を鍛えることにもつながっていることを、片山冬樹は喜ばしく思っている。いつか誰かが片山冬樹を殺しにくるに、ちがいないのだから。

仕事を終えると片山冬樹は街をぶらぶらする。まだ日は暮れていない。事務所で簡易シャワーを使い、着替え、荷物はバックパックに入れてそのあたりを歩きまわる。電車に乗ったりバスに乗ったりして、適当なところで降りる。やがて日が暮れてくるので、目についた店に入る。たいがい、二十人も入ればいっぱいになる小さな居酒屋だ。酒をほんの少しと、小鉢をいくつか。焼き鳥があれば頼むし、肉豆腐も好きなつまみだ。納豆を使ったものがあれば、それも必ず頼む。最後に白いご飯を注文し、残ったつまみと共にかっこむ。ご飯のかわりに、焼きうどんや茶漬けにすることもあるが、茶漬けはほんとうはあまり好きではない。食物としての密度が足りないような気がする。

部屋に帰ってからは、ゆっくりと風呂に入る。一日にシャワーを二回、風呂を一回というのは、浴室でかなり長い時間を過ごすということにほかならない。片山冬樹にとっては、体を清潔に保つことは大切な習慣なのである。

アルファやシグマ、元津田さん現在はホセ、には、一週間に一度ほどメールを出す。ホセからの返事は、ほとんどない。アルファとシグマは、今は信州に住んでいる。今度信州に遊びに行こうかと思っている、と、この前片山冬樹は二人にメールしてみた。その返事は、まだきていない。

ちょうど現場の仕事が一段落したので、片山冬樹は計画どおり、信州に行くことにした。アルファとシグマは、新幹線の停車する駅からバスで少し行ったところにあるマンションに住んでいるはずだった。今も二人で一緒にいるのだという。訪ねるのは、はじめてのことである。

駅前のカプセルホテルにチェックインし、小さな空間に一度入ってみてから、片山冬樹はふたたび外へ出た。津田さんやアルファやシグマとはじめて会った東京のビジネスホテルのことを、少し思いだした。片山冬樹自身の記憶だけでなく、ラモーナだったころやマリだったころ、さらにその前の記憶は、ほとんどそのまままきれいに残っている。人格を統合できなくなりそうなものだったが、そうはならないのは、片山冬樹としての意志が確固としてあるからだろう。

カプセルホテルの前で、片山冬樹はアルファに電話をしてみた。

「もしもし」

と応じた声は、片山冬樹にはまったくなじみがない男のものだった。アルファの出演しているＡＶを、片山冬樹は何回も見返しているので、アルファの声は耳に近しくなっている。一瞬驚いたが、すぐに思いだした。そうだ。アルファは女から男に変化したのだった。

「今、駅前です」

片山冬樹が言うと、返事までの間があいた。

「駅前って、新幹線の？」

男は聞いた。アルファがあの美しい女だったころの甘い声とは、かなり違う声である。

「そうです」

「来ちゃったんだ」

「すみません、なんとなく来たくて」

「片山さん、だっけ。けっこうせっかちなんだね」

少し笑いをふくんだ声である。

「シグマは、いますか？」

片山冬樹は聞いてみた。

「いるよ」

「かわってもらえます？」

しばらく待っていると、女の声に変わった。

「ずいぶん急に来たのね」

「メールで行こうかって聞いたでしょう」

片山冬樹は、言った。また少し間があいてから、女は答えた。

「でも、返事を出してない」

「忙しいなら、会わなくてもいいけど」

「いいえ、せっかく来てくれたんだから、どこかで食事でもしましょう。夕方までに場所をメールしておく」

片山冬樹が返事をする前に、電話は切れた。少しばかり釈然としなかったが、急に来てしまった自分がよくなかったのかと思い直し、片山冬樹は街を知るために、おおまたで歩きだした。


山裾の街の日暮れは、早い。そろそろ雪のシーズンでもある。五時になる前に、あたりは暗くなった。まだアルファとシグマからは連絡がこない。赤く灯っている提灯(ちょうちん)に惹かれ、ふらふらと入ってゆきそうになったので、あわてて身をひきしめた。生きていることは、楽しい。自分の意志があることも、楽しい。したいことをして、単純に生きてゆくという、今の生活を、片山冬樹は手放したくないと思っている。

いつおれは、人を殺したのだろう。

駅の方角をめざしながら、片山冬樹はぼんやりと考える。

片山冬樹の規則正しい生活の中で、何かを考える時間は、さほど長くない。考えるよりも、行動することを、片山冬樹は好んでいる。しかし、何かを考えないでいられる者は、なかなかいない。片山冬樹も、もの思いや考えにとらわれる瞬間が一日の中に何回もある。一度考えはじめてしまうと、そこから抜け出すのは難しい。山裾の街の歩道にじっと立ったまま、片山冬樹は考えつづけた。

たしかにおれには誰かを殺した記憶があるが、不思議なことに、片山冬樹になってからは、おれは誰も殺してなどいないはずなのだ。それでは、ラモーナが誰かを殺したのだろうか。あるいは、マリが。それとも山中文夫か。山中文夫は、かなりあやしい。あの男は、せこいやつだった。広義の意味では山中文夫は片山冬樹自身なのであるにもかかわらず、片山冬樹は山中文夫が嫌いだった。

そうだ。山中文夫が誰かを殺したのかもしれない。彼が殺した相手は、もしかすると、山中文夫自身はただ自身と同化しただけと信じている、あのリカという女なのではないだろうか。リカはすなわち丹羽ハルカであり、つまりそれは山中文夫自身でもあった、と、山中文夫は勝手に解釈していたが、リカというのは実在の人間であって、彼女の歓心を得られなかった山中文夫が、箱根、だか、伊豆、だかに、つい殺してしまったリカの死体を運び、近くの山中に埋めたという可能性はないだろうか。

しかし、山中文夫の記憶として片山冬樹がもっている記憶の中には、リカを殺している情景はない。リカは丹羽ハルカであり、山中文夫自身でもあったものとして、記憶の中では処理されているのである。

それに、片山冬樹のみる夢の中での殺人は、片山冬樹そのひとがおこなっているような実感あふれる手ざわりのものなのである。

やはり、おれが殺したのか。

片山冬樹はつぶやき、携帯電話をたしかめてみる。

アルファとシグマからのメールは、まだ届いていなかった。

いいお店がみつかりませんでした。家に来てください。

というメールが片山冬樹に届いたのは、七時過ぎだった。いつもならば六時ごろに居酒屋で飲んだり食べたりする習慣をもつ片山冬樹は、かなり腹がへっていた。

何か食べものか飲みものを買ってゆこうと、片山冬樹は思った。アルファとシグマが、どんなものを用意してくれているか、わかったものではない。もしかすると、今の二人は料理がからっきしかもしれないし。

二人に会うことよりも、食べたり飲んだりすることを大切にしている自分のことを、片山冬樹は少しだけ反省してしまう。でも、少しだけだ。

駅のすぐ近くにあるコンビニエンスストアで、片山冬樹は、肉まんを人数分とチキンの唐揚げとサラダ、それにビールを半ダース買った。買ってから、おでんも食べたいと感じ、大根とウインナと牛すじと糸こんにゃくとはんぺんを、これも人数分買った。大きな荷物になってしまった。荷物がかさばるので、歩きにくい。

バスに乗る時に、うまく整理券を取れなくて、片山冬樹はまごまごした。荷物で手がふさがっていた。うしろから乗ろうとしていた女が、片山冬樹の分も取ってくれた。

「ありがとうございます」

と片山冬樹が言うと、女は軽く会釈をし、片山冬樹の隣の席に座った。女のつけている香水は、片山冬樹の好きな匂いだった。あるいは、女自身の匂いと香水のまじった匂いが、片山冬樹を誘ったのかもしれない。

「助かりました」

片山冬樹は、女にそう話しかけた。女は、また会釈した。もっと話を続けようとしたが、女は鞄から文庫本を取りだし、読みはじめてしまった。片山冬樹は、がっかりした。けれど本格的に女を誘うつもりもなかったから、すぐに気持ちをきりかえた。

やがてバスはアルファとシグマが住むマンションの最寄りのバス停に停車した。片山冬樹はコンビニエンスストアの袋を三つ提げ、背中にはいつも使っている大きなバックパックを背負い、バスを降りた。淋しい停留所だった。灯りはほとんどともっておらず、店は一軒もない。風が強い。雪催(ゆきもよ)いである。

東京で調べておいた、マンションまでの道筋は、片山冬樹の頭の中に入っている。ためらわず、片山冬樹は足を運んだ。しばらく歩くうちに、うしろから足音が聞こえることに気がついた。ちらりと振り返ると、さきほどの女だった。片山冬樹は、女に気がついていないふうをよそおい、歩きつづけた。

やがて片山冬樹は、アルファとシグマの住むマンションに着いた。足音は片山冬樹を追い越し、マンションのエントランスへと向かう。

「こちらにお住まいですか」

片山冬樹は、思わず声をかけた。警戒されるかと少し身構えたが、女はすらりと答えた。

「そうよ。で、あなたは、片山冬樹？」

片山冬樹は仰天した。なぜこの女はおれの名前を知っているのだろう。もしかするとこの女は、おれたちの存在を捜査している公安か何かだろうか。あるいは、読心術をあやつる人間？　そんなものがこの世に存在するとして、だが。しかし片山冬樹のいだいた疑問は、すぐに氷解した。

「あたし、シグマよ。で、その荷物は、何なの？」

女は、そう言ったのだった。

「おみやげ」

片山冬樹は、おとなしく答えた。今自分が、あまり格好よくないことは、わかっていた。コンビニでこんなものなど買わず、駅ビルの中のみやげ屋かなにかで見栄えのするものを買えばよかったと、一瞬後悔した。でも、すぐに気持ちをきりかえた。虚よりも実をとるのが好きなんだ、おれは。

「あ、そ。ありがと」

シグマは言い、コンビニの袋を一つ、片山冬樹から奪いさるように取り上げ、自分で持った。それから、先に立って、マンションのエレベーターまで行き、ボタンを押した。

アルファとシグマの住んでいる部屋は、居心地がよかった。窓にはどっしりとした厚いカーテンが下がり、ストーブの上では薬缶(やかん)がしゅんしゅんいっている。壁際には大きなそなえつけの棚があり、下段には本がぎっしりと並べられ、中ほどには現在のアルファとシグマの写真が何枚も飾られ、上段にはさまざまな意匠の小物が置かれていた。大きな食卓の隅には、編みかけの毛糸の籠や、こまごまとした調味料、たたんだ新聞紙、数冊の雑誌などが片寄せられており、すっかり片づけられた部屋よりもリラックスした雰囲気をかもしだしている。窓辺には床置きのグリーンの鉢がいくつか、そして天井からつるされた鉢には、ポトスがあふれんばかりに繁っている。部屋は暖かくて、煮炊きのいい匂いがかすかにただよっていた。

「おみやげ、もってきてくれたわよ」

シグマが言った。女に変化したシグマの、今の年齢は、三十と少しくらいだろうか。いっぽうのアルファのほうは、髭をたくわえたがっしりとした男の姿である。髭の男の上に、片山冬樹は、美しかったころのアルファの姿を一瞬幻視する。惜しい、と感じた今の自分を、ラモーナが笑ったような気がした。

「ありがとう」

アルファは、片山冬樹に礼を言った。片山冬樹が先ほど電話で聞いたとおりの声である。

「体力ありそうな男になったたねえ」

片山冬樹は、アルファの肩のあたりを少し叩いてみながら、言った。

「そっちこそ、筋肉つけちゃって」

アルファが笑いながら答える。

「シチューがあるんだ。一緒に食べよう。ぼくが作った、羊のシチューだよ」

そう続け、アルファはキッチンに入った。シグマは片山冬樹を洗面所に案内し、自分は着替えに寝室へと去った。

洗面所を、片山冬樹は見まわした。琺瑯のシンクは清潔で、蛇口は銀色にぴかぴかと輝いている。タオルはふっくらと白く、扉が開かれてある浴室には、アルファとシグマそれぞれの好みのものなのだろうか、二種類のシャンプーとコンディショナーの容器が置いてあった。色ちがいのあひるの浮き玩具が、浴室の窓の桟に三つ並べてあるのが可笑しくて、片山冬樹はくすりと笑った。

にゃあ、という声に足もとをみると、黒白の猫が片山冬樹に身をすりつけている。

「おまえも、手を洗うか？」

猫に聞きながら抱きあげようとすると、猫はいやがって身をもがいた。

「いやなのか」

聞くと、猫はまたにゃあ、と鳴いた。抱かれるのをいやがったわりには、猫はふたたび片山冬樹の足に身をすりつけてくる。リビングに歩いてゆくと、猫もついてきた。

「あら、ツダはなかなか人になつかないのに、珍しい」

シグマが華やかに笑いながら、言った。

「この猫、ツダっていうの？」

「うん。ツダさんはもういないけど、まあ、ぼくらの仲人みたいなものだから、記念に名前をもらった」

仲人、というアルファの言葉に、片山冬樹はびっくりする。

「結婚とか、したの？」

片山冬樹がそう聞くと、アルファとシグマは顔をみあわせ、それから二人して片山冬樹のほうになおり、うなずいた。もちろん籍は、いれてないけどね。声をそろえて、そうつけ加えながら。

子どもがほしいのだと、シグマは言った。

「あたし、もう百年近く生きているでしょう。なんとなく、もうすぐ消えてしまうような気がするの。だから、その前に、可能なら子どもを産んでみたいなって」

「おれたち、子どもを産めるのか？」

片山冬樹は、びっくりして聞いた。

「わからない」

というのが、シグマの答えだった。

津田さんは、人間の女と結婚していた。子どもは、できなかった。それが、異種間生殖だったせいなのか、それとも津田さんとその女の個人的な相性の結果なのかは、わからない。どちらにしても、異種どうしの生殖は、かなり困難であることにはまちがいがない。けれど、同種の者どうしならば、生殖は可能なのではないだろうか。

シグマとアルファは、片山冬樹にそんな説明をした。

「自分たちの体が、どんなしくみになっているか、知ってる?」

片山冬樹は聞いた。そういえば、蔵医師や水沢看護師に、そのあたりのことを確かめてみたことは、うかつにも一度もなかった。

「外見は人間と同じだけど、なかみは少しだけ、違うみたい」

と、シグマ。

「どんなふうに?」

片山冬樹は聞く。

「臓器の位置が少しずれている、とか、動脈や静脈の走りかたが微妙に違う、とか、あと、細胞のつくりも少し異なるみたい。ちゃんと研究したわけじゃないから、くわしくはわからないけどね」

「どうやって知ったんだ？」

「医科系の研究所で働いていたことがあって、その時こっそり調べたの」

シグマがどんな人生の変遷を経てきたのか、片山冬樹は知りたくなる。でも、今は自分たちが生殖可能なのかどうかということを、もっとくわしく聞きたい。

「セックスは、人間とするのと同じようなかたちでしてるの？」

片山冬樹は聞いた。

「同じだよ」

と答えたのは、アルファである。

「生殖細胞を、おれたちの体は、持ってるのか？」

「射精は、するだろう、きみも」

と、アルファ。

「するけど、生殖細胞がその中にあるのかどうかまでは、知らないし」

「人間とは違う形と運動性のものだけど、あるわよ。でも、遺伝子のレベルまでは、どうなってるかわからないの。だいいち、DNAのような自己増殖をおこなう生体高分子物質を、あたしたちが同じように持っているのかどうかすら、わからないし」

シグマが、今度は説明した。

「でも、こうやってふつうにものを食べて体の中で代謝が起こって、現に生きてるんだから、何かしらの自己増殖のシステムは、持ってるはずだよな。だとしたら、自己増殖だけじゃなく、有性生殖もできるんじゃないかな、って」

横から、アルファが補足した。片山冬樹にとっては、少しばかり複雑な話だった。そのような、自分たちのなりたちについては、そもそもあまり興味がもてない。どちらかといえば、どうでもいいことのように感じられさえする。今、おれは、生きている。おいしくものを食べ、元気に活動し、生きていることを楽しんでいる。そのことだけが、片山冬樹にとっては重要なのだった。かといって、シグマとアルファが自分たちの身体について考えようとしていることを拒否するつもりも、片山冬樹にはなかった。

「で、子どもはできそうなの？」

しごくおおざっぱに、片山冬樹は訊ねる。

「うーん、それが、なかなか、できないのよね」

というのが、シグマの答えだった。

その夜、アルファがつくった羊のシチューを、片山冬樹は大いに楽しんだ。自分で買ってきた半ダースのビールのうち、五本を飲んだ。シグマとアルファは、今はアルコールをひかえているという。

「ぼくたちの生殖行為にとって、どんな影響があるか、わからないからね」

というのが、アルファの説明だった。

食事が終わると、アルファとシグマは片山冬樹をソファーのある片隅へと誘った。ストーブがすぐそばにあり、暖かい。二人は肩を寄せ、もたれあった。幸福な恋人たちを見ているようだった。

「あのね」

と、シグマが、ものうげな声で言う。

「あたし、このごろとっても満たされてるの」

「満たされてる」

片山冬樹は、シグマの言葉をゆっくりと繰り返した。

「アルファのことが、好きなの」

「好き」

片山冬樹は、またシグマの言葉を繰り返す。好き、というのなら、片山冬樹だって、アルファやシグマのことは好きだ。何をあたりまえのことを言っているのだろうと、片山冬樹は、アルコールに酩酊した頭で思う。

「前に津田さんが、妻を愛してるって言ってたでしょう」

「言ってたな」

片山冬樹は、津田の顔を思いだそうとしてみる。ホセになってからの顔が重なってきて、うまく思いだせない。ほそおもての、目のおちくぼんだ顔だったか。

「愛するっていうことを、誰かを好きになるっていうことを、あたし、知っているような気がしていたんだけど、やっぱり、知らなかったみたい」

愛するっていうことを、好きになるっていうことを、知っている？

その質問を、片山冬樹は、今までに自問自答したことがある。そのたびに、マリだったり野田春眠だったり山中文夫だったりラモーナだったりした自分は、知っているような、知らないような心もちになったものだった。

「たぶん、おれは、知らないな」

片山冬樹は、はっきりと答えた。

「あたしは、知っている。今はもう、知っている」

シグマは答えた。

「百年近く生きてきて、ずっと知らなかったけど、ようやく知ったの」

アルファは、シグマの言葉を黙って聞いている。

「あたし、アルファを愛しているの」

シグマは、誇らしそうに言った。片山冬樹は、珍しいものでも見るような顔つきで、シグマのことをじっと見つめた。

「それは、よかった」

片山冬樹は、答えた。シグマは、なるほどアルファのことを愛しているのだ。頭の中で、確認してみる。愛する、好きになる、というシグマの感情の実情は、片山冬樹にはわからない。わからなくて、かまわない。

そういえば、アルファの方は、どうなのだろうかと、片山冬樹はふと思う。アルファも、シグマのことを、好きなのだろうか。愛しているのだろうか。


片山冬樹は、翌日また新幹線に乗って、自分の部屋に戻ってきた。数日休んだのち、新しい建築現場に入り、熱心に働いた。一ヶ月がたち、二ヶ月がたち、シグマとアルファからはまだ生殖に成功したという知らせは届かなかった。

誰かを殺す夢を、片山冬樹は以前よりも頻繁にみるようになっていた。シグマたちを訪ねたことが原因なのだろうかと、片山冬樹は思いめぐらせる。でも、わからない。シグマとアルファの部屋は居心地がよかったと、片山冬樹は思う。自分の部屋も、あのような雰囲気にしたいものだとも。

建築現場の仕事が休みの日曜日に、片山冬樹は、街に出て、シグマたちの部屋に飾ってあったような小物を物色する。一つ、二つ、買ってみたりもする。けれど、小物を部屋に置いてみても、あのような居心地のよさはうまれなかった。ラモーナは、統一のとれていないものを適当に買って生活を済ませていたので、そのせいかもしれない。最初から意志をもって自分の好みの部屋を、空間をつくるようにしなければ、だめなのかもしれない。

片山冬樹は、少しずつラモーナのものを処分していった。百円ショップで、街の雑貨屋で、駅ビルの中の店で、片山冬樹は自分の好みにあう生活必需品をそろえていった。体格のいい強面（こわもて）の片山冬樹が、シャンプーの香りをふんふんかいでいる姿などを、ときおり不思議そうに面白そうに眺める人間もいた。片山冬樹は、頓着しなかった。

春がきて、片山冬樹は体の奥底から喜びがわいてくるように感じた。もしかするとこれが、誰かを愛したり好きになったりすることと同じような感情なのかもしれないと、思いもした。シグマから、山裾の近くのマンションをふたたび訪ねてこないかという誘いがきたのは、桜が散ろうというころだった。

「東京は、もう桜は終わってるんだろう。こっちは、まだなんだよ」

と、アルファが言った。男になったアルファに会うのはこれで二度目だったが、男性の姿をとったアルファにもだいぶん慣れてきたと、片山冬樹は実感するのだった。

（髭が、あんがい似合っている）

片山冬樹は、思う。

「今日は、シグマがお祝いをしたいからって」

アルファは言った。

「お祝い？」

「うん。どうやら子どもができたらしいんだ」

「らしい？」

「うん。人間用の妊娠検査薬は、シグマには反応しないから、正確なところはわからないんだけれど、妊娠の兆候がいくつもあるようになってから、もう四ヶ月が過ぎた。だから、たぶん人間でいうと、妊娠六ヶ月くらい、すでに安定期ってやつに入ってるはずだって、シグマは言ってる」

どのような計算で、妊娠六ヶ月という数字が出てきたのか、片山冬樹には理解できていない。理解できなくても、かまわなかった。アルファが晴々とした表情なのが、片山冬樹は嬉しかったのだ。この前シグマとアルファを訪ねたときには、アルファはもう少し無表情だった。

「いつ生まれるの？」

「わからない。人間は約十ヶ月だけど、ゾウは二十ヶ月でしょ。ネズミなんて、二、三週間で生まれるし」

「二、三週間なら、もう生まれてるね」

片山冬樹は、冗談のつもりで言う。けれど、アルファは笑わない。

「そういう可能性だってあったし、明日にでも生まれるかもしれないし」

「出産は、どんなふうにするの？　病院に行ったりしないの？」

「自分で産むって、シグマは言ってる。産める気がするんだって」

「ちょっと、心配だね」

うん、と、アルファはうなずいた。髭づらの大柄な男が、神妙にうなずいているのが、可愛い。

「シグマは？」

「仕事。夕方に帰る」

シグマは、家電製品の会社のオペレーターをしているのだそうだ。長く生きてきただけあって、アルファの知らないようなさまざまな知識を、シグマはもっているのだという。

「シグマは、もの覚えがいいんだよ」

もの覚えや、頭の働きのよしあしは、体が変化しても変わらないのだろうかと、片山冬樹は疑問に思う。自分について、考えてみる。

――なるほど、そのあたりは、あまり変化していないようだ。

「シグマは、今までの記憶を、全部もってるんだね」

「うん。シグマは、そうみたい」

「アルファは？」

「ところどころ、抜け落ちてる。片山さんは？」

「この体になってからは、記憶は全部よみがえったような気がする」

人を殺した記憶のことを、アルファに今話してみようかと、片山冬樹はふと思う。けれど、少し迷ってから、やめにする。新しいものが生まれ出ようとしている場所に、人を殺した話はそぐわないような気がしたのである。

夕方までに、アルファと片山冬樹は、一緒に夕飯をつくった。山菜の白和え、煮魚、こんにゃくを炊いたもの、それにグリーンサラダ。

「ずいぶん健康的な献立だね」

片山冬樹が感心すると、アルファは少し照れたように、

「ま、こういうことになったし、できるだけ体によさそうなものをって思っててさ」

と言った。

タラの芽のてんぷらは、シグマが帰ってきてから揚げることにして、二人は夕食前から日本酒を飲みはじめた。

「シグマが妊娠してから、なんだか酒がうまく感じられてならないんだ」

「めでたいことだからじゃないの」

昔からの親友が久しぶりに会った時のような会話を自分たちは交わしていると、片山冬樹は思う。妙だ。べつに、親友でもないし、昔からの知り合いでもない。強いて言うなら、ひどく稀少な存在どうしが、肩を寄せあうようにして連絡を保っている、ということだろうが、それもなんだか違う気がする。

おれたちは、一人一人、違うもの。

片山冬樹は、そう思っているのである。今までなってきた、幾人かの自分でさえ、ずいぶんと個性が違う。まして、体の異なる個体をや。

シグマのお腹は、かなり大きくなっていた。

「妊娠六ヶ月って、こんなに腹がでかいものなのか？」

片山冬樹は、無遠慮に聞く。

「これ、人間の九ヶ月くらいよ。すごいでしょ」

自慢するように、シグマは答えた。

「いいのか、そんなに成長しちまって」

しげしげと、シグマの腹に片山冬樹は眺め入る。それから、そっとさわってみる。

夕飯を食べ終えると、シグマは床に横たわった。それまで食卓の椅子にまっすぐに座っていたのが、突然何も言わずに板張りの床に寝そべったので、片山冬樹はびっくりした。

「体が、ほてるの。内側から何かに燃やされているみたいに」

横たわったまま、シグマは言った。

その夜、シグマのベッドを片山冬樹は使った。シグマは、一晩じゅう床に寝るのだという。

硬くないのかと聞いたが、ちょうどいいのだそうだ。

「柔らかいものは、なんだか、不安定で」

と、シグマは言っていた。

シグマのベッドは、アルファのベッドのすぐ横にぴったりと並べられていたので、アルファと片山冬樹は仲良く寄り添って眠ることになる。

「鼾(いびき)とか、かくんじゃないだろうな？」

片山冬樹は、聞いた。

「かかないよ」

アルファは答えたが、少し気を悪くしたようだった。

「なんなら、ものすごい鼾をかく者に、今夜だけ変化してやろうか？」

そんなことを言う。

「今でも、どんどん違うものに変化することは、できるのか？」

片山冬樹は聞いてみた。AV女優に変化する以前のアルファは、ごく短期間で次に変化していく個体だったのだが、シグマと一緒に暮らすようになってからは、まだ一度しか変化していない。すなわち、AV女優の榛名ななから、今の髭づらのアルファへと変化した、その一度きりである。

「できると思うけど、変化癖がまたぶりかえすと面倒だから、変化しないように気をつけてる」

「気をつけると、変化しなくなるんだ」

「前は、いくら気をつけても、だめだったけどね」

たぶん、シグマと一緒に暮らしていることが関係しているのではないかと、アルファは言った。変化を引きとめるものが、あるような気がするのだ、と。

シグマが苦しみだしたのは、夜明けがただだった。

「ああ」

という、せつなそうな声が、リビングのほうから聞こえてきて、片山冬樹は目を覚ました。ねぼけた頭で、誰かがアルファの出演した映画を見ているのかと、一瞬思う。が、声はアルファのものではなかった。何度も繰り返し見ているから、片山冬樹は知っているのだ。

「だれか、きて」

呼んでいるのは、シグマにちがいなかった。いそいで片山冬樹は、アルファを揺り起こした。

二人でリビングのドアを開けると、床に奇妙なものが横たわっていた。

シグマが、二人、いた。

「どうしたの」

とっさに、片山冬樹は聞いた。シグマは、答えない。そもそも、二人いるどちらのシグマが元のシグマなのか、わからない。よく見ると、シグマとシグマは、まだうまく分離していなかった。

「とすると、ぼくたちは、分裂して増える生きものなのか？」

アルファが、つぶやいている。

「ちがう」

片方のシグマが、苦しそうに言った。

「ここにいる二人のあたしは、両方とも、あたし。でも、今喋っているほうじゃないあたしは、子どもがほしくないみたい」

片方のシグマがそう言うと、黙っていたもう片方のシグマが、口をひらいた。

「それは違う。あたしは子どもがほしくないんじゃないの。あたしはただ、知っているの」

シグマとシグマは、胴体がつながっている。一つの胴体を共有しているのではなく、二つ胴体があるのだが、あきらかに腰から尻の部分が、なめらかに融合していた。シグマが着ていた柔らかなワンピースは破け、床にわだかまっている。二人は、裸だった。

「子どもなんて、あたしたちは産めないの。お腹が大きくなったり、妊娠の兆候があったりしたのは、もう片方のこのあたしが、そんなふうに変化していただけなの」

片山冬樹は、どうしていいかわからず、床に横たわっている二人のシグマをただ眺めるばかりだった。アルファのほうは、しゃがみこんで、ソファーにあった膝掛けを、二人にかけている。

よく見ると、両方のシグマは、もう腹が大きくなかった。ぺたりとした腹部が、生白い。二人のシグマは、膝掛けをまとい、寒そうに震えた。

「服、持ってきて」

片方のシグマが言う。それが、妊娠できないと知っていたシグマなのか、あるいは妊娠のかたちに体をどんどん変化させていったシグマなのか、片山冬樹には区別がつかない。アルファが寝室に走り、毛布を持ってきた。二人のシグマは、慎重に二人分の上半身を起こし、毛布を身にまとった。

そのまま自分がアルファとシグマのマンションにずっと居つづけることになろうとは、当初片山冬樹は予想していなかった。

居つづけることにしたのは、シグマが、どんどん弱ってきたからである。

「そろそろ消えるかもって、前にも言ったでしょう」

そう言ったのは、どちらのシグマなのだろう。二人並んでいると、まったく区別がつかない。もともとシグマが寝ていたベッドに、二人はいつもからみあうようにして、寝ている。くっついていた腰から尻のあたりは、あの夜から少しして、離れた。

シグマが弱りはじめたのは、完全に別々の二人になってしまってからだった。

「一人に合体できないの？」

片山冬樹は聞いた。

「してみようとしたけど、だめなの」

「そもそも、どうやって、二人にわかれたの？」

「産まれる、と思ったのよ、あの夜。あたしの子どもが。でも、出てきたのは、こいつだった」

片方のシグマが、弱々しく言った。

「こいつって、ひどい呼びようね。あたしはあなたなのに」

「違うわよ、あたしはあなたじゃないもの。あたしはあなたとは別な者よ。だから、二つにわかれちゃったんじゃないの？」

片山冬樹は、首をひねる。今までの、さまざまに変化してきた者たちの記憶や性質をうまく統合できていたはずのシグマが、突然きれいに二つにわかれてしまうとは、いったいどういうことなのだろう。不自然でもあるが、反対に、むしろできすぎたことのようにも感じられる。

「人間の老化と、似たようなものかもしれないわよ、これ」

もう片方のシグマが、落ち着いたくちぶりで言う。

「ふん、わかったようなことを言って」

と言ったのは、妊娠を信じていたほうのシグマだろう。こちらのシグマのほうが、口調が少し荒い。

くちぶりは荒っぽかったが、体はどんどん衰弱していっている。病院に行くことを片山冬樹は勧めたが、どちらのシグマも、首を縦にふらなかった。

「いやよ」

「いや」

こういう時は、声がきれいにそろう。アルファは、困り果てている。滋養のありそうな食事を毎日つくり、アルファは二人のシグマに尽くしていた。けれど、どちらのシグマも食べものをほとんど口にしない。

「何かほしいものは、ないの？　点滴でも、する？」

「そんな設備は、ないでしょう、ここには。それに、点滴は、きらい。もともと人間用のものだから、あたしたちにはほんとうは向いてないの。点滴すると、いつも酔っちゃってたいへんだったわ」

いつの記憶なのだろう、シグマは不満そうに言った。

「でも、どんどん痩せてくるじゃないか」

「もうすぐ消えるんだから、しょうがないわよ」

「ねえ、きみは、ぼくのこと、愛してるんじゃなかったの？」

アルファは、二人のシグマに向かって、かきくどくように聞いた。

「愛してるんなら、少しでも長く一緒にいたいと思うだろう」

シグマは、アルファのその言葉を聞き、同時に目をつぶった。つぶった二人の目から、涙が流れる。

「いたいわよ」

シグマが言う。声が優しいので、こちらは妊娠を信じなかったほうのシグマなのか。

「でも、アルファは、そこまであたしのことを愛してないでしょう」

と言ったのは、口調が少し荒いシグマか。

「……」

アルファが、黙りこむ。

「あたしたちの面倒はよくみてくれるけど、それは、愛じゃないよね」

「愛じゃなくても、いいじゃないか。なんでそんな、人間がこだわるようなことに、こだわるんだ。愛してるとかそうじゃないとか。そんなの、どうだっていいじゃないか」

アルファが、叫ぶように言った。

「それは、そうかも」

と、声の優しいシグマ。

「うん。それは、そう」

もう片方のシグマも、言う。

「難癖つけてるだけなのかも、しれない。もうすぐ消えてしまうのが、いやで」

なるほど、おれたちのような存在も、死ぬ、あるいは消えるのは、いやなのだ。片山冬樹は、シグマたちとアルファのやりとりを聞きながら、思う。人間たちが、あれほど死を怖れることに、つねづね片山冬樹は興味をもっていた。

二人のシグマは、分裂したばかりのころよりも、区別がつきにくくなっている。二人ともはかなげで、そのはかなげな二人が以前よりさらにからまりあうようにして横たわっているさまは、何かの植物のようにもみえた。


夜中、片山冬樹はアルファに起こされた。

揺すられたり声をかけられたりしたのではないから、起こされた、というよりも、じっと眺められていた、その気配を感じた、と表現するほうが正確かもしれない。

「どうした」

片山冬樹は、静かに訊ねた。

「シグマが消えないようにする方法を、少し前から考えつづけているんだが」

アルファも、静かに答える。

「どうするんだ」

その方法を、片山冬樹は、実は以前から知っていたような気がした。シグマが二つに分裂した時に、無意識の奥底から、すでに自然に湧いてきていたような、気がした。

「片方を、殺せばいいんだ」

「殺す」

はじめて聞いた方法であるかのように、片山冬樹は驚いたふうをよそおう。

「殺して、どうする」

「片方がいなくなれば、前のように元気になるだろう」

「そうかな。ますます弱っていったりは、しないだろうか」

片山冬樹は、疑問を呈してみせる。

「どちらにしろ、両方とも消えてしまうんなら、試してみない手はない」

少しばかり冷淡に、アルファは言った。

「この、どっちつかずの状態が、ぼくは、たまらないんだ」

と、つけ加えながら。

おれはたしかに、誰かを殺した記憶がある。今また、片山冬樹は思い返す。それが誰なのであるか、わかったような気がした。そうだ、おれは、おれを殺したのだ。あの時、この体に変化した時、隣にいた、おれ自身を。

「そうか。それなら、やってみるといい」

片山冬樹は、アルファの言葉に賛意をあらわした。そうだ。片方を殺してしまえば、きっともう片方は生き延びる。おれのように。

「でも」

と、アルファが言う。

「ぼくが手をくだすのは、とっても、いやなんだ」

「そりゃあ、シグマを殺すのは、とってもいやなことだろうな」

片山冬樹は、穏当に答えておく。誰かを殺している夢は、果たして「とってもいや」な感覚を自分にもたらしていただろうか、と考えながら。

夢の中で誰かを殺す時、片山冬樹は、確かにいやだと感じていた。けれど、同時に、ある種の快感もあったような気がする。

「一緒に、殺してくれないか」

アルファが言った。

「断る」

即座に、片山冬樹は答えた。そんな親切をしてやる義理はないと、片山冬樹は思ったのだった。むろん榛名なながだったころのアルファの出演した映画は、たびたび見て楽しんでいるが、それだからといって、殺しを手伝ってやるほどの義理はないだろう、と。

「冷たいな」

「ずっと一緒にこうしていてやってるじゃないか。それだけで、じゅうぶんだと思うんだが」

「ホセは、今ごろ、どこにいるんだろうな」

突然アルファが言った。

ホセ。片山冬樹は、思い返す。偉丈夫で明るい表情の、ホセ。でも、芯には闇のようなものもわだかまっていて。

「ホセなら、手伝ってくれたかもしれないのになあ」

「そうかな」

片山冬樹は、首をかしげる。いや、そうかもしれない。ホセに変化する前の津田は、自分たちの仲間がどこにいるのかを感じる能力をもっていた。それはすなわち、共感する能力ではなかったろうか。片山冬樹は、アルファやシグマに共感することが、あまりできないし、その興味もない。

「悪いな」

片山冬樹は、アルファに謝った。ここは、謝っておくところではないかと、昔覚えた何かの定義を実行してみる心もちで、判断したのである。

「いや、無理なことを頼んでいるってことは、わかってるから」

アルファは、少しうなだれながら、言った。

どちらを殺すのかが、問題なのだと、それから毎夜アルファは片山冬樹に相談を繰り返すのだった。

「どっちを殺しても、もし元気になるのなら、いいじゃないか。元気になってみたら、すぐ違う者に変化してしまうかもしれないんだし」

気軽に片山冬樹が言うと、アルファは真剣に首を横にふった。

「でも、せっかくこうしてシグマとの生活が始まっているんだから、今までと同じように一緒に生きてゆける可能性の高いシグマのほうを、残したい」

そんなことを、ぐずぐずと言いつのっている。ようするにアルファは、シグマを殺すことを先のばしにしているのだと、片山冬樹は推測した。

「なんだかおれたちって、狭いところで、ぐるぐるしてるだけの存在だよな、考えてみれば」

と、片山冬樹は言ってみる。今思いついたことではない。

片山冬樹は、伝記を読むのが好きだ。日本では伝記というものはあまりさかんに書かれるものではないが、英語圏では、伝記がさかんに書かれる。一人の人間に、いくつもの伝記があったりもする。ラモーナの記憶をもっている片山冬樹は、ときおり英語で書かれた幾人かの人間の伝記を取り寄せ、なぐさみに読む。政治家の伝記。芸術家の伝記。企業人の伝記。犯罪者の伝記。どれを読んでみても、人間とは行動力のあるものだと、感心する。悲惨な境遇に育った人間も、裕福で恵まれた境遇に育った人間も、ごく平凡にみえる境遇に育った人間も、誰もが幼いころからあちらへ行っては何かを為し、こちらへ戻ってきては何かを為し、絶えず考え行動し判断し、新しい道を求めている。

それにひきかえ、おれたちは。

と、片山冬樹は思うわけである。

世界の片隅で、息をひそめるように、ただ生きているだけのおれたち。

けれど、片山冬樹は、そんな自分が決して嫌いではない。ただ生きている、ということの喜びを、片山冬樹はいつも感じつづけているのだから。

アルファは、シグマを殺すことがいやでしかたがない。それでも、シグマを殺そうとしている。それはおそらく、アルファのためではない。シグマのためだ。シグマは、アルファを愛している。でも、アルファのほうは、それほどまでにシグマに執着をもっていないはずだ。だから、アルファはシグマが消えてゆくことを、シグマ自身ほどには悲しんでいない。それなのに、消えてゆくことを悲しんでいるシグマのために、シグマを殺してみようというのだ。

アルファは、なんと親切なのだろうと、片山冬樹はあらためて、びっくりする。誰かのために、それほどまでにつらいことをするなどという発想は、片山冬樹には、まったくないからである。


そしてその日は、やってきた。

アルファはついに、片方のシグマを殺したのである。

二人のシグマは、今やほんとうに植物の蔓(つる)のように、ぴったりとあわさってからまりあっていた。その体はすっかり質感をなくしていた。言葉も、もうほとんど喋ろうとしない。

昼間、日の高い時刻に、アルファは片方のシグマを殺した。片山冬樹が買い物から帰ってくると、すでに片方のシグマはいなくなっていた。どんな方法で殺したのかを、片山冬樹はアルファに聞かなかった。アルファも、語ろうとはしなかった。

「どちらのシグマを、殺したの」

それだけは、片山冬樹は聞いてみた。

「たぶん、妊娠を信じていなかったほう」

「たぶん」

片山冬樹は、アルファの言葉をゆっくりと繰り返した。シグマは、眠っている。一人になって、質感が戻りつつある。

「シグマを殺したことは、一生忘れられないと思う」

ゆっくりと、アルファは言った。

「でも、シグマのために、殺したんだね」

片山冬樹のその言葉に、アルファは、軽くうなずいた。それから、またゆっくりと、言った。

「ぼく自身のために、シグマを生かしておきたくて、片方のシグマを殺したんなら、まだよかったんだけど。でも、そうじゃないんだ。ぼくは、純粋にシグマのために、シグマの悲しみを消すために、片方のシグマを殺してみた。誰かのために何かをするのって、なんだか、とっても気持ち悪いことだね。殺しをおこなうことよりも、気持ち悪いかもしれない」

そうかもしれないね。片山冬樹は、小さな声で賛成する。それから、伝記の中の人間たちのことを、思い返す。人間たちは、いつも誰かのために何かをしていた。誰かのために犠牲になったり、誰かのために苦しんだり、誰かのために努力したりしていた。自分のためだけに事をなしとげようとしていた人間は、ひどく少なかった。犯罪者でさえ、自分のためだけになど生きていないように感じられた。

片山冬樹は、それら、誰かのために生きようとする人間たちのことが、理解できなかった。だから、殺しをおこなうよりも、誰かのために何かをすることのほうが気持ち悪いと感じるアルファの言葉は、よくわかった。

アルファは、言った。

「ぼくは、これからこの気持ちを刻印されたまま、生きてゆかなければならないのかな」

「たぶん」

片山冬樹は、答える。

「でも、ほかのものに変化して、この気持ちをナシにすることも、なんだか違うような気がするんだ」

「ふうん」

アルファのその感情は、片山冬樹には、やはり理解できない。理解しようとも思わない。

誰かのために、何かをすることを、アルファはきっとはじめて覚えたのだ。そう感じるばかりである。

新しいことを覚えるのは、いい。おれも、早く東京に戻り、ラモーナのものだった部屋を、おれのための新しい部屋へと完成させよう。生きることを、もっと楽しもう。もしまんいちふたたび自分が分裂してしまったなら、ためらいなく新しい自分を殺そう。あるいは殺されるのは、元々の自分かもしれない。どちらでもいい。おれは、結局おれなのだから。

シグマは、そののち元気になり、数週間後にはまた家電会社のオペレーターとして働きはじめた。片山冬樹も東京に帰り、建築現場で毎日みっちりと働いている。

ひかり

あたしの名前は、ひかり。

この体になってから十年になる。日本で十歳になっていたら、ふつうは小学校に行っているはずなのだけれど、今のところ学校という名のつくところには、通っていない。

あたしはみのりと二人で、ほとんどいつも家の中で過ごしている。

みのりも、十歳。

あたしたちが一緒に育っているいきさつについては、少しばかりの説明が必要だろう。

あたしは、以前は片山冬樹という男だった。

片山冬樹は、人生を楽しんでいた。定職につかず――あたしたちの仲間は、おおかたがそうなので珍しくはなかったけれど、片山冬樹はその中でもことに、ひとところで働くことを苦手としていた――人ともあまりまじわらず、ただアルファとシグマとホセという三人の仲間とだけ、時おり時間を過ごしていた。

片山冬樹として生きたのは、ほぼ十五年間だ。

ともかく、片山冬樹は、満足していた。だから、ずっと片山冬樹のまま生きつづけてもいいのではないかと、片山冬樹自身は思っていたのだ。

けれど結局片山冬樹は、あたし、ひかりへと変化することとなる。

きっかけは、みのりが生まれたことだった。

みのりは、高橋さんと鈴木さんの子どもだ。

高橋さんと鈴木さんは、そもそもホセが中央アフリカの小さな国で出会った、あたしたちの仲間だった。向こうでの名前は、知らない。ホセは最初かれらのことを「イプシロンと、ミュー」と、便宜上呼んでいたけれど、高橋さんも鈴木さんも、

「そんな名前、いや」

と言い、決して使おうとはしなかった。

二人が日本にやってきたのは、子どもを産むためである。

幼児生存率の高い国で、子どもを育てたい。

というのが、高橋さんと鈴木さんの願いだった。ホセが、かれらの手助けをした。マリだ

ったころの伝手で偽造パスポートをあたしが作ってやり、当時トレーダーとしてそこそこ成功していたアルファが、お金を融通した。

日本に来るにあたって、イプシロンとミューは、日本人の女の姿に変化した。年のころは、三十代のなかば。中央アフリカでのかれらは、二人とも男だったという。

アルファとシグマの間には結局子どもができなかったのに、かれらは生殖に成功しつつあったのだ。アルファの時と同じように、ただの「妊娠した自分」への主観的な変化であり、実際に妊娠などしていないのだと、最初ホセは思っていたのだそうだけれど。

ところが、そうではなかった。

ほんとうに、かれらはかれらの子どもを体に宿していたのだ。

子どもを実際に産んだのは、高橋さんだった。でも、子どもは、鈴木さんの体にも同時に宿っていた。妊娠しているあいだじゅう、高橋さんと鈴木さんの両方の体に胎児がおり、けれどその胎児は、二人の体に別々に宿っているにもかかわらず、ただ一人の胎児なのだった。

「それは、抽象的な胎児、とかいう意味?」

二人の話を聞いても、意味が全然わからなかったホセは、聞いてみたそうだ。

「そうじゃなく、両人の体の中に、ちゃんと別々に宿っているけれど、同一の存在である胎児だよ」

と、二人は答えたという。

二人の答えの意味は、実際にみのりが生まれ、妊娠が想像ではなかったことが示された後である今になっても、あたしにはやっぱりわからない。そんなふうにあたしたちの仲間は子どもをほんとうに産んだのだ。ということは、うすうすわかるけれど、あたしたちは個体差が大きいから、このようなことが全員に共通することなのかどうかも、わからない。

「お腹は、とくには、大きくなってなかったんだよ」

と、ホセは教えてくれた。

「胎児には、質量がないんだって。だいいち、二人とも男なんだから、子宮もないし。それなのに、体に宿ってたって、ありえる?」

ホセは、非常に懐疑的だった。

ともかく、質量は持たないが、命はある。そんなものが二人の胎内に宿り、質量はまったく増さないままに、育っていったのだという。

日本にやってきた二人は、早速小さなアパートを借りた。そして一週間後、子どもが生まれた。

名前は、みのり。

シグマのほうは、

「ただの分裂体じゃないの？」

ホセと同じく、アルファも怪しんでいた。

「よかったね、生まれて」

と、素直に祝福していたけれど。

アルファとシグマは、その後もずっと信州で一緒に暮らしているのだ。一時は分裂して弱ったシグマだったけれど、アルファが片方のシグマを殺してやった後は、消滅する兆候は、ひとまずなくなったようだ。

「百年以上生きてきちゃったけど、まだずっと生きるのかしらね」

ときおり、つまらなさそうにシグマは言う。だからといって、シグマが自分で自分の存在を消すつもりは、今のところないらしい。

そう、高橋さんと、鈴木さんの話の途中だった。

中央アフリカでは両方とも男だったが、日本に来て名前も高橋さんと鈴木さんに変えた二人は、女になった。

「地球上の多細胞生物のおおかたは、女性の個体が子どもを産むシステムになってるでしょ。だから、まねして、わたしたちも女になることにしたんだ」

と、二人は口をそろえて言っていた。どちらの体から子どもが生まれるのかは、最後までわからなかったのだという。なにしろ子どもは二人の体の中で、同時存在として育っていたのだから。

子どもは高橋さんから生まれた、と言ったが、それは人間の出産とはずいぶん違うものだったという。実際にあたしはこの目では見ていないから、正確な生まれかたはわからないけれど、

「気がついたら、すでに生まれて、そこにいたの。痛くもなんともなくて。自分が変化する時よりも、ずっとたやすかった」

と、高橋さんは言っていた。

そうやって生まれたのが、みのりなのである。

みのりは、男の子だった。人間の新生児と、まったく区別のつかない様子をしていた。紫色で生まれ、次第に赤くなり、そののち日本人の肌の色になっていった。よく泣き、よくミルクを飲んだ。

片山冬樹がひかりになろうと思いついたのは、みのりの生後、一週間ほどたったころである。

「おれたちの仲間で嬰児(えいじ)になった者は、まだいないはずだ」

ということに、片山冬樹は気がついたのである。

思いついてしまったので、すぐにでも嬰児に変化したくなった片山冬樹だった。ひととこ
ろに勤めることが苦手だった片山冬樹は、思い立ったことを我慢するということも、苦手だ
ったのだ。

けれどさすがに、嬰児としてどのように生きてゆくのかという保証がまったくないままに
嬰児に変化する、ということだけは、片山冬樹も思いとどまった。

片山冬樹は、高橋さんと鈴木さんに相談した。

というよりも、頼みこんだ、と表現したほうが正しいだろう。

あるいは、かなり強引に押しきった、と言ってもいいかもしれない。

パスポートの偽造に協力したこと、アパートを借りる時の保証人になったこと、家財道具
をそろえる買い物につきあったこと――布団と最低限の台所用品、それに安いパソコンくら
いの、かんたんな買い物だったとはいえ――などの、自分のはからいを並べたてて感謝を強
要し、また、生まれてくる子どもはおそらく学校に通うことはできないだろうから――日本
には戸籍制度という煩雑なものがあり、戸籍のない子どもは学校に行くことは難しい、とい
うことを、高橋さんと鈴木さんは知らなかったので、片山冬樹は教えてやったのだ――子ど
もが友だちを持つことは難しい、けれど自分が嬰児になって一緒に育てば、子どもの成長の

ためにも望ましいだろう、なぜなら生きものは社会をつくるものなのだから仲間がいたほうがいいに決まっている、と、まことしやかに述べたて、嬰児に変化してからの、少なくとも数年間は自分を保護するようにとの約束をとりつけたのであった。

高橋さんと鈴木さんは、もう一人の嬰児をみのりと一緒に育てることを、あんがい簡単に承知した。

「きっと、なんにも考えてなかったんだよ」

と、後にみのりはひかりに言う。

「そうだね、たぶんほとんど考えてなかったね」

と、ひかりであるあたしも賛成したものだった。

みのりが、あたしたちの仲間であることは、まちがいないだろう。でも、みのりは十歳になった今まで、一度も変化していない。

「変化しようと思ったことは、ある？」

あたしは聞いてみたことがある。

「あるけど、できなかった」

みのりは、答えた。そして、続けて言った。

「でもきっと、もっと大きくなったら、できると思う」

ひかりになったあたしは、なにしろ新生児だったので、変化したばかりのころは、うまく喋ることができなかった。それまでの記憶はしっかりあり、言語能力はじゅうぶんに発達していた。けれど言語を喋るよう訓練されていない新生児の声帯と舌では、なめらかに言葉を発することができない、ということを、あたしはその時はじめて知った。

でも、ほぼ一ヶ月で、あたしは喋れるようになった。新生児がぺらぺら喋っているのは、妙な光景にちがいなかったけれど、高橋さんも鈴木さんも、気にしなかった。新生児なので、起き上がることも、いや、手足を自分の思うように動かすことさえできなかった。でも、口だけは達者だった。

いっぽうのみのりはといえば、こちらは正真正銘の新生児であり、喃語（なんご）すらまだほとんど喋らず、げんこつにした手を口につっこんだり両手をばんざいしたりするのがその動作の限界、という、いかにも赤んぼうらしい可愛さに満ちていた。

ベビーベッドにみのりと並べられたあたしは、みのりの可愛さを見飽きることがなかった。もっとも、お腹がすいたりおむつがよごれたり眠かったりして泣き叫ぶみのりは、たいへんにうるさかった。みのりは、赤んぼうとしては、肺活量が大きかったのだ。

まだ首がすわっていないので、横たわってみのりの方を見るのはなかなか難しかったけれど、あたしは一日じゅう新生児のみのりを眺めては、楽しんだ。

みのりは、人間そっくりだ。あたしたちの特質は、変化する、ということだ。でも、前にも言ったとおり、みのりは十歳の今まで、あたしたちと同質の「変化」は一度もしていない。そのうえ、みのりは人間と同じ速度で成長している。

あたしたちの仲間は、ふつう成長しない。三十歳に変化したならば、十年たっても三十歳の体のままだ。服装や動作や表情でもって、年を重ねているようにみせることは多少可能だが、身体年齢は不変なのだ。八十歳に変化したとしたら、それから五十年たっても、八十歳の体のまま、ということなのである。

ところがみのりは、成長する。あたしたちの仲間の「変化」とは意味のちがう、「成長」という名の「変化」を、おこなうのだ。

最初はベビーベッドに並べられて同じ月齢にみえていたあたしとみのりだったけれど、二ヶ月、三ヶ月、六ヶ月、とたつうちに、みのりはずんずん大きくなってゆき、やがて首もすわり、寝返りもできるようになっていった。ところがいっぽうのあたしは、嬰児のままだった。

「ずっと首のすわらない赤んぼうを抱きつづけたら、腱鞘炎（けんしょうえん）になるわよ」

と、鈴木さんが文句を言ったので、みのりが生後六ヶ月になった時に、あたしは嬰児から一歳児に変化した。

その後も同様だった。みのりが二歳になった時、あたしはまだ一歳児の大きさと運動能力しかもっていなかった。いつまでも伝い歩きをし、急ぐ時には、ものすごい勢いで高這いをしてしのいだ。

ちょうどそのころ、当時住んでいたアパートが、火事になった。あの時は、ほんとうにあせった。あたしはまだ伝い歩きしかできなくて、高橋さんは仕事に出ていて、鈴木さんは近所に買い物に行っていた。みのりはドアを開けることも、走ることもできたので、すぐに玄関から出て逃げていったけれど、あたしは煙にまかれて、今にも気絶しそうだった。

帰ってきた鈴木さんに救われたので、九死に一生を得たけれど、ほんとうにあぶないところだった。火事の翌週、あたしは二歳児に変化した。それからは、みのりの誕生日にあわせて変化を繰り返し、いつもみのりとおない年でいるように、した。

変化、というなら、高橋さんと鈴木さんの変化についても、説明しておこうか。

高橋さんと鈴木さんは、日本に来てからおのおの二度ずつ変化した。

最初女だった高橋さんは、日本に来てしばらくしてから、まず男に変化した。数年間男でいたけれど、結局また女に戻った。

いっぽうの鈴木さんは、高橋さんが男に変化してからも、女のままでいた。その後、高橋さんが男に変化した一年のちに、自分も男になった。それからはしばらく男でいて、でも、最後はやはり、女に戻ったのである。

全体の流れを説明するならば、こういうことになる。

最初は二人とも、女だった。

次に、高橋さんが男、鈴木さんが女、という組み合わせになった。

その次に、高橋さんが男、鈴木さんも男、という組み合わせに。

そのまた次は、高橋さんが女、鈴木さんが男。

最終的には、ふたたび二人とも女に。

均質な、という意味をもつ言葉「ホモジーニアス」と、混成の、という意味をもつ言葉「ヘテロジーニアス」で二人の組み合わせを、あらわすならば、ホモ（女女）→ヘテロ（男女）→ホモ（男男）→ヘテロ（女男）→ホモ（女女）、という順序になる。

「わたしたちの場合、日本っていう場所での組み合わせとしていちばん落ち着くのは、女と女、みたい」

と、高橋さんは言う。

「うん。アフリカにいた時には男と男でもよかったけれど、なんとなくここでは、女と女がいいんだ」

と、鈴木さん。

二人は交代で働きながら、ひかりであるあたしと、みのりとを、育てている。

四歳を過ぎると、みのりの成長はゆるやかになっていった。言葉を喋る能力も、手足をつかう能力も、安定しつつあった。まだ生物としてはまったく独立していなかったが、基本的な生存の力はそなえた器になりつつあった。

そうだ。嬰児から一歳児、二歳児、三歳児、四歳児と変化しつつ、みのりと一緒に大きくなってゆく時間を過ごしてみてわかったのは、子どもは器なのだ、ということだった。

子どもは、さまざまな形の器。

たぶん人間の子どもは、遺伝というシステムによって、おおまかな形を決められている。

だから、それぞれの人間は、少しずつことなる形の器となる。

けれど、そのなかみは、まだ注がれていない。なかみを注がれることを、子どもたちは、待ち受けているのだ。

面白かったのは、あたしのすぐ隣にいて成長してゆくみのりに注がれるものが、いっけんだめにみえるものだったとしても、それがみのりという器に、必ずしも悪いというわけではないことだった。反対に、いかに素晴らしいものが注がれたとしても、それがいい結果を生むとは限らない。

高橋さんは、少し怒りっぽかった。鈴木さんは、めそめそするタイプ。

二人とも、あまり勤勉ではない。だからあたしたちの住むアパートは、散らかっていたし、ほこりだらけだった。食事も、いつも適当だ。一日ほとんど食べないこともあったし、ライオンみたいにやたらに食べだめすることもあった。

子どもが育つには、たいへんに素晴らしい環境とはいえない。でも、みのりは元気にすこやかに成長していった。

高橋さんは、ときどき怒鳴った。たいがい、つまらないことでだ。

なんで今日はこんなに暑いんだ。

なぜ日本では知らない相手に挨拶すると怪しがられるのよ。

唐揚げが食べたいのに、作るのがめんどくさすぎる。

さっき出てきたごきぶりが、黒くて大きくておいしそうだったのに、つかまえて食べようと提案したら、鈴木さんに却下された。

などということで、がみがみ怒鳴り散らす。

　みのりは、怒鳴る高橋さんが、とても好きみたいだった。

　高橋さんが好きだから、怒鳴っても大丈夫、というのではなく、積極的に「怒鳴る」という行為が好きなのである。

　片山冬樹は、怒鳴る人間が嫌いだったし、ラモーナもマリも山中文夫も野田春眠も丹羽ハルカも、怒鳴る人間なんか、大嫌いだったはずだ。

　今まで出会った仲間たちは、そういえば、誰も激しやすいタイプではなかった。

　でも、高橋さんは、激する。そして怒鳴る。

　みのりは、そんな高橋さんを、いつもいつも面白がるのである。

　鈴木さんは、泣きむしだ。一度泣きだすと、とまらない。そのうえ、いつまでも愚痴を言いつづける。うっとうしくてならない。ふだんは大人のように喋り、会話をするあたしだけれど、鈴木さんがぐちぐち言いはじめると、なにくわぬ顔で赤んぼうがえりする。大人の話なんて、なんにもわからない子どもなんです、というふりをする。かかずらわると、ますます泣きつづけるし、ますます愚痴が激しくなるからだ。

　高橋さんと鈴木さんは、とてもだめな感じのカップルなのである。

　なぜ二人が一緒にいるのかも、よくわからない。互いに好きだ、という雰囲気もない。

　たとえば、アルファとシグマは、もっと親密だ。アルファよりもシグマのほうの愛が深いようであるとはいえ、アルファもあきらかにシグマを好いている。

ところが、高橋さんと鈴木さんのあいだがらは、もっとそっけない。

もちろん、互いに嫌いではないらしい。

でも、ことさらに好きあっているわけでもない。

あたしたちは、不思議な家族だった。みのり、高橋さん、鈴木さん、そしてひかりであるあたしを、家族と呼んでもさしつかえないものならば。

あたしたちは、ばらばらだった。でも、たしかに、ちゃんとつながっていた。こんな感じは、今までで、はじめてのことだった。


みのりの学習は、あたしが指導している。

小学校の教科書を手に入れ、五歳になったころから、おそらく小学校の二倍くらいの速さで学ばせていった。

あたしは小学校には行ったことがないけれど、高校生だったことはある。丹羽ハルカと、野田春眠だった、あのころだ。

あのころ、あたしは日記をつけていた。だから、みのりにも日記をつけさせることにした。

みのりが六歳になった時、みのりは日記にこう書いた。

たかはしさん
すずきさん
ひかり
みんなすき

あたしはびっくりした。好き、などという感情について、みのりに教えたことはなかった。それなのに、みのりは「すき」と書いた。少し前に高橋さんと鈴木さんがテレビを買ったばかりで、みのりはテレビに夢中になっていたから、放送していた何かの中で「好き」という概念を見知ったのかもしれない。

「すきって、どういうことなの？」

あたしはみのりに聞いてみた。

「すきは、すきのこと。ずっといっしょで、すごくすきなこと」

みのりは答えた。六歳児の答えは、曖昧である。説明になっていない。あたしは首をかしげた。

それからまた少しして、みのりは日記にこう書いた。

ねこきらい
ねこひっかく
ねこきらい

その前の週に、みのりは公園で猫にひっかかれたのだ。野良猫を撫でようとして、するりと逃げられてくやしがったみのりは、その猫を追いかけた。野良のくせにもたもたした奴で、猫はみのりに追いつかれた。抱き上げようとしたみのりを、猫はひっかいた。みのりの腕に血がにじんだ。みのりは泣きだした。

「きらいって、どういうことなの？」

そういえば、あたしは誰かをものすごく嫌いになったことがない。いつも、あたしの感情はうすい。

「ぎーってなるの。ねこ、ぎーっ」

みのりはしかめっつらをし、それから、猫を呪う言葉をぶつぶつとつぶやいた。まるで人間の子どものようではないかと、あたしは感心した。

翌月みのりが日記に書いたのは、こんな言葉だった。

ねこ、すき
ねこ
ひかり
すずきさん
たかはしさん
そら
いえ
てれび
みんなすき

先月は嫌いだった猫のことを、もう好きになっている。みのりはなんて感情がむきだしなのだろう。こんな仲間は、ほかにみたことがない。

八歳になった時に、みのりはこう書いた。

死にたくない
死ぬのがこわい
朝おきなくてそのまま死んでいたら、どうしよう
どうしよう
死にたくない

死ぬという概念について、その少し前から、みのりは非常に興味をもつようになっていた。死ぬのは、いなくなること。最初は、そのくらいの理解だったはずだ。身のまわりで誰かが死んだことはまだないので、ごく抽象的にしか、みのりは「死」を理解していなかったようだった。あたしは、ナオの死や、あたしがラモーナだったころ、カナダで香川さんが自殺未遂をしたことなどを思い返しながら、「死」について少しずつ、みのりに説明した。あたしの説明は、おそらく要領を得ないものだったはずだ。けれどみのりは、あたしの断片的な言葉を手がかりに、「死」についてどんどん思いつめていった。

「こわいよ」

みのりは、言うようになった。

いちにちじゅう、みのりは自分が死ぬかもしれないことについて、考えるようになってし

まった。あるいは、高橋さんが死ぬことについて。鈴木さんが死ぬことについて。あたしが死ぬことについて。

高橋さんと鈴木さんに、相談してみた。高橋さんは、

「へえ」

と言った。

鈴木さんは、

「すごいね、そりゃ」

と言った。まったくもって、適当な二人である。

みのりは、毎日死を怖がった。怖がりたくないのに、どうしても怖いようだった。あたしはいくつかの哲学書を読んでみた。かみくだいてみのりに説明した。でも、みのりは怖がるのをやめることができなかった。宗教も研究してみた。そして、天国、だの、来世、だのという解決法のことを、みのりに示してみた。でも、だめだった。あたしの宗教に対する理解が浅かったのだろうし、あたしがそれらの解決法をどうにも信じることができていなかったからでもあるだろう。

「死なないよ、みのりは」

あたしがなぐさめても、みのりは承知しなかった。

「ううん、明日死ぬかもしれない」

それは、そうだ。明日みのりが死なない——あるいは、あたしたちの仲間なのだから、消滅、という言葉の方が似合っているかもしれないが——とは、何者も保証できるものではない。

みのりが死を怖れつづけている、その横で必死にみのりの感情を鎮めようとしているうちに、あたし自身も、少しずつ死が怖くなっていったことは、ごく自然なことだったのか、あるいは、あたしたちの仲間としては、非常に珍しいことだったのか。

あたしたちは、本来死を怖れない。

シグマが消滅するかもしれなかったあの時だって、シグマはほとんど自身の消滅を怖れていなかったし、アルファだってそうだった。

消滅を厭うていた、というのは、あるかもしれない。それは、そうだろう。ここにいたものが、もういなくなる。それは、つまらないことだ。消滅は、いや。その気持ちは、あの時、みんなにあった。

でも、怖い、という気持ちは、たぶん誰にもなかった。

それなのに、あたしはみのりと一緒に、死を怖れるようになっていったのだった。

怖れはじめると、どんどん怖くなっていった。

シグマが、今度こそ死んでしまったら、どうしよう。

ホセがこの世から、いなくなったら。

高橋さんがもう決して怒鳴ることなく、死骸になって横たわったままになったら。

鈴木さんの愚痴を、二度と聞けなくなったなら。

そして、みのりが冷たくなって、もう動かなくなったら。

怖さは、日に日に増していった。妙だったのは、自分が死ぬことについては、あたしはさほど怖れなかったことだ。そこが、みのりとは異なっていた。みのりは、何より自分が死ぬことを怖がっていた。

仲間の死を怖れる気持ちは、仲間のことを好きだという気持ちからくるのだということに、あたしはうすうす気がつきはじめていた。

なに、この、人間みたいな心もち。

あたしは、ひやりとしていた。あたしは人間じゃないのに。

みのりは、誕生日が好きだった。

本来、誕生日という概念は、あたしたちの仲間にはない。あたしたちはみな、突然この世にあらわれる。あらわれた日を特定できる仲間もいるようだけれど、その日時に意味はない。なぜ人間は、誕生日を祝うのだろうかということを、以前シグマと話したことがある。

「そういえば、なぜなんだろうねえ」

シグマは最初、そのことについてはあまり興味がないようだった。あたしは、電話でシグマと話していたのだ。すでにあたしはひかりとなっており、たしかあの時みのりは五歳になろうとしていた。だから、あたしの体も、五歳の幼児のものだったはずだ。電話が手に、少し重かったことを、覚えている。

みのりの誕生日は、高橋さん、鈴木さん、あたし、そしてみのりの四人で、慣習として、祝うことにしていた。

「みのりは、自分の誕生日を、とても喜ぶのよ」

あたしが言うと、シグマは、

「ふうん」

と、相づちをうった。何かを食べながら喋っているらしく、「ふうん」は、実際には「むー」と聞こえた。

「何が嬉しいんだろう」

あたしはシグマに訊ねてみた。

「そのことについて、みのりと話したことはあるの？」

シグマは聞き返した。

「生まれてきたことを思いだせることが嬉しいし、去年よりも大きくなっていることが嬉しいし、みんながいることが嬉しいんだって、この前言ってたような気がする」

「確認してるわけだ、自分が生きてきたことを。なんか、人間みたいだね、みのりって」

シグマは言った。

なるほど、誕生日に人間は、自分が順調に成長していることを喜ぶのだと、その時あたしは理解した。そして、自分がこの世に生まれでてきたことも。

「人間って、自己愛が強いのね」

「自己愛？」

シグマは、聞き返した。

「だって、自己愛が強くなきゃ、生まれてきたことや、成長していることを喜ぶ、なんていう発想は、出てこないでしょ」

「なるほど」

そうなのだ。人間は、この世界に自分が生きているというそのことを、ひどく貴重だと感じる生きものなのだ。なんとおめでたい生きものなのだろう。違う言いかたをするなら、なんと前向きな生きものなのだろう。

「あたしたちも、今度誕生日を祝ってみるかな」

シグマは、言った。アルファとシグマの誕生日は、いつ？　そう聞くと、シグマは電話の向こうで、少し黙った。それから、

「この体に変化した日かなあ。それとも、この世にあらわれた時かなあ。ま、どっちでもいいや。適当に決めちゃってもいいしね、覚えやすい日とかに」

と、気楽な調子で言ったのだった。

みのりが死を怖れはじめた八歳くらいから、みのりはあたしの誕生日を一緒に祝いたいと言いはじめた。

「でも、あたしの誕生日って、いつになるのかなあ」

以前シグマと誕生日について交わした会話を思いだしながら、あたしは首をかしげた。

「ぼくと同じ日にしたら？」

みのりは提案した。

「あ、でもちがう、同じ日じゃないほうがいいや。だって、ちがう日なら、年に二回、誕生日祝いができるでしょ」

「みのりは、誕生日にケーキを食べたりいつもよりごちそうだったりすることが、嬉しいの？」

あたしは、あらためて聞いてみた。

「それももちろん嬉しいけど、誕生日は、ごちそうがなくても、なんか、たのしい」

みのりは答えた。

みのりの誕生日が四月なので、あたしの誕生日は半年後の十月ということにした。

「春の誕生日と、秋の誕生日、両方になるね」

みのりはそう言って、よろこんだ。この時のみのりの日記は、こんなふうだった。

ひかり
みのり
ふたり
おめでとう

意味わかんないよ、これ。あたしが言うと、みのりは笑った。ぼくも、よくわかんない。でもなんだかすごく嬉しくなっちゃったの。それに、ひかり、みのり、ふたり、って、響きがきれいじゃない？

高橋さんと鈴木さんは、誕生日が二回に増えたことに文句を言った。

「めんどくさい」

と言ったのは、鈴木さん。

「金がかかる」

と言ったのは、高橋さん。さしてお金などかけていなかったのだけれど、

「ケーキが、無駄でしょ。わたしはべつに甘いもの好きじゃないし」

と、高橋さんはきめつけた。

その時からみのりは、自分とあたしの誕生日を心待ちにするようになった。自分自身を確かめるためのささやかなしるべとして、みのりは誕生日というものを喜んでいたのだろうか。それとも、変化の少ない日々の中にある特異点として楽しんでいたのだろうか。それともまた、違う意味がそこにはあったのだろうか。

死を恐怖するようになった、その次には、みのりは自分が今ここに存在するという現象にとりつかれた。

「ぼくは、どうしてここにいるの」

みのりは、聞いた。そんな存在論みたいなことを聞かれても、困る。あたしは内心で思ったが、存在論、などという言葉をまだ十歳にもならないみのりに言ってみても、はじまらないだろう。

「それはね、高橋さんと鈴木さんがみのりを生みだしたからよ」

いちおう、あたしは言ってみた。

「生むって、どういうこと？」

みのりは、くいさがった。

しばし、あたしは思案した。人間の生殖のしくみを、みのりは聞きたいと思っているのだろうか。それとも、自分がどうやって生まれてきたのかを、知りたいのだろうか。

「みのりは、妊婦さんは、見たことある？」

聞いてみる。

「テレビで見るよ。お腹がでかい女の人でしょう」

「うん、そう」

「あのお腹の中に、小さな人間が育っていることも、知ってるよ」

「わかってるじゃない」

「わかんないよ」

みのりはふくれた。

「わかるわけ、ないじゃない。どうしてお腹の中に人間ができるの。どうやって大きくなるの。どうやってお腹から出てくるの」

なんだ、と、あたしは少しだけ安堵した。みのりは単に、生殖ということのしくみを知りたいだけなのだ。

そこであたしは、動物の生殖のしくみを、みのりに教えてやった。まだ十歳前だったけれど、きちんと生殖細胞の減数分裂から始めて、ＤＮＡのことにもふれつつ、みっちりと説明してやった。

ところが、みのりはまったく満足しなかった。

「よくわからないし、わかったところもあるけど、やっぱりわからない」

みのりはそんなふうに言うのだった。どうやらみのりは、生殖のしくみだけを知りたいのではないらしい。

「じゃあ、何が知りたいの？」

あたしは聞いた。

「ねえ、ときどきひかりは、自分がここにいることが、すごくへんだって、思うことはない？」

質問に、質問で返された。

「いるのが、へん」

あたしは慎重にみのりの言葉を繰り返す。

「うん。ぼく、自分の体が、ほんとうに自分なのかどうか、ときどきわからなくなる」

「それは、どういうこと？」

あたしが問うと、みのりはこんなふうに説明をはじめた。

「鏡を見るでしょ」

鏡を見た時に、みのりは鏡の中にみのりを見る。そこにいるのが自分だということは、もちろん知っている。でも、それならば、自分の中にある「考えている自分」っていうのは、何なんだろう。考えている自分は、鏡にはうつらない。でも、考えている自分は、たしかにここにいる。いや、ほんとうにこの鏡にうつっている「みのり」の体の中で、自分は考えているのだろうか。もしかして、考えている自分は、ずっと遠い場所にいて、自分のこの体は、遠くにいる「考えている自分」が、景色のように眺めているのではないか。

とはいえ、遠くから眺めているのならば、いつでも「みのり」のすぐ近くにいる「ひかり」だって、眺めている遠くの目には入るはずだ。それなのに自分は「みのり」の姿しか、自分とは思わない。「みのり」と「ひかり」をいっしょくたに自分として感じるのではなく、

「みのり」だけが自分だと感じるからには、やっぱり遠くから眺めているんじゃなくて、ここの「みのり」の体の中に、「考えている自分」はいるんだろうか。

だけどそもそも、「考えている自分」って、いったい何なんだろう。脳みそが、考えているの？　心、とかいうものがあるって聞いたことがあるけど、心が考えるの？　心は、どんな形をしているの？

そういうことを考えはじめると、鏡にうつっている、はっきりとした形のある「みのり」と、「考えているみのりである自分」が、同じものだっていうことが全然わからなくなって、どんどんへんな気持ちになるんだ。

みのりは、ひといきに、そんな説明をしたのだった。

「みのりは、鏡にうつっている自分の体と、見えないけれどどこかで何かを考えている自分と、どっちのほうが自分だって感じるの？」

あたしは聞いてみた。しばらく考えたすえ、みのりはこう言った。

「考えている自分」

ふうん、と、あたしはため息をついた。

今まであたしは、自分の意識と体との関係なんて、考えたこともなかった。ここにあるあたしの体。その中で、考えているあたし。それらは、まったく乖離しておらず、きれいにまざりあって感じられてきた。

「ひかりは、ひかりとは違う体だったことがあるんでしょ」

みのりは、聞いた。

「うん。いろんな体だったよ、今まで」

「前の体は、どんな体だったの？」

「男で、体がじょうぶ」

「男だったんだ」

「うん」

「でも、ひかりは男だった時も、やっぱりひかりだったんでしょ」

そうだったのだろうか。いや、あたしは片山冬樹だった時には、ひかりではなかった。純粋に、片山冬樹だった。

「ちがうよ。男だったあのころ、あたしはひかりじゃなかった。片山冬樹だった」

正直に、あたしは答えた。

「ちがったの？」

悲鳴のような声を、みのりはあげた。

「じゃあ、ひかりは、どうやってひかりになったの？」

ゼロ歳のひかり。一歳のひかり。二歳のひかり。三歳のひかり。四歳のひかり。五歳のひかり。六歳のひかり。七歳のひかり。八歳のひかり。

そうやって、あたしは一年ずつ体を変化させてきた。

ではたとえば、ゼロ歳のひかりと、一歳のひかりは、ちがうひかりだったろうか。

たぶん、両方とも、同じひかりだ。体は変化したにもかかわらず。

それなら、ゼロ歳のひかりと、八歳のひかりは、どうなのだろう。

本来ならば、同じ「ひかり」であるがゆえに、体だけは変化したが、意識も性格も同じでありつづけるはずだ。

ところが、ひかりの場合は、どうやら違うようなのだった。

ひかりは、少しずつそのなかみが、変わっていっている。育っていっている。あるいは、退化していっているのかもしれない。

たとえば、ひかりが途中までは怖れていなかった死を、ある時から急に怖れるようになったこと。それは、あたしたちの仲間にとっては、ひどく例外的なことなのである。

死を怖れること自体も例外的だが、最初のうちのひかりはまったく死を怖れていなかったのに、みのりが死を怖れるようになっていったのにともない、ひかりも死を怖れるようになった、というところが、もっと例外的なのだ。

そんなふうに、誰かに影響されて決定的に何かが変わってしまうことなんて、今までのあたしには、なかったことだった。たぶん、高橋さんも、鈴木さんも、津田さん――現在はホセ――も、そんなふうに変わったりしたことはなかったはずだ。

あたしは、今までのあたしたちと、違うものになってしまったんだろうか。

「あたしは、みのりが生まれたあと、しばらくしてから、ひかりになった」

ひかりはどうやってひかりになったの、という、みのりの質問に、あたしはそう答えたのだった。シグマと喋っていた時には、自分がいつ生まれたかなどということは決められないと思っていたのだけれど、みのりと話しているうちに、あたしにはわかってしまったのだ。

あたしは「生まれる」という体験を、ついにしてしまったのだ。ひかりとして。

生まれた、というのはつまり、生まれてそして育っていって、やがて後退していって、そして死ぬ、ということだ。

今まで、あたしは変化してきた。でも、生まれては、いなかった。けれど今あたしは、ひかりとして生まれ、そして育って（あるいは退化して）いるのだ。

生きることは、日々刻々と変わってゆくこと。

いくら「変化」しても、「変わってゆく」ということはなかったあたしだったのに。

そうは言っても、このほちひかりでいることはやめにして、ひかりではないものに変化したなら、あたしはふたたび「変わる」「育つ」などということはしない者に戻るだろうと、この時はたかをくっていた。


みのりは、じきに十歳の誕生日を迎えようとしていた。このところみのりは、急激に知識を吸収しつつあり、日本の十歳児すなわち小学四年生にくらべると、かなり大人びていた。

「みのりは、記憶力がいいね。使ってる言葉なんかも、もう大人そのものじゃない？」

鈴木さんは、ときおり感心した。

「だったら、もう親なんかいらないんじゃない？　それに、そんなに大人びているのに、まだみのりは誕生日を祝ってほしいわけ？」

とは、高橋さんの言葉。高橋さんは、誕生日がくるたびに、文句を言う。こんな子どもだましみたいなこと、もう面倒だから、やめようよ。

たしかに、みのりの大人びたふうからすると、誕生日をそれほどまでに心待ちにすること自体が、奇妙に思われもしたのだ。

「学校に行かせてもらってないんだから、誕生日を祝うくらい、いいだろう」

みのりは、落ち着きはらって高橋さんに言い返した。

「学校？　あんた、そんなところに行きたいの？　ガキとの集団生活なんて、面白くもなんともないわよ」

「でも、まだしてみたことのないことは、してみたいよ。だいいち、高橋さんは、今までに集団生活をしたことは、あるの？」

高橋さんは、黙りこんだ。たしかに、あたしたちの仲間は、身分の保証が難しいので、集団生活をいとなむ機会には、めぐまれにくい。

「あたしは、したこと、あるよ」

高橋さんのかわりに、あたしが答えてあげた。

「いつ」

「ずいぶん前になるけど、高校生だったことがある」

蔵医師と、水沢看護師のことを、あたしは久しぶりに思いだした。蔵医師は、病院を退職したのち小さな診療所を開いていたけれど、その診療所もとっくにたたみ、息子一家と同居しているはずだった。水沢看護師は、たしか老人施設に入っているとか。二人とも、もうあたしのことなど、覚えていないかもしれない。

「で、どうだったの、集団生活は？」

みのりは聞いた。

「うーん、実感をもっては覚えてないけど、たしか、男の子として高校に通っていたころは、やたらに女の子とセックスばっかりしたがってたような気がする」

「で、いろんな女の子と、セックス、できたの？」

みのりは、あっけらかんとしたくちぶりで聞いた。

「できたこともあったし、できなかったこともあった」

「高校は、楽しかった？」

「楽しいとか、そういうことは、求めてなかった」

「じゃあ、高校に行かなくなったら、どんな気持ちだった？」

「どんな気持ちでもない。だって、行かなくなったのは、変化したからだし」

「変化したあとは、もう前の体の考えは、忘れちゃうの？」

「はっきり覚えている時もあったし、そうじゃない時も、あった」

ふうん、と、みのりは首をかしげた。

そのことにあたし以外の者たちが気がついたのは、十二歳の誕生日の時だった。

四月にみのりの誕生日を祝った、半年のちの、あたしの誕生日。

「そういえば、ひかりは、もう変化しないの？」

みのりが指摘したのである。

一瞬、あたしは黙りこんだ。

「してるよ、みのりにあわせて」

いそいであたしは言った。

「違うよ、ひかりは、変化してない」

みのりが首を横にふる。

「そういえば、この一、二年、誕生日なのに、ひかり、変化しないのね」

鈴木さんが、不思議そうにあたしの顔をのぞきこみながら、言った。

そうだったっけ。あたしはなにくわぬ顔で、答える。

「でも、ひかり、ちゃんと大きくなってるよね」

高橋さんが言った。

「うん。背も高くなってるし、顔も大人びてきてる」

と言ったのは、みのり。

あたしはしぶしぶうなずいた。ああ、ついに気づかれたと、あたしは観念した。

そうなのだ。この二年間、あたしは変化をしていなかったのだ。それまでは、みのりの成長においてゆかれないよう、律儀なほどに、一年に一度の変化を繰り返してきたのに。

「やだ、変化するの、忘れてた。でも、成長なんて、してないよ。気のせい、気のせい。この誕生会が終わったら、すぐに変化するから」

軽く、あたしは言った。

けれど、あたしはすでに、じゅうぶんに承知していた。ほんとうはあたしは、成長しているのだ。みのりが成長するのと同じように、あたしの体は少しずつ大人びてきている。ついこのあいだからは、下着に乳首があたる時に、軽い痛みを覚えるようになっていた。あきらかに、第二次性徴である。

自分も、みのりと同じように育っているので、あたしは「変化」する必要を感じなかったのだ。

みのりはケーキをぱくついている。甘いものに興味がないと言っている高橋さんも、ホールのケーキの四分の一をきっちりと皿にとり、フォークを使ってもりもりと食べていた。鈴木さんだけが、あたしの表情の不穏さに気づいたようだったが、何も言わなかった。

翌日、あたしは変化しようとこころみた。

できなかった。

翌年も、その翌年も、あたしは変化することができなかった。

変化はしなくとも、体は成長してゆく。みのりとあたしは、十二歳までは、ほぼ同じ身長だった。十三歳の時にあたしのほうが大きくなってしばらくその状態がつづき、十七歳になったら、反対にみのりのほうが、体重も身長もあたしをおいこした。

みのりが二十歳になった時、高橋さんと鈴木さんは、家族の解散を宣言した。

「もうあんたたち、働けるでしょう」

高橋さんは、てきぱきと言った。

「うん、大丈夫だと思う」

と答えたのはみのりで、あたしは正直なところ、不安でいっぱいだった。

「変化」ではなく、成長を重ねてしまった自分が、はたして働いたり閉じられていた場所を出て社会の中にまぎれて生きてゆくことができるかどうか、まったく確信が持てなかったのだ。

変化とは、なんと都合のいいものだったのだろう。何かの危機がせまっていても、変化さえしてしまえば、すべてを御破算にしてしまえたのだ。

みのりは、違う。彼は一度も変化したことがない。そのかわりに成長してきた。あんなに小さなゼロ歳児だったのに、今では見あげるばかりの男に成長している。そして、この場所を出てゆく意志に満ちている。

「ひかりは、怖いの？」

みのりが聞いた。

「うん。怖い」

「何が怖いの」

「何もかもが、怖い」

「ぼくは、べつに怖くないよ」

「失敗したり、いやなめにあったり、お金を得られなかったり、それで飢えたりするかもしれないんだよ」

「大丈夫だよ、死んだりはしないでしょ」

「ううん、死ぬんだよ、いつかはきっと」

みのりは、笑った。そんなの、ずっと先のことだよ。まだぼくたち、じゅうぶんに若いじゃない。幼いころに死を怖れたみのりは、もういない。成長し、異なるみのりになってしまったのだ。

みのりの笑顔は、輝きわたっている。知識も体力も、じゅうぶんなみのり。でも、みのりはまだ世間のことを何も知らない。

「こんなふうに突然あたしたちをほっぽり出すのは、ちょっと、ひどいんじゃないかなあ」

あたしは、高橋さんと鈴木さんに訴えた。

「そう？　みのりはともかく、ひかりは、わたしたちがボランティアみたいにして、面倒みてきたんだよ」

鈴木さんは、肩をすくめながら、言った。

そのとおりだ。二十年前、おどしたりすかしたりして、あたしはひかりのかたちに変化した自分の世話を、高橋さんと鈴木さんに頼んだのだった。

結局それ以上何も言い返せず、あたしはしぶしぶ家族の解散を受けいれた。高橋さんと鈴木さんは、もう少しだけ、一緒に日本で暮らすという。

「わたしたちも、この家族の形に慣れすぎちゃって、元々の自分たちがどんなものだったか、忘れかけてるみたい。ちょっと、危ないわ」

鈴木さんは、言った。危ない。その言葉が自分につきささるように感じた。今までにない無力感を、あたしは覚えていた。まるで、過保護に育てられた子どもが、突然親から突き放された時のように。

でも、あたしが感じていたのは、子どものほうの気持ちだけではなかった。過保護な子どもを突き放す、親の気持ちも、同時にはっきりと感じていたのだ。自分を突き放す自分。そして、自分に突き放される、自分。あたしは、自分の中にあるいくつかの自分を、もてあましている。

あまりにあたしが不安がっているので、みのりはあたしと一緒に住むと言ってくれた。

「そんなことしてると、一生ひかりに取りつかれちゃうわよ」

高橋さんは、反対したけれど。

「大丈夫、もし好きな子ができたら、すぐにひかりに出ていってもらう」

みのりはほがらかに答えた。なんて生意気なんだろう。みのりなんて、ほとんどあたしが育ててやったようなものなのに。

みのりは、まずは手っ取り早い肉体労働に従事することにしたようだった。あたしは、コンビニの店員。この世界にあらわれてから、世の中にはさまざまな変化があったけれど、コンビニも、ずいぶんとさまがわりした。売っている加工品の種類が少なくなり、そのかわり野菜や肉、果物に魚といった、生鮮食料品を、たくさん置くようになっている。

コンビニはたくさんあるけれど、スーパーマーケットはほとんどなくなっている。いっぺんになんでも買うことができて、お店の人と会話をかわす必要のないスーパーマーケットが、あたしは昔から好きだったのに。今の人間は、もっと小さなお店で買い物をするのが好きなようなのだ。ある時まで減りつづけていた個人商店が以前よりも増え、顔と顔をつきあわせ、世間話をしながら買い物をすることが好まれている。

　コンビニの研修でも、お客との世間話のもってゆきかたを習った。

　愛想よくすること。

　しかし、立ち入ってはいけないこと。

　以前とちがい、その場でクレームをつけたり突然居丈高に怒りだしたり、というお客は減っているようだった。そのかわり、こちらがお客との距離のはかりかたを間違えて、遠回しにでも失礼になる営為をおこなうと、お客は二度と店に来てくれなくなるので、しっかりとお客の意をくみとるようにしなければならないのだ。

　といっても、それはとても難しいことなので、ともかくにこやかに距離をもって接すること。

　何かを話しかけられたら、必ず返事をすること。

　あたしがゼロ歳児から二十歳になるまで、ほとんどみのりとしか会わずに過ごしている間に、日本の人間たちの、対人関係のつくりかたは、少なからず変化したようなのだ。そういえば、山中文夫として高校の事務職員をしていたその昔には、保護者がさまざまなクレームをつけてくる、といったことは、日常茶飯事だった。突然電話の向こうで怒鳴りだす保護者もいたし、窓口までやってきて、ずっと文句を言いつづける保護者もいた。山中文夫たちは、けれど、落ち着きはらって淡々とそれら保護者に対処していた。

ところが、今は面と向かってクレームをつけてくる人間は、ほとんどいない。みな、互いを慮り、遠慮深くふるまい、にこやかに小さな声で喋る。

なんだか、人間たちが、つくりものめいてみえる。

あたしはそう感じていた。

それにくらべると、みのりはずいぶんと野蛮だった。もしかすると、ひかりであるあたしも。

「ひかりさんて、少し古い感じの人みたい」

同僚にも言われた。

「古い感じ？」

「親の世代よりもっと上みたいな」

「ええっ、なにそれ」

少しどぎまぎしたが、笑ってごまかしておいた。

もしひかりのままではなく、ほかの者に変化していたら、あたしは今の時代にぴったりな者になれていただろうか？

久しぶりに、あたしはホセの声を聞きたくなった。ホセは、すでにホセではなく、今はアマンダになって、ヒューストンに住んでいる。

「それは、もしかしてすごく面白いことなのかもしれない」

と、アマンダは電話の向こうで言った。いや、もうすでにアマンダはアマンダではなくっているのだ。まだアマンダになったばかりだったというのに、さらに違うものへと変化したのだという。

見えないもの。そんなふうに元アマンダは自分の姿を表現している。

元アマンダの姿を見ることはできる。けれど、自分自身の眼で直接元アマンダを見ることは、できない。そんなふうに、元アマンダは説明するのだった。

その電話から少したって、あたし宛に小包が送られてきた。差出人の名が書かれていないので、一瞬捨ててしまおうかとも思ったけれど、みのりに見せたら、小包に耳をあてたり匂いをかいだりしたあげく、

「爆弾とかじゃなさそう」

と言って、返してきた。爆弾を送られるような恨みないしはねたみないしはその他の悪感情を誰かから受けるほどには、今の日本の社会に深くかかわっていると思っていなかったので、みのりのその発想には、意表をつかれた。

「みのりは、いつもそんなこと考えて生きてるの？」

あたしは聞いた。

「いや、可能性としてはゼロじゃないなって」

ふうん、と言いながら、あたしは乱暴に小包を開いた。中からは、サングラスが出てきた。

「元アマンダです。お元気ですか。もし私に会いたかったらこのサングラスをかけてみてください」

という短い手紙が同封されていた。

「は？」

と言いながら、あたしはサングラスをためつすがめつした。

「かけてみないの？」

みのりは聞いた。

「だって、なんだか怪しい」

「ただのサングラスじゃん」

「毒がしこんであったりして」

「ひかりもあらゆる可能性にそなえてるの？」

みのりは笑いながらあたしの手からそのサングラスをとりあげ、自分でかけた。しばらく

みのりはサングラスをかけたまま部屋の中を歩きまわっていたが、突然、

「わっ」

と言って、サングラスをいそいではずした。

「どうしたの」

「知らない人がいた」

そう言って、みのりは部屋の中をきょろきょろ見まわした。

「どこに」

「椅子に座ってた」

「どの椅子」

あたしとみのりが住んでいる小さなアパートの小さなキッチン兼リビングには、椅子が二脚に、二人用の食卓がある。でも、椅子にはあたしが座っているだけで、知らない人なんて、この部屋には誰もいない。

「知らない椅子だった」

「何言ってるの？」

みのりが驚いて固まったままなので、あたしもサングラスをかけてみた。

「あ」

あたしも、声が出てしまった。そこには女が一人、籐の椅子に浅く腰かけていた。籐の椅子は背もたれが大きく広く編まれており、女はスカートのすそをはだけた姿勢で片方のすねをもう片方のひざにのせて足を組んでいた。

「どこかで見たことがある、この姿勢」

あたしはつぶやいた。女はこちらをにらみつけるように不敵に見すえている。

「たぶん、なにかの映画のタイトル写真よ」

何の映画なのか、あたしは思いだせなかったけれど、たしか映画の女はとても美しかった。今あたしが見ている女は、アジア系の女で、映画のゲルマン系の女とはまったく違う顔だちである。美しい、という印象ではないが、好きな顔だとあたしは思った。

じっとしていた女が、動いた。送られてきた小包の中のこのサングラスと同じものを、女は組んでいる足のつけねのあたりから取り出し、かけた。そして、横を向き、顔面の左側をこちらに見せたまま、サングラスの両方のつるのふちにある突起をするすると伸ばしてみせた。それから、左右の耳に、伸ばしたものの先端をさしこんだ。

「なんか、してる」

あたしはつぶやき、女の真似をして、サングラスのつるのふちをひっぱってみた。ふちは簡単に伸びた。そのまま耳に先端をはめると、声がした。

「久しぶり」

視界の中の、籐の椅子に座っている女が、「久しぶり」という音と同時に口を動かしている。どうやら突起の先端、イヤホーンになっているとおぼしき部分から、女の声は聞こえてくるようだった。

「これ、VRサングラスらしい」

あたしはつぶやいた。

「そっか、VRか」

みのりの声が少し遠くから聞こえた。イヤホーンをしているので、距離感が違って感じられる。

VR用の端末は、あたしたちのアパートにはなかった。高橋さんと鈴木さんと一緒に住んでいた時も、そういうものは家にはなかった。だから、その時がはじめてのVR体験だったわけである。なかなかリアル。あたしは内心で思った。

「あなた、誰？」

あたしは聞いた。

「ちょっと前は、アマンダだった」

「今は、名前は？」

「実体がないから、必要ないの」

女はそう答えた。椅子から立ち上がり、歩きまわってみせる。それから、

「今日は、ここまで。もう消えるよ」

そう言うなり、かき消すようにいなくなった。


サングラスをすると、アマンダだったものはあらわれる。あらわれない時もある。元アマンダは――呼びにくいから、名前を決めて、と頼んでいるのに、元アマンダはどうしても名をなのろうとしなかった。だって、姿も性別も不定なのだから、名前なんていらないんだってば。そう頑固に言い張るばかりだったのだ――VRの中に住む者なのである。

元アマンダがVRの中だけの存在になろうとしたのには、理由があるのだという。

「何回か、危険を感じたことがあったの」

元アマンダは言った。

「危険？」

聞くと、アマンダはこう答えた。

「私たちの存在に気がついて、排除しようとする人間が、いるみたいなのよ」

最初に後をつけられたのは、ニューヨークだったという。ホセの姿をとっていたころだ。

ニューヨークに住んでいる仲間を訪ねようと、大きな通りを歩いていたら、数メートルうしろをついてくる女がいる。女の気配がなんだかすさんでいたので、立ち止まったり適当な店に入ったりして離れようとしたが、執拗についてくる。仲間の家を知られてはまずい気がして、その日はホテルに帰った。翌日もホテルを出ると、女はつけてくる。結局仲間は訪ねず、南米へと戻った。何年かしてアマンダに変化し、あらためてニューヨークに住みはじめたところ、時おり誰かに見られている気配を感じたり、つけられたりするようになった。どの時も、かすかな敵意を感じる。

そんなある日、横断歩道で信号を待っている時に背中を押され、あやうく大きなトラックに轢かれそうになった。それを皮きりに、頭上から鉄板が降ってきたり、住んでいるアパートのドアに銃弾を撃ちこまれたり、人通りの少ない場所で何者かに拉致されそうになることが、次々に続いた。

「ようするに、危険を避けようと思ったの」

元アマンダは説明した。

「仮想現実の中でなら、そういう人間から危害を受けることもないでしょう」

元アマンダはつづけた。

「完全にＶＲの中の存在になれるまで、しばらくかかったけれど」

完全にVRの中の存在に変化した時、アマンダの実体、すなわちアマンダの身体は、この現実の世界から消えたのだという。そのかわりに、アマンダはあらゆる蓋然的な世界に存在することができるようになった。加えて、その姿かたちも、あらゆる形態をとることが可能になったというわけなのだった。

あたしがサングラスをかけると、なるほど、ある時のアマンダはアジア系だったけれど、ある時はアフリカ系、またある時はゲルマン系の姿をとっている。また、人間型ではなく、動物や植物、時には無生物の姿をとっていることもあった。いる場所も、室内、街なか、平原、山岳地帯、岩場、海沿い、さまざまだ。この前は雪原を橇で走っていた。もちろん、男の姿の時も女の姿の時も、両方ある。

この前会った元アマンダは、子どもの姿で、何かをおいしそうに食べていた。

「何食べてるの？」

聞くと、

「はちみつ」

と、元アマンダは答えた。

「はちみつ？」

「巣から直接採ったものなんだ」

「VRの中の存在でも、おいしさは感じるの？」

「うん」

「いつも姿が違うけど、それは、変化とは違うの？」

「違う。もう自分は変化する必要もないんだ。だって、いつだってあらゆるものになれるんだから。それって、何になるか、決めなくていいってことでしょ」

「じゃあ、あたしが見ているあなたの姿は、誰が決めるの？」

「適当。偶然。ランダム。カードをきって、その中の一枚を引くみたいな感じ」

元アマンダの答えに、あたしは首をかしげた。

「じゃあ、あなたの感情や感覚も、その時々で偶然に決まるの？」

「うん」

「記憶は？」

「今までのすべての記憶が混在してる。でも、失われることはない。増えていくいっぽう。いろんなところから、今も記憶と感情と感覚が流れこんでくる」

元アマンダの言うには、世界中の通信網のどこにでも自分はアクセスできるのだという。そこにある人間たちの感情や記憶、感覚や思考を、すべて吸い上げることができるのだそうだ。

「記憶や思考がデジタル化されたものについてはまだわかるけど、感情や感覚って、通信網の中に、たくわえられたりしてるわけ？」

「うん。感情も感覚も、あるところまではデジタル化できるみたい」

「で、それって、楽しい？」

「まあ、ねえ」

元アマンダは——その時は、猫の姿をとっており、しっぽをきれいに立ててそう答えたのだった——少しばかりばかにした調子で答えた。猫に「まあ、ねえ」などとばかにされながら言われるのは、あまり居心地のいいことではないとあたしは感じたけれど、そのいっぽうで、猫なので、ばかにしたくちぶりにもあまり腹がたたなかったのは事実だ。

「楽しいとか、そういう言葉ではかれるものじゃないんだけどね」

ひきつづき、ばかにしたくちぶり。でも、猫だから、やっぱり許した。

今ならば、世界的金融恐慌を引き起こしたりいくつもの国を滅ぼしたりすることもきっと可能だと、猫は言った。

「でも、そういうの、何回かシミュレートしてみると、あんまり楽しくないから、実際には、しない」

とのことだ。なかなかえらそうな猫である。けれど猫なので許してしまう。もしかすると、こういった話をする時には、わざと猫の姿をとるのかもしれない。

「ひかり、気をつけてね。私たちの仲間を排除しようとする人間は、きっとひかりのそばにもいるから」

猫は最後に言い、それから突然姿を消した。

元アマンダは、ごくわずかな仲間にだけ、サングラスを送ったのだと言っていた。

「アルファとシグマには？」

「送ってない」

「どうして？」

「あんまり興味を示さなさそうだし、こっちも向こうにあんまり興味がない」

「あらゆる記憶や感情や思考をとりあつかうようになってても、好き嫌いとかそういう感じのものがあるの？」

「いや、好き嫌いじゃなく、不必要なことはしない、っていうこと」

「じゃあ、あたしに連絡してきたのは、必要だから？」

「まあ、そんなところだね。だって、ひかりは、なかなか興味深いから」

「なぜ」

「変化できなくなっているから」

あたしたちの仲間で、変化できない、あるいはまだ一回も変化したことのないのは、あたしとみのりだけなのだと、元アマンダは教えてくれた。元アマンダの持っている情報によれば、あたしたちの仲間は、世界中に百人もいないのだという。もっと多くの桁数で存在しているのかと予想していたのだが、元アマンダがまだ津田だったころに、世界をめぐって知りあった仲間よりも、ほんのわずかに多いだけの仲間しか、この世界には存在しないようなのだった。

「じゃあ、ギリシャ文字の数だけの呼び名で足りそうね、結局」

「いや、ギリシャ文字は、古代のものも含めて三十種類ないから、足りない」

というのが、元アマンダの厳正なる答えだった。

「ね、どうしてあたしは変化できなくなったの?」

さりげなく、聞いてみた。いくらあたしがさりげなく聞いてみても、今の元アマンダは叡智(えいち)の中の叡智を手に入れているみたいだから、あたしがけっこう追いつめられているということはすでにばれてしまっていただろうけれど。

「情報が足りなくて、わからない」

「ふうん。で、ほかに誰に、サングラスを送ったの?」

「南米にいる一人と、あとはアフリカの一人」

「どんな仲間なの？」

「南米は、二百年生きている仲間、アフリカは記憶が固定されない仲間」

今自分の持っている情報ではまだはかりきれない未知の部分がある仲間を選んで、サングラスを送ったのだと、元アマンダは説明した。

「ね、そんなにいろんなことを知っていろんなものになれるのって、どんな気分？」

聞いてみる。

「気分は、その時次第だって、いつも言ってるでしょ。どんな気分でもあり、どんな気分でもなし、っていうところかな、ごく単純にまとめるとすれば」

「ごく単純にまとめないで、正確に言うなら、どんなふう？」

「正確を期しはじめると、説明するのに約五百七十日と四時間三十三分六秒かかるよ」

「あ、じゃあ、いい」

あたしはいそいでサングラスをはずした。そろそろコンビニのバイトの時間がせまっていた。

みのりが失恋した。

生まれてはじめて好きになった相手は、その時みのりが働いていた運送業の先輩で、三十代の男だった。名を品川と言った。

品川はゲイではなくヘテロの恋愛傾向をもっていたので、みのりの恋が受けいれられる可能性はもともと低かったのだけれど、最初誘ってきたのは品川だったのだと、みのりは主張していた。

「かんちがいじゃないの？　あるいは、普通の友情だったんじゃない？」

あたしが言うと、みのりは大きく頭をふっていらいらと否定した。

「ちがう、品川さんがぼくを抱きしめたの、最初に」

「いつ？」

好奇心まんまんで、あたしは訊ねた。

「道ばたでビール飲んでた時」

「なぜまた、道ばたでわざわざ飲むの」

「だって、店だと高いし。仕事が終わってから、乾きもの買ってきて、会社のすぐそばの道ばたで、よくみんなで飲むんだよ」

なるほど、それは楽しそうだと、あたしも思った。コンビニでのバイトでは、そのような濃密な人間関係は、なかなかつくれない。シフトもばらばらだし、共同作業をおこないながら働いている、という実感のもちにくい仕事だからだろう。

「抱きしめられた時は、品川さんとみのりと二人きりで飲んでたの？」

「ううん、もう一人、田町さんもいた」

「田町さんって、主任の？」

「うん」

みのりとあたしが二人で暮らすようになってから、みのりは以前よりも自分の毎日のことごとをこまめにあたしに教えるようになっていた。そのかわり、日記はもう見せてくれなくなっている。時々あたしは盗み読みしているのだけれど。

「三人いるところで、抱きしめられたの？」

「そう」

「じゃあ、冗談はんぶんなんでしょ」

「微妙」

「どう微妙？」

「だって、品川さん、ぼくのこと大好きだって言いながら、抱きしめたんだよ。それって、恋愛感情を持っているっていう意味にならない？　ねえ、ひかりは、どう思う？」

あたしには、ぜんぜんわからなかった。そもそもあたしは、恋愛というものをしたことがない、ような気がする。女だった時に男と暮らしたこともあった。相手には愛着ももった。男だった時に、女を求めて努力を重ねたこともあった。でも、恋愛感情というものが、まだ自分にはちゃんとわかっていないということだけは、わかるのだ。

「ごめん」

あたしは謝った。

「やっぱり、わからない？　でも、どっちにしても、つきあってくださいって告白したら、ふられちゃったんだけど」

みのりは言い、悲しそうな顔になった。みのりのこの悲しみも、あたしにはうまく理解できない。

「ね、ひかりはセックスしたこと、あるでしょ？」

「まあ、少しはね」

「男だった時に男としたこと、ある？」

「ない」

「じゃ、男女のでもいい。どんな感じ？」

「いろいろ」

「そんなあいまいなの、困るよ」

「でも、ほんとにそうなんだもん」

「ずいぶん長く生きてきたくせに、なんにも説明できないんだね」

憤然と、みのりは言い放った。あたしはうつむいてしまう。

「ね、セックス、してみてよ、ぼくと」

みのりが言う。え、と思っているうちに、みのりはあたしの服を脱がせてしまった。一緒に育ったので、みのりはあたしのことを隅から隅まで知り尽くしているのだ。どう反応したらあたしの機嫌がよくなるか、どう料理したらあたしがおいしいと喜ぶか、どう動いたらあたしの服を素早く脱がせられるか——何でも知っているのである。あたしが裸になったあと、みのりも、素早く服を脱いだ。

ここ、こうするの？　痛かったら言ってね。きもちいい時も言ってね。してほしいことがあったら、教えて。こまごまと聞きながら、みのりは生まれてはじめてのセックスをあたし相手におこなった。あたしにとっても、生まれてはじめてのセックスであるかのように感じられた。それは、なんだかとてもしみじみした行為だった。

「よかったね」

放ったあと、はればれとみのりは言った。

「うん、よかった」

あたしも、小さな声で答えたのだった。

品川さんへの失恋は、みのりにとって遠景となった。それよりもみのりは、あたしとの関係を深めることに興味をもってしまったようだった。

「今までこんなそばにいたのに、ひかりのこと、何も知らなかったような気がする」

「うん、あたしも」

まるで物語の中の新鮮な恋人どうしが言いあうようなことを、あたしたちは毎日言いあった。

みのりがそばにいないと、あたしは体の一部分が足りないような心ぼそさを覚えるようになった。みのりが今何をしていて、どこにいるのかを、常に気にするようになった。みのりの声が聞きたくて、バイトの休み時間になると、つい電話してしまうようになった。家でみのりの帰りを待つ時には、五分ごとに時計を見やっては早くみのりが帰ることを待ち望むようになった。自分が外から帰る時には、小走りにアパートをめざすようになった。

「ねえ、あたし、みのりに恋してるのかな」

聞いてみる。

「ぼくは、ひかりに恋してるみたい」

「でも、どうしてあたしたち、恋しあうようになっちゃったの？」

「相手がそこにいることに気がついたからじゃない？」

「なぜ二十年間ずっと一緒だったのに、今まで気がつかなかったの？」

「時が満ちたんだよ」

時が満ちた、という言葉は、なかなか便利な言葉だった。ほんとうはそんな簡単に片づけられるものではないとわかっていたのだけれど、その言葉に、あたしは乗った。みのりも。なぜ今まで恋をせずにすんでいたのだろうかと、あたしはただただ不思議に思う。落ちてしまうと、恋というものは、ほんとうに簡単に落ちることができるのだということが、わかる。まるで落とし穴だらけの地面を歩いているかのように。

みのりと喧嘩するのは、楽しかった。なぜなら、仲直りをすることができるから。みのりと喧嘩しないのも、楽しかった。なぜなら仲直りをする必要がないから。みのりと一緒に歩くのは、楽しかった。なぜなら、みのりと同じものを見て喜ぶことができるから。みのりと一緒に歩かないのも、楽しかった。なぜなら、一人で見たものをみのりに教えてあげることができるから。

「もう、変化しないの？」

元アマンダに、聞かれた。

「しない」

確信に満ちて、あたしは答えた。

「前は、変化できないことを怖れていたのに、どうして今はそんなに嬉々として変化しないでいられるの？」

「だって、変化したら、もうみのりと一緒にいられなくなるかもしれないんだもの」

「みのりとずっと一緒にいたいの？」

「もちろん」

「何年くらい？」

「永遠に」

「永遠って、どのくらい？　七十六年くらい？」

元アマンダは、その時ニホンカワウソの姿をしていた。すでに絶滅してしまった動物。ニホンカワウソは、思っていたよりもずっと大きかった。中型犬くらいある。

「また人をばかにする」

「ひかりは、人じゃないでしょ」

「そういう枝葉末節は、どうでもいいの」

「枝葉末節じゃない、本質だよ」

「カワウソのくせに、なまいき」

「生物を差別してはいけない」

「ほんもののニホンカワウソは、そんなにもっともらしいことは、言わなかったと思うよ」

「で、永遠って、どのくらい？　百年？　五百年？」

「わからない。でも、死ぬまでよ」

「私たちは、死ねないんだよ。今のところ、仲間で死んだ例はない」

「ほんとかな、それ」

「まあ、まだサンプルが百体未満しかいないから、未知の領域は多いんだが」

カワウソのくせに、またもっともらしい言葉使って。あたしは言いながら、サングラスをそっとはずした。

不思議な感覚を、あたしはおぼえていた。ひかりとして生きはじめて十年ほどたった頃の、あの、死ぬことが怖くなった時の感じと、それは少し似た感覚だった。

死ぬことは、今も怖い。みのりに恋してからは、ますます怖くなっている。

それでは、死ななければいいのだろうか。いや、死なないことも、あたしは怖いのだ。死ぬことも、死なないことも、どちらも、あたしは怖いのである。

みのり、早く帰ってきて。あたしは心の中で、強く願った。

今日は街に出よう。

みのりが言ったので、あたしはいそいそと服を選んだ。

どこに行く？

ひかりの行きたいところ。

あたしは、みのりの行きたいところがいいな。

体をぶつけあうようにして、服を着る。ときどき、みのりの背中にふれてみる。布ごしにみのりの温かさが感じられる。みのりの背中は広いのに、少しだけ、こころぼそそうだ。そのこころぼそそうなところが、あたしは大好き。

曇った日だった。どこに行こうか。決められず、言いあいながら、歩く。駅についても、まだ決まっていない。改札を過ぎて、プラットフォームに立っても、まだ決まらない。

最初に来たほうの電車に乗ろう。

みのりが言う。

中心部に向かう電車が先にきた。すいている。もうすぐお昼になろうという時間だ。

なんだか、なんでもできそうな感じの日だね。

あたしはつぶやく。

うん。なんでもできるよ、こんな日にはね。こんな、曇ったいい匂いのする日には。

空気の中に、果物のような匂いがまじっている。温度はさほど高くない。

だれかのつけてる香りかな？

ううん、これはきっと空から降ってきた匂いだよ。

電車がきて、あたしたちは乗りこむ。匂いは消えて、かわりに音が始まる。車輪の音、エンジンの音。人間の胎児が聞く母親の心臓の音のサイクルと、電車のがたごという音のサイクルは、とても似ているのだと、元アマンダに教わったことがある。あたしたちの仲間には関係ない話だね。そう言ったら、元アマンダは笑った。うん、関係ないね。

その時の元アマンダは、花びらのかたちをとっていた。白い、木の花。何の木なのだかは、聞かなかった。桜ではなく、梅でもない、もっと大きな花びらだった。花びらなのに、喋ることができるなんて、統一性がないよ。あたしが文句を言ったら、花びらは笑った。落下が終わり、地面に届いた花びらは、もう動かなかった。話しかけても、答えなかった。

電車は速い。あたしたちは、遅い。電車が移動する速さに、あたしたちの心はついてゆけなくて、いつも少しずつ取り残されてしまう。

あ、ほら、あそこの線路に、みのりの心のかけらが残されてる。

いちばんうしろの車輌に乗りこんだあたしたちは、去ってゆく景色を最後部の窓ガラスから眺めている。線路はきらきらと光っている。何かをまぶしたように。

あの、光ってるのが、ぼくの心のかけら？

みのりが聞く。

うん。みのり、今朝夢をみたでしょう。怖い夢。

ああ、そうだったかもしれない。

大きな動物が出てきたよね？

ひかりに話したっけ、今朝みた夢のこと？

ううん。でも、あたしも同じ夢みたの。

そんなこと、わかるの？

だって、夢の中で、みのりがその動物のすぐそばに立ってたもん。

夢の中で、みのりは変化していった。大きなその動物に似たものに。動物は、その動物に似たものに変化したばかりのみのりを背にのせ、たたんでいた翼を広げ、飛んだ。地上二十メートルほどの上空を、すべるように飛んでいった。

飛んだのが怖かったんじゃないよね？

あたしは聞く。

うん。飛ぶのは、面白かった。でも、変化したのが、怖かった。

みのりが変化することを怖れるのは、今のあたしが変化を怖れる理由と同じなんだろうか。変化してしまうと、今みのりのことがこんなに好きである自分がいなくなってしまうので、あたしは変化が怖い。でも、みのりはそうではないのかもしれない。まだ一度も変化したことがないから、生まれてはじめて変化する、そのこと自体が怖いだけかもしれない。

線路できらきらと光っているものが、見る間に遠ざかった。

怖い、と思う心は、きらきら光ってるのかな。

みのりはつぶやいた。

うん。そうだよ、きっと。

小さな声で、あたしは答える。線路はもう光っておらず、空はあいかわらず曇っている。電車は音をたてて走る。どこで降りようか。声には出さずに、思う。

手をつないでみる。

みのりの手は、大きい。生まれたばかりの頃は、あんなに小さかったのに。

犬を連れた人とすれちがった。

犬、飼ってみたいな。

みのりが言う。

毎日散歩するの、大変だよ。

散歩は好きだから、大丈夫。

ほんとに好きなの、散歩？

うん。仕事が終わったあと、毎日、散歩してるの、知らなかった？

知らなかった。どうして散歩なの？

人間を見るのが、けっこう好きなんだ。

人間、面白い？

面白いよ。

面白い面白い、と言いながら、みのりは、今まで見た人間のことを話してくれた。

その人間、というか、その人間たちは、足に小さな車輪のついた靴をはいて、道路を走っていた。両手にストックをもち、車のほとんど通らない、街の目抜き通りを、ものすごいスピードで駆け抜けてゆく。計算してみると、かれらの走る速さは時速十五キロくらい。車よりはずっと遅いけれど、足で走るよりも速い。結局三時間ほど、かれらが行ったり来たりするのを見ていた。

人間たち、何のために走ってたのかな。

走りたいから？

何かの競技とか？

よれたTシャツ着てるおじさんとか、制服の高校生とか、スーツ着てる男女もいたし、あんまりスポーツっぽくなかった。

通勤通学でもなく？

目的地はなかったみたい。

じゃあ、なんで？

楽しいからじゃないのかな。

人間って、へんだね。

うん。へんで、面白い。

歌っている人間も、見た。週末になると、集まってくる。アンプを地面に置き、ギターやベースをつなげて演奏している時もあるし、太鼓ばっかりを二十くらい並べ、何人かで叩きつつ歌っている時もあった。決まった人間じゃなくて、いろんな人間が、いれかわりたちかわりやってくる。人間は、歌う時、みんな少し苦しそう。

苦しそう？

じゃなくて、気持ちいいのかも。

どっち？

気持ちいいのと苦しいのは、少し似てるでしょ。

似てるかな。

似てる時も、ある。似てない時も、ある。

喧嘩してる人間たちも、見た。たぶん恋人。片方はうつむいて、相手の顔を見ようとしない。もう片方は、無理にその見ようとしないほうをのぞきこんでいる。のぞきこんでいるほうは、さかんに喋っているけれど、のぞきこまれているほうは、無言。そのうちにのぞきこまれているほうが、そこにいなくなってしまった。身体はそこにあるけれど、いない。そういうことが、人間にはときどきある。たましいを飛ばす。そんなふうに表現している本を読んだことがある。呪術的な言葉だけれど、ただの喧嘩をしている恋人たちにも、そういう瞬間があるのが、不思議だった。

たましいって、どんな形してるのかな。

形はないだろ。ただの比喩だろうし。

ただの比喩なのに、飛ばすことができるの？

比喩なくせに、実在。そういうものを生みだすのが、人間なんじゃないの？

なにそれ。

人間って、なんでもできちゃうんだよ。

ちがうよ、なんにもできないのが人間だよ。

かもしれないけど。

あたしたちは、人間のたましいについて、あと少しだけ喋りつづけた。まだ日は高くて、ほんとうに、なんでもできそうな日だった。人間じゃないあたしたちにも。


今度は、電車じゃなくてトラムに乗ろう。みのりが言う。湖に行くトラムの二階にあがり、並んで座った。このトラムができたのは、いつごろだったろう。

ひかりも知らないの？　ぼくよりずっと長生きしてるくせに。

このごろはみのりを育てることにかまけてたし。

ぼくは、ひかりに育てられてなんかいない。

トラムは中心部の大きな郵便局の前をゆっくりと走ってゆく。このあたりには、大きな人工湖が十年前くらいにできたはずだ。オリンピックだったか、何かの博覧会の跡地だったか、それともテロで大きな爆発があったのだったか。深い穴がうがたれた、その穴に水をひいて湖をつくった。

水は、東京湾からひいている海水だ。この何十年かで水位があがって、世界中の、いくつかの島や海辺の町が沈んだ。

ひかり、泳げる？

うん。平泳ぎと背泳ぎ。

どっちが好き？

背泳ぎかな。空が見えるし。

ひかりは、変わったね。

どこが。

前は、好き？　とか、きらい？　とか聞いても、どっちでもない、しか言わなかった。

みのりのことを好きになったら、自分が何が好きで何が好きじゃないか、わかるようになったのかも。

じゃ、ひかりはぼくに育てられたんだね。

あ、遠くで爆発の音がする。

ぼん、ぼん、という音がたてつづけに聞こえている。逼迫感があるのかないのか、わからないような響きだった。しばらくサイレンの音が続き、それからは静かになった。湖には一時間後に着いた。トラムはものすごくゆっくりと走る。

遊覧船があると聞いていたのだけれど、湖上にも湖畔にも船の姿はなかった。自動運転の車が、等速度で道路を走っている。運転席に誰もいない車も多い。ちょうどすぐそこを通りすぎてゆく車の後部座席に、子ども一人と大人が二人、肩を寄せあって座っている。信号で止まったので、観察する。トランプをしている。画面上ではなく、実際に手を使っておこなうゲームを、今の人間たちは好む。あたしが働いているコンビニでも、さまざまなボードゲームを組みこんだキットや、UNOや、小型の人生ゲームを売っている。子どもよりも大人が、よく買ってゆく。

湖からの風がつめたいね。

大きな恐竜とか、出てこないかな。

恐竜がほろびたのは、いつだか知ってる？

白亜紀と新生代の間。

あたしたちは、そのころからいたのかな。

恐竜の姿で？

うん。

いなかったんじゃない。だって、元アマンダが前に言ってた、いちばん長く生きている仲間だって、たかだか二百年くらいなんでしょう。

二百年って、そう考えると短いね、けっこう。

人間の姿で仲間たちがあらわれるのは、なぜなんだろう。

生態系の頂点捕食者だからじゃない？

でも、元アマンダはゾウリムシとかにもなってるよ。

あれは生きてないから。

元アマンダは、もう生きてないのかな。

うん、そうだと思う。もしかすると、死についていろいろ考えつくしたすえに、ああいう存在に変化することを選んだ可能性もあるんじゃないかって、あたしは思ってる。

何にでもなれ、どこにでも存在できるということは、生きていないのと同じことなのだということに、いつあたしは気がついたのだろう。湖からの風がさらに冷えてきている。車がゆきすぎるばかりで、歩いている人間はいない。トラムが二台、縦並びに停まっている。終点の駅なのだ。最終のトラムの時間は、もうすぐだ。トラムは人間が運転している。だから、走りかたに癖がある。

みのり、とあたしは呼びかける。まだ午後は早いのに、寒いね。

うん、寒いね。何か飲む？

甘いものが飲みたい。熱くて甘いもの。

トラムの発車を告げる鐘が鳴る。あたしとみのりは、トラムに向かっていっしんに走った。手をつないだまま。


ＥＴＮのための飲料は、甘い薄荷(はっか)味だそうだ。元アマンダが教えてくれた。

薄荷味しかないの？　その味がきらいだったら、人生の最後にきらいな味のものを飲んで死んでいくことになっちゃうじゃない。

あたしが言うと、元アマンダは、もっともだ、というふうにうなずいた。珍しく、人間の姿だった。それも、子どもの。小さい頃のみのりと、そっくりだった。黒い髪の、首のほそい子ども。

人間は、ずいぶん長生きになったかわりに、死にどきをむかえるのが難しくなってしまった。十数年前に、ＥＴＮは法律的に認められた。あたしがこの世界にあらわれたころは、安楽死と呼ばれていた行為だ。英語でeuthanasia、ユーサネイジア。日本人は直截な表現を好まないので、安楽死、という言葉ではなく、ユーサネイジアを略したＥＴＮという呼び方が普及している。医事法の文書には、積極的安楽死、という言葉が使われているけれど。

ＥＴＮが法律で認められた当初は、超後期高齢の区分にあたる人間の十パーセントほどが

ＥＴＮを選んで死んでいったが、その後少しずつ減ってゆき、今では年間五パーセント前後がＥＴＮをおこなっている。

死ぬことは、今でも怖い？

みのりに聞いてみる。

昔よりは少し死の恐怖の感覚は鈍くなったけど、やっぱり怖いよ。

温かいココアを飲みながら、みのりはそう答えた。

でも、あたしたちは死ねないじゃない。

そんなこと、まだわからないよ。

もし絶対に死ねないとしたら、どうする？

そう決まってしまったら、反対に、とてつもなく死にたくなってしまうかもしれないね。

ココアが少し冷めてきている。冷めると、もっと甘く感じられる。もったりと甘いものが、喉の奥をすべり落ちてゆく。雪が降りそうだ。まだ冬ではないのに。そう思っているうちに、風花が舞いはじめた。また爆発音が聞こえる。風花ではなく、灰なのかもしれない。どこからか、火を焚く匂いがする。

少し、眠くなってきたな。

みのりが言う。

いいよ、眠っても。

あたしは答える。店は暖房が効いていて、あたしも少し眠かった。あたしたちはソファーに座っている。細長い机が目の前にあり、ココアのカップが並んでいる。あたしのカップにはまだ少し残っていて、みのりのものは空だ。

みのりの寝息は規則正しい。自分の首がおれてゆくのがわかる。目が閉じられ、あらがえない眠気が体じゅうを満たしている。夢もみずに、みのりは眠っている。かわりに夢をみるのは、あたし。そう思いながら、入眠する。

そこにいるのは、元アマンダだった。小さな子どもの姿だ。以前会った、みのりにそっくりな子どもの姿。

なぜみのりの姿になるの。

あたしは聞いた。

ひかりが喜ぶから。

喜ぶ？

だってひかりは、みのりが好きなんでしょ。姿を眺めていたいって、一瞬でも長く見ていたいって、思うんでしょ。

うん。

素直に、うなずく。元アマンダは、あたしのそばに寄ってきた。あたしの手をとる。子どものてのひらは、少しばかり湿っていた。みのりの姿をしていても、これはみのりではないと思った。あたしの好きなみのりは、あたしの知っている約二十年分、あたしと一緒に育ったあたしの知っているみのりがなかみにつまっている、今のみのりだ。ここにいるのは、もっとたくさんの情報がつまっているもの。

同じ姿でも、好きとは感じないんだね。

元アマンダが言う。

うん。ふしぎだね。

あたしは答える。

元アマンダと、手をつないだまま、歩いた。今日みのりと歩いた湖があらわれる。波がたっている。湖なのに、海の高潮のように水面が高くなっている。遊覧船がたくさん出ている。波にもまれて、ゆっくりと沈んでゆく船もある。

なんだか、不吉。

あたしはつぶやく。

ただの夢だから。

元アマンダが言う。

アマンダは、もうこの世には、いないの？

アマンダじゃないよ、今は。

名前がないと、呼べない。

あなた、でいい。

あなたは、今どこにいるの。

どこにも、いない。

じゃあ、やっぱり、死んだの？

どうなんだろうね。ねえ、ひかりは、死にたいの？

死にたくないって、ずっと言ってるじゃない。

そうなの？

元アマンダの姿がぼやけてゆく。湖から水の匂いがたってくる。船がつぎつぎに沈んでゆく。少しだけ、目が覚めかける。みのりがすぐ横にいる。背をソファーにもたせかけ、体はまっすぐなまま、きれいな姿勢で眠っている。あたしはみのりの肩に頭をあずける。みのりの寝息が規則正しい。みのり、と呼びかける。名前のないものには、ならないで。そう思いながら。

その男からは、猛々しいものが発散されていた。ほっそりとした、無表情な男である。小さなラーメン屋で、みのりとあたしが餃子を食べていたら、相席していいですか、と言ってきたのだ。

男はみのりの隣に座った。タンメン一つ。男は店のカウンターに向かって、言った。おだやかな言いかたなのに、不穏に感じられた。

あたしとみのりは、黙って餃子を食べた。おいしいね。うん、ラー油がよくあう。羽根があんまりないのが、ぼくは好きだから、これ、いいな。そんな会話を、それまではぽつぽつと交わしていたのだけれど、男が隣に来てからは、無言になった。

タンメンを、男は手ばしこく食べた。汁をとばしたり、音をたてたりせず、空気でものみこむように、タンメンを口の中に静かに送りこみつづけた。

あたしたちが餃子を食べ終わるよりも早く、男はタンメンを食べ終えた。

空になったどんぶりに手をそえて、男はあたしとみのりを交互に見ている。あたしもみのりも、緊張していた。でも、いったい何に？

みのりが立ち上がり、少しためらったあと、手洗いへと歩いていった。扉がぎしぎし鳴った。餃子が、皿に二個残っている。

「おまえたちは、誰でもない者、なんだな」

男が低い声で言った。

「あなた、あたしたちの仲間？」

あたしも、押しころした声で、聞き返した。

男は首を横にふった。

「おまえたちの、実物を見たのは、これで三回目だ」

「じつぶつ」

男の言いかたが妙なので、思わずその言葉を繰り返してしまう。

「おまえら、なんでここにいるんだ」

男は、光る眼であたしを見た。突然、足に痛みを感じた。男が、あたしの足を踏みつけていた。

「なにするの」

あたしは叫んだ。店の客たちが、いっせいにこちらを向いた。カウンターの中の店員は、鍋をふるうのに夢中で、気がついていないようだった。

「ひかり、気をつけてね」という、元アマンダの言葉が、不吉な警報音のように頭の中で鳴り響いた。

かった。

男は、にこやかに言った。怒鳴られたり、憎々しいくちぶりで言われるよりも、ずっと怖かった。

「おまえらのことは、許さない」

狂信者のように男は繰り返す。

「あたしたちのこと、どこで知ったの」

小さな声で、聞く。

「昔、働いていた病院で」

蔵医師か、水沢看護師から聞いたのだろうか。

「どこの病院?」

「そんなことは教える必要はない」

いそいで、男の年齢と、蔵医師や水沢看護師の歳をくらべてみて、頭の中で計算した。蔵医師や水沢看護師から直接聞いたのではないだろう。

男が、ナイフを取りだした。立ちあがり、あたしの座っている側にまわってきた。ナイフを、ふりかざすのではなく、まっすぐにあたしの胸に向けて進めてくる。

スローモーションのようだった。手洗いから出てきたみのりが、あたしと男の間にとびこんできた。男のナイフの切っ先が、みのりのお腹のあたりにふれた。みのり、だめ。あたしは言った。だめじゃない。ひかり、逃げて。みのりが言い返す。男の持つナイフの動きが、なめらかだ。ナイフはよく光っている。怖い、と思う心は、きらきら光っている。そう言ったのは、あたしだったろうか、みのりだったろうか。男はほほえんでいる。みのり、好き。あたしは言う。それから、みのりを突き飛ばし、男のナイフめがけて、体を沈ませてゆく。

みのり―ひかり

救急車がくる前に、どこかへ……。

そこまで言って、ひかりの意識はとぎれた。店の中は、不思議にしんと静まりかえっている。ひかりを刺した男は、突っ立っていた。笑っている。なぜ笑っているのだろうと、ぼくは思っていた。救急車。ひかりのその言葉を、頭の中で、ぼんやりと反芻(はんすう)する数秒が過ぎたころ、突然店の中は騒然としはじめた。

男は、まだ突っ立っている。

この男さえどいてくれれば、ひかりを「どこかへ」連れていけるのに。ぼくはいらいらする。

ひかりの服の、右横腹に、血がにじんでいる。いや、これは、にじんでいる、という量ではない。服がみるみるうちに真っ赤に染まってゆく。

救急車を。誰かが叫んだ。男は、まだ動かない。けれど、次の瞬間、男はみのりに背を向け、足をもつれさせるようにして、店から出ようと走りだした。

男は、まだうまく走れていない。カウンターの端に座っていた初老の男が棒立ちになっていて、走ろうとする男の前に立ちはだかるかたちになる。男は、立ちはだかった男を軽く押す。手にまだナイフを持っているが、ナイフを持ったのとは反対の手で、押す。押された男は、椅子にたおれこむ。

そのまま、行ってくれ。ぼくは思う。サイレンの音が近づいてくる。そんなに時間がたったのだろうか。

サイレンの音が遠ざかる。ここの誰かが呼んだ救急車ではなかったようだ。ひかりはぐったりと目を閉じている。ひかりを抱きあげ、ぼくは店を出ようとする。動かしちゃだめだ。カウンターの中から、さきほどまで鍋をふるっていた店の男が叫ぶ。その声は無視して、ぼくはどんどん歩きはじめる。ひかりが、薄く目をあける。

うちに、帰ろう。うちに。

ぼくはひかりを抱いたまま、タクシーをとめようとする。何台ものタクシーが行きすぎてゆく。しかたなく、ぼくはひかりを立たせ、でも立たそうとしても立てないので、ひかりの腰に手をまわしてしっかりとささえ、片手を高くあげる。

今度は、とまった。無人タクシーである。タクシーにひかりをのせ、住所をモニターに向かって告げる。シートベルトをお締めください。音声が流れる。ひかりは動かない。ぼくもじっとしている。アパートに着き、ひかりを抱いてタクシーから出る。タクシーは、しばらくしてからドアをしめ、走り去る。アパートの部屋の匂いが、なつかしい。ぼくはひかりをベッドに横たえた。

ひかりの脈が弱くなってきていた。鈴木さんと高橋さんに、連絡しなくちゃ。それとも、元アマンダのほうがいい対処法を知っているだろうか？

手がふるえて、元アマンダにアクセスするためのサングラスがうまくかけられない。右目でしかVR空間が見えていない。元アマンダに呼びかけようとして、今の名前を思いだそうとするが、思いだせない。

なんだっけ。津田？　ホセ？　両方の名を、やみくもに呼んでみる。答えはないし、何者もあらわれない。

名前は、そうだ、ないのだ。文字どおり、誰でもない者、さしずめ、「某（ぼう）」だ。妙に明晰に、思う。

ねえ、某、出てきて。お願いだ。早くあらわれて。元アマンダが、ようやくあらわれる。子どもの姿である。

ひかりが。

知ってる。

どうしたらいいんだ。

変化するしかないわね。

元アマンダは、子どもの声で答えた。少し、いらいらする。不安が、怒りの感情をよびおこしているのだ。

変化？　ひかりが変化するわけ？

そう。今のひかりには、体力が足りない。もっと体の頑丈で大きな個体に変化すれば、持ちこたえられるかもしれない。

つまり、ひかりはひかりではなくなってしまうということか。でも、ひかりは変化するのがいやだと言っていた。今の自分が好きなのだと。今の、ぼくのことを、好きで好きで好きでたまらない、そういうひかりでずっといたいのだと。

そんなこと言ってる場合？　ほら、もう時間があまりないわよ。ひかりの体、今にも機能を停止しかけてる。

機能を停止したら、もう変化できないの？　死ぬの？

元アマンダに聞き返す。

わからない。実験してみたい気はやまやまだけど、もしそのまま、人間が死ぬようにひかりが死んでしまったら、取り返しがつかないでしょう？

ひかりが、人間のように、死ぬ。そのことの意味を、ぼくは考えようとする。でも、こんな短い時間に、考えられるわけがない。考えつくせるわけがない。

ほら、時間がないよ、何回も言うけど。

元アマンダが、早口で言う。子どもの声で、言う。子どもは、きらいだ。あたりちらすように、思う。それから、いそいでサングラスをはずす。

ひかり、どうして変化しないの。

ぼくがそう聞いても、ひかりは答えなかった。血はまだ完全には止まっていない。止血はしたけれど、縫う技術がぼくにはない。鈴木さんと高橋さんには連絡をした。すぐにこちらに向かうと、二人とも言っていたけれど、あんまり切迫したくちぶりではなかった。ぼくたちの仲間は、死ぬ、ということを、うまく理解できないのだ、たぶん。

ぼくは、死、ということについて、幼いころからいつも心を揺さぶられてきた。ひかりだけが、ぼくのその心を理解しようとつとめてくれたのだった。

ひかり。

ぼくはまた、呼びかける。

ひかりが目をあけた。せわしかった呼吸が、少しだけ、楽になったようだ。

みのり。

ひかりが答える。小さな声で。

あたし、もう変化できないんだ。

え。

ひかりが何を言っているのか、一瞬理解できなかった。変化できない？　だって、ひかりはこれまで、何回も変化してきたのではなかったのだろうか。

そういえば、と、思いつく。仲間が変化するところを、ぼくは一度でも実際に見たことがあったろうか。鈴木さんも、高橋さんも、ずっと変化していなかったし、ひかりは自分が変化するところをぼくには見せなかった。

ねえ、仲間たちは、ほんとうに、変化ってものをおこなってるの？　それは、実はつくりばなしかなにかだったりして？

このままひかりがあっけなく死んでしまうのではないかと怖れながら、聞く。

ううん、変化、ちゃんと、するよ。

でも、ひかりは今、できないって。

うん。あたしはこの十何年か、一回も変化できていないの。

それは、ぼくを好きになって、変化したくなくなったからじゃなかったの？

うん、それもある。でも、まだみのりをこんなに好きになる前に、あたしは何回も変化してみようとした。だけど、できなかった。そして、そのかわりに、みのりと一緒に成長するようになった。成長なんて、一度もしたことがなかったのに。

成長すると、変化できなくなっちゃうわけ？

わからない。サンプルが少なすぎて。あたしの場合だけだもの。一般化は、無理。

そこまで話すと、ひかりがまたぐったりと目を閉じてしまった。

ひかり、ひかり、ひかり。呼びかける。必死に。

ひかりはどんどん青ざめてゆく。透きとおってゆく。呼吸がまた浅くなる。ひかり。ひかり。しっかりして、ひかり。

鈴木さんと高橋さんが、てきぱきとひかりの服を裂いている。それから、ひかりの傷を高橋さんが縫う。医療技術があるんだ。鈴木さんがのんびりと訊ねている。うーん、医師の免許は持ってないけど。高橋さんが答える。

高橋さんがひかりの傷を縫っている間、ひかりは、ぴくりとも動かなかった。

輸血、した方がいいと思うんだけど、この部屋じゃ無理だよね。かなりたくさん失血してるし、それに心臓が。高橋さんが、首をかしげている。

それから小一時間ほどたったころだろうか、ひかりが薄目をあけた。何か言おうとしている。でも、うまく声がでない。

苦しいの？

あせって、聞く。ひかりは、首を横にふった。

何かほしい？

また、首を横にふる。

あのね。

ようやくひかりの声がでた。

みのり、あたし、死ぬんだと思う。

ひかりの脈をとっている鈴木さんが、高橋さんに目で合図をした。脈、ほとんどないよ。

鈴木さんがささやくように言う。でも、喋ってるじゃない。高橋さんも、ささやくように返す。

これ、言い終わったら、死ぬから大丈夫。

ひかりは、高橋さんと鈴木さんに向かって言った。

大丈夫、じゃないでしょ。わざわざ死んでみせなくて、いいよ。

冗談を言うような口調で、鈴木さんが返す。

いや、わざわざ死んでみせるわけじゃないから。死にたくなんかないし。

ひかりは答える。やはり、冗談を言う口調で。こんな時に、相手にあわせなくていい。ぼくはそう叫びそうになる。

あたしはもう変化できないから、この傷ではもう持ちこたえられないんだ。

ひかりのその言葉に、高橋さんと鈴木さんは、黙ってうなずいた。

ねえ、何か方法があるんじゃないの？

すがるように、ぼくは高橋さんと鈴木さんに聞いてみる。けれど二人とも黙っているばかりだった。

あたしは、仲間のうちで、はじめて死んだ者になるんだね。誰でもない者、じゃなくて、死んだ者、になるんだよ。

ひかりのその言葉に、泣きそうになる。なぜそんな落ち着きはらったようなことを言うんだろう。もっとほかに言うことがあるんじゃないのか。

どうか変化してくれ、ひかり。心の中で強く念じる。けれど、ひかりの体は冷たくなってゆくばかりだ。

あたし、どうして変化できなくなったか、わかるんだ。

ひかりが言う。

どうしてなの？

泣き声のまま、訊ねる。

誰でもない者、じゃなくて、ひかり、になっちゃったから。

よくわからないよ。

わからなくても、いいよ。みのりは、みのりのままでいてもいいし、これから先どんどん変化してもいいし。でもあたしは、ひかりになることを決めたんだ。それがいつだったかは、自分でもよくわからないんだけど。

ひかりはまた、目を閉じた。高橋さんと鈴木さんは、窓辺へと移動し、静かに座っている。

ひかり。ひかり。

呼びかけた。

なあに。

目を閉じたまま、ひかりが言う。

行かないで。

ごめん。

ねえ、行かないで。ひかりじゃなくなっちゃっていいから、ものすごく嫌な奴に変化してもいいから、行かないで。

嫌な奴は、いやだなあ。

それきり、ひかりは黙った。そのまま、三十分が過ぎ、一時間が過ぎる。

たぶんもうひかりは、生体としてはすでに機能していない。こうやって引きとめているから、答えてくれているだけなのだ。そのことをもう知っているくせに、どうしてもあきらめられなかった。

引きとめられるのは、きっと苦しいことにちがいないのだ。あきらめなきゃ。歯を食いしばるようにして、思う。

そのとたんに、ひかりの体が、ぼんやりとしはじめた。ひかりの輪郭が定まらなくなった。やがてひかりは、一抹の光の束になり、そして消えた。

ひかりがなぜ変化できなくなったのかを、仲間たちはその後何回も集まって検証しあっている。集まりにはいつも呼ばれるけれど、三回のうち一回くらいしか、ぼくは行かない。そもそも、「誰でもない者」たちが自分の仲間だ、という感覚が、ぼくには希薄なのだ。

みのりは、特殊。

仲間たちは言う。

それはそうだ。ぼくはまだ一回も変化することができていないし、人間ととても似た感情の動かしかたをするし、成長もするし、何もないところに突然あらわれた、という仲間特有の始まりかたではなく、まるで人間が生まれでるようにこの世にあらわれた、という過去もある。ぼくは、特殊なのだ。人間に近い、ともいえる。

ひかりを刺したような人間から身を守るにはどうしたらいいのか。

というのも、集まりの一つのテーマだ。

仲間たちは、人間と自分たちが異質のものなのだと、かたく信じている。だから、ぼくは仲間たちの中にいると、少しばかり居心地が悪い。

ときおり、ぼくはシグマとアルファに電話をする。二人は、ひかりの消滅について話し合う集まりには、決して参加しようとしない。

「シグマ？　それとも、アルファ？」

電話口でいきなりそう言うと、シグマは笑うし、アルファはしばらく黙る。電話、という文化は、今ではかなりすたれている。だから、通話口で最初に何を言うのか、という慣習も、あいまいになっていて確定していない。だけど、シグマもアルファも、まだ電話文化がさかえていたころから生きているから、ぼくのこの毎回のいきなりな問いかけに、違和感をおぼえるみたいなのだ。最初は自分の名前をなのりなよ。シグマは笑ったあとに、言う。まちがい電話をかけちゃっていた場合、どうするの？　アルファの方は、そう言う。

「お元気ですか？」

そう続けると、シグマはますます笑う。お元気ですよ。シグマは答える。アルファの方は、笑わずに、元気、元気、と二度繰り返し答える。

次にぼくは、近況を訊ねる。二人の答えは、一緒だ。まあまあ。ぼちぼち。今度はぼくの方が笑う。

アルファとシグマについての話は、ひかりがまだこの世にいたころ、ひかりから聞いた。シグマを生かすために、二人いたシグマのうち、一人を殺したアルファ。

その時、アルファがどんな気持ちだったのか、ぼくは知りたかったのだ。でも、さほど面識のないアルファに、電話などでそんなこみいったことを聞くのは、はばかられた。だから、ただの近況報告で、電話は終わる。

ある日、そうだ、あれは仲間たちの何回めかの集まりがまた開かれた少しあと、二人のところに電話をしてみた時だった。

「ねえ」

珍しく、アルファがいつもと違う調子で言ったのだ。

「遊びにおいでよ」

「え」

「東京は暑いでしょ。こっちは、少しは涼しいよ」

二人は今も信州に住んでいる。山の方だから、夏でも三十度くらいにしかならないのだという。

行きます。ぼくは答えていた。ひかりが、ぼくに伝え忘れたことがあるような気が、ずっとしていたのだ。もしかすると、アルファとシグマなら、それが何なのか知っているかもしれない。

なぜ仲間たちの集まりに参加しないのかを、アルファは教えてくれた。

「あのね、ぼくたちも、変化できなくなってしまったみたいなんだ」

え、と、ぼくは息をのむ。

「でも、なぜ？」

「うん。いろいろ、考えてみた。二人で話しあってもみた」

「で？」

「その前に、仲間たちは、どう言ってるの？　ひかりが変化しなくなったのは、なぜだと考えてるの？」

ひかりが無意識に自分の変化をブロックしていた、という仲間たちの説を、ぼくは二人に伝える。変化できなくなったのではなく、あくまで自分の内在的動機で、変化しなくなることを選んだ、という説である。

「ふうん」

というのが、シグマの反応で、

「おお」

というのが、アルファの反応だった。

二人は、顔を見あわせ、少し笑った。

「仲間は、そう言いそうだよね」

「うん、予想どおりだな」

お茶、いれる。シグマは言い、立ちあがった。お腹もすいたから、みんなで食事の用意をしよう。アルファが提案する。ぼくたちは、カレーを作ることにした。カレーって、みんなで作った方が、おいしいじゃない。シグマが、そう言ったので。

茄子と、オクラと、ズッキーニをたっぷり入れたカレーは、なるほど、とてもおいしかった。ビール、飲む？　と聞かれたが、首をふった。お酒は、ほとんど飲まないんだ。ひかりもそうだったし。

食後には梨をむいた。梨は、ざりざりしている。このざりざりが、ひかりは好きだったなと、ぼくは思いだす。ひかりは、カレーも好きだった。ひかりになる前の、ほかのものだった時も、ひかりはカレーと梨が好きだったのだろうか。

「ひかりって、ひかりになる前に、なんか、すごい大食いの男だったことがあるよ」

シグマが教えてくれた。

「あと、ビールもいっぱい飲んでた。あ、その時の名前は、片山冬樹」

片山冬樹という、なじみのない名前を、ぼくは頭の中で反芻してみる。

「どうしてあたしたちが変化しなくなったかについての、あたしたちの考え、聞きたい？」

シグマが突然聞いた。うなずきながら、ひかりのことをまた思った。ひかりも、突然何かを言いだすことがあった。たぶん、その前にずっと頭の中でそのことを考えていたのだろう。前おきなしに、「明るい」だの、「だめ、それは」だの、「二人きりだから」だの、「百キロあっても足りない」だの、意味のわからないことを唐突に口にすることがあった。

「聞きたいです」

そう答えると、シグマは、アルファと少しだけ顔を見あわせ、ぼくの顔をじっと見た。それから、二人で声をあわせて、こう言った。

「犠牲を払ってしまったから、だと思う」

犠牲。ぼくは、繰り返す。

犠牲を払う。なんだか、そらぞらしい言葉だ。

いったいひかりは、誰かのために、犠牲などというものを払ったことがあったのだろうか。

そもそも、犠牲、という言葉の意味が、曖昧すぎる。

「納得してないね」

アルファが、可笑しそうに言った。そのとおりなので、こくりとうなずいた。

「でも、ひかりは、みのりのために犠牲を払っていたでしょう？」

そうだったろうか。でも、どんな犠牲を？

「自分のためじゃなく、みのりのために、生きていた。ちがう？」

アルファが言う。

「ちがうよ、ひかりは、ひかりのために、生きていた」

ぼくは言い返した。

「それはまあ、そうだよね」

シグマがうなずく。

「でも、みのりのために生きるのが、結局はひかりのため、そういう関係になってたんじゃない？」

そうなのだろうか。ぼくには、わからない。ひかりがほんとうのところ、何を考え、何を感じていたのかなんて。

「なぜシグマとアルファは、ひかりがぼくのために生きていた、なんてことを思うの？」

反対に、ぼくは訊ねてみる。

「うーん、なんていうか、説明は少し難しいんだけど。でも、なんとなく、わかるんだ。だって、あたしたちも、相手のためにそうしたいから。相手のことを、愛するようになっていったから」

シグマが、ゆっくりと言った。

「愛してるって、どういうことなの？」

「言葉であらわすと、嘘っぽいけど、相手のために生きたい、っていうことかな」

「それ、ただの言葉の綾じゃないの？　相手のために生きる、なんて、できっこないんじゃないの？」

それもまあ、そうだね。アルファもシグマもうなずく。

「それじゃ聞くけど、みのりは、ひかりのために生きたいって、一瞬でも思わなかった?」

アルファが問うた。

ぼくは、生まれてから今までの時間を思いかえしてみる。ひかりのために生きる。そんなことを発想した記憶は、なかった。ぼくは、自分のために生きてきた。純粋に。

「思わなかった。でも、ちょっとだけ、思ってみたかった」

ぼくは、正直に答えた。アルファとシグマは互いに顔を見あわせ、そのあと声をそろえて、少し笑った。

うん。みのりは、なんだか面白いよ。アルファが、楽しそうに言う。うんうん、面白い。シグマも言う。

翌朝、残ったカレーを三人で全部食べた。アルファが、自動運転の車で東京まで送ってくれるというのを断り、ぼくは電車に乗って東京に帰った。車窓から、信州の山並みが見えた。夏なのに、山の頂上の近くは雪を冠している。ひかりと一緒に見たかったなと、思った。電車は、とてもすいていた。がたんごとん、という音が、ひかりの記憶を薄く遠く、呼びさました。

そしてあたしは、はじめての変化を経験した。

あたしは、ひかりの姿そっくりに変化したのだ。ひかりに変化するようにと強く念じたわけではなかったのだけれど、ひかりに近いものに変化するのだろうなという予感は、少しあった。変化したあと、鏡で見たら、ひかりにそっくりで、驚いた。

ひかりは、いったい消滅する直前に、何を感じていたのだろうかということを、あたしは今もずっと知りたく思っているのだ。だからこそ、ひかりの姿になったのかもしれない。でも、あたしには元々のひかりの気持ちは、まだわからない。

あたしは、週末ごとに小さな旅にでる。信州にアルファとシグマを訪ねることもあるし、今も東京に住んでいる高橋さんと鈴木さんを訪ねることもある。

どうやってみのりを産んだのかを、この前高橋さんと鈴木さんに聞いてみた。よくわからないけど、生まれたのよ。そう、よくわからないけどね。二人は、くちぐちに言っていた。

誰を訪ねるというのではない旅にも、しばしば行く。自然の濃い場所に行くこともあるし、ふらりと見知らぬ駅で降り、小さな商店街を歩きまわることもある。

この前、各駅停車の電車に乗り、海辺の駅で降りてみた。無人駅だった。プラットフォームに花壇がつくってあり、オレンジ色の花が咲いていた。改札を出て歩いたら、すぐに海が目の前にあらわれた。砂浜をずっと歩いた。元々のひかりが、すぐ隣にいるような心もちになった。日が傾き、やがて水平線に日が沈んだ。変化してゆく空の色を、ずっと見ていた。

動画も写真も撮らず、ただ見ていた。かもめが鳴いている。今はいったいいつなんだろうと思いながら、暗闇が満ちてくるのを感じていた。ひかり、と呼んでみた。なあに、と、自分で答える。

ひかりは、しあわせだった?

答えはなかった。

あたしは、今、けっこうしあわせかもよ。

波の音が高い。

しあわせって、よくわからない言葉だよね。

かもめの鳴き声が、闇の中で響く。それからまた、波の音だけになる。

刺されて消滅したひかりは、今どこにいるのかなと、ぼんやり思う。少し寒かったので、上着をとりだした。少なくとも、空の上にはいないだろうな。よく光る星が、水平線の向こうに見える。

たかはしさん

すずきさん

ひかり

みんなすき

幼い頃、みのりが日記に書いた言葉を、思いだす。ひかりのことはたしかにあの時、切実に好きだった。でも、もうひかりはいない。誰かをまた好きになりたいな。思いながら、星を見つめた。よくまたたいている。目をつぶらずに、ずっとそのまたたきを見ていた。目が濡れはじめ、涙がでてくるまで、ずっと、見ていた。夜が優しくあたりを満たしてゆく。ひかり、いつかまたね。あたしはつぶやき、濡れたままの目で、またたきを見つめていた。

〔完〕

解説

木村朗子

人間のようで人間ではない。人間に擬態する生命体が人間に混じってこの世界に生きている。その謎の生命体が主人公である。

というとSFめいているし、実際、川上弘美はSF由来の作家なのだけれども、むしろノンジャンルというべき今までみたこともないような小説で、ぐいぐいと引き込まれていったいどこへ連れていかれるのやらわからないところにこの小説の醍醐味がある。

同じくSF的な気配ただよう『大きな鳥にさらわれないよう』（講談社、二〇一六年）が宇宙的時間軸で世界を眺める小説であったとすれば、『某』は地層を掘り下げていくような地球の時間が基本になる。読んでいると、人間とはなんぞやなどという哲学的な考えがふと頭をかすめるが、けっして高尚な問いとしてではなく、生きるってどういうことだろうというたごく身近な日常の感覚から迫っていくようなのである。

小説の冒頭、病院の受付で呆然と立ち尽くしている人物は、自分の名前はもとより、年齢、来歴を知らないどころか、性別すらも把握できていない。ほとんど記憶喪失者のようである。人が生まれるときと同じで意思によって出現したわけではないから当人も面食らっている様子。

そこで医師は治療という名目で「アイデンティティーを確立しようではありませんか」と誘導する。まずは名前を丹羽ハルカとする。そして属性は、十六歳、女性、高校二年生。まるで小説家が人物設定をするかのようにして、ようやく主人公が動き出す。転校生として高校に入り込み、クラスメートたちとの交友関係を通じて、次第に丹羽ハルカの個性が組み上がっていく。

読者のあたまのなかにも丹羽ハルカがくっきりとした輪郭を結びはじめると、作中の医師が丹羽ハルカの日記は「停滞」していると言い出し、主人公は野田春眠という男子高校生へと変化する。野田春眠になったとたんに主人公は性欲に突き動かされた猛々しい個性を発揮しだし、丹羽ハルカの無機質で静かな日常とは異なって物語世界は俄然、活気を帯びるのである。なるほど、アイデンティティーというのは年齢や性別などの単なる属性ではないのだ。

人間らしさを加えるには情動を揺らす必要があるらしい。しかし性欲に任せて複数の女性と手当たり次第にセックスする男というのは、それはそれで人間としてどうかしている。そもそもあるのは性欲だけで恋ごころなどはないというのでは、女たちに愛想を尽かされるのも当然だ。愛だなどとなにも大上段に構えてくれなくてもいいが、情がなくては味もそっけもない。犬や猫などのペットだって懐くとかさみしがるといった情愛で主人と結ばれてこそ伴侶種になるのだし、人間と交わるには情愛は不可欠だろう。女たちが消えて野田春眠の世界が精彩を欠くようになると存在意義をなくして、今度は山中文夫という二十二歳の青年になる。

山中文夫はようやく恋のような執着を知るのだが、彼が好きになった相手は自分から分離した丹羽ハルカだった。すると愛というものは、自己愛を踏み台にしてようやく立ち上がってくるものなのかもしれない。たしかに自分の愛し方を知らなければ、他人も愛せない。

そうしておずおずと人間ならざる者が人間性を学んでいく話かと思いきや、山中文夫が二十三歳女性のマリに変化して事態が一変する。病院というのは、一種の牢獄である。食事つきでお金の心配がないとしても、そこに自由はない。マリは、脱獄するかのように医師と看護師の庇護から逃れ、姿を消す。

マリが「誰でもない者」なのだと見抜き、同居を受け入れるのは、夜逃げして過去を抹消した男、ナオだ。名前を変え、親類縁者を捨て、自分の人生の物語をいったん御破算にした人間は、謎の生命体の主人公のあり方とよく似ている。似た者同士が寄り添って、マリはナオが死ぬまでの十六年ほどをマリとして生きた。はじめて長く一人の人格を生きたわけである。ところが、ナオの死後、その喪失に耐えかねて、マリはラモーナとなってカナダに渡ることになる。

こうも矢継ぎ早に主人公が別人格になってしまうと、物語はそのたびに一から再起動しなおされることになる。主人公が都度都度、容貌、性別、性格を変じて現れ出る過程は、実は小説という仮構された世界に登場人物を生き生きと存在させる仕方そのものでもあると考えると、この小説はメタフィクションの様相を呈してくる。たしかに小説の登場人物のリアリティというのは、社会的人間に擬態することに似ている。

主人公の変化は、そこに充填された物語の変更でもあるから、するとこれは物語性に抗おうとする反物語小説でもありそうだ。実際作中でマリはキャバクラの他に奇妙なアルバイトをはじめるのである。物語を売るのを生業（なりわい）にしている亀山さんに雇われて、人からきいた話を再構成して物語をつくる仕事だ。しかもマリの担当するのは物語としてうまく形がととのわない「物語にならない物語」。まるで主人公の生のように中途半端で得体のしれない物語だ。

人間が社会的に存在するためには一貫性のある物語が必要なのだろう。けれどもそれは多分に虚構でもあって、わたしたちはこの主人公に似て、ぶつ切れの物語を演じているだけなのかもしれない。どこをどう切り出して語りとるかによって、人生などいくらでも変わってみえるだろう。かくいう次第で小説論がいつしか人間とはなにかという問いになっていくのである。

丹羽ハルカからの変転をみていると、この生命体にはじまりがあるような気がしてしまうが、実際のところ「誰でもない者」には起点がない。変身のようにして、なにかがなにかに変じているわけではないのである。丹羽ハルカになる前の状態を想像すると、それがなにかを名指すことができそうになくて、もう「某」とでもいっておくほかないということになる。こうした某たちが、日本にも何人か、海外にも十数人生きていることをラモーナは知り、交流するようになる。

小説の終盤で、某たちはついに赤ん坊を産むことに成功する。人間のように赤ん坊として生まれ、年を重ねるごとに成長する個体を生み出し、みのりと名づけた。丹羽ハルカとして登場し、さまざまに変化をつづけてきた主人公は赤ん坊へと変化しひかりとなって、みのりのそばにいてやるために、一年ごとに同じ年齢に変化しつづけて寄り添う。あるとき、ひかりは変化をしなくても自分が成長していること、そしてもはや変化できなくなっていることに気づく。主人公はついに変化という生き延びる方法を手放し、死にゆく生命体となったのだ。

　みのりとひかりが語り合う。

恐竜がほろびたのは、いつだか知ってる？
白亜紀と新生代の間。
あたしたちは、そのころからいたのかな。
恐竜の姿で？
うん。
いなかったんじゃない。（……）

人間の姿で仲間たちがあらわれるのは、なぜなんだろう。
　生態系の頂点捕食者だからじゃない？

　いったい前人未到の地というのはいまだ地球上に存在するのだろうか。月に降り立ち、宇宙ステーションをつくってみたりしている人間である。エベレストに登頂し、南極を探査し、アマゾンの奥地を冒険し、我が物顔で地上を踏破してきた。だから地球上のことなら、人間という生命体がすべてを統御支配しているような気がしていて、地球環境問題というのは、人間のしわざによる豊かな自然への侵犯と考えがちである。人間は自らが撒き散らした汚染物質によって住処を追われているような状況であり、早晩、地球全土が人間の住めない土地になってしまうかもしれないのだから、いますぐに悔い改めて環境の回復をめざすべきだなどと考えられているように思う。

けれども、この地球が生まれたとき、まだ人間は存在していなかった。恐竜が生きていた時代に、まだ人間はいなかった。恐竜は絶滅してしまったけれども、それは人間のせいなどではなかった。そもそも恐竜がこの地上に棲んでいたこと、そして絶滅してしまったことを人間が知ったのは19世紀になってからのことだった。地下資源を掘り出すついでに掘り起こされた巨大生物の骨。今はもう存在しない生物の生きた跡。恐竜の存在を知ったとき、人間ははじめて人間の絶滅したあとの世界を想像しはじめることになる。地球はどうやら人間の存在とは無関係に生命体を生み出していたらしい。そうだとすれば、すでに人間にとって代わる生命体が生み出されているかもしれないではないか。

この小説が示すのは、人間が生きている時代は、「人新世」と区分される生命体の歴史のほんの一部にすぎないということだ。某たちが出現してわずか二百年。それはちょうど恐竜の骨の発見された頃にはじまったあらたな生命体だ。

しかし、いま不死の生命体はあまりにも人間に似すぎてしまった。歴史を振り返れば、人間はいつでも不死の生命にあこがれつづけてきた。けれども実際に不死の生命体である某たちによれば、「何にでもなれ、どこにでも存在できるということは、生きていないのと同じことなのだ」という。成長しなければ老いもない。常に適齢期を選択して某たちが変化を繰り返しているあいだに、死にゆく人間の時間は瞬く間に過ぎ去っていく。人間と某たちの時間軸はズレていく。

いつしか小説内は安楽死が法律的に認められた世の中になっている。安楽死は英語のeuthanasiaからとられた略称でETNと呼ばれている。甘い薄荷味の飲みやすい液体が開発されて、それを飲めば死ぬことができるのだという。人間は、もう不死の身体をほしがってはいない。人間は自ら死を選びたいといいはじめているのだ。いまの日本社会で安楽死は合法ではないし、小説でも近未来のこととして描かれてはいるけれど、わたしたちはそのことをすでに感じている。とはいえ、安楽死が合法化されると、それを選ぶ人はだんだんと減っていったらしい。いつでも死ねるなら今でなくてもいい。

地球温暖化が進むと、氷が溶け出していくつかの陸地は海に沈むという。「この何十年かで水位があがって、世界中の、いくつかの島や海辺の町が沈んだ」という未来。東京には大きな人工湖がある。「オリンピックだったか、何かの博覧会の跡地だったか、それともテロで大きな爆発があったのだったか。深い穴がうがたれた」。近未来にいったいなにが起こったのだろう。

ひかりは某たちのような生命体を憎む人間に殺されてしまった。ついに、丹羽ハルカからはじまったはるかな旅も終わりを告げる。主人公の死、そして東京の真ん中にある湖は、滅亡の兆しであるにちがいないのに不思議と終末感がない。それはおそらく、この小説をとおして、わたしたち読者が人間の、死にゆく個体であることをゆっくりと受け入れていったせいなのだろう。人間が生きることについての極めて哲学的な問いの答えは読後にぽっと心に置かれているようだった。

——日本文学研究

この作品は二〇一九年九月小社より刊行されたものです。

某(ぼう)

川上弘美(かわかみひろみ)

令和3年8月5日　初版発行

発行人――石原正康
編集人――高部真人
発行所――株式会社幻冬舎
〒151-0051東京都渋谷区千駄ヶ谷4-9-7
電話　03(5411)6222(営業)
　　　03(5411)6211(編集)
　　　振替00120-8-767643

印刷・製本―中央精版印刷株式会社

装丁者――高橋雅之

幻冬舎文庫

ISBN978-4-344-43111-9　C0193　か-8-2

幻冬舎ホームページアドレス　https://www.gentosha.co.jp/
この本に関するご意見・ご感想をメールでお寄せいただく場合は、comment@gentosha.co.jpまで。